EN LETTRES **D'ANCRE**

DEB OLIN UNFERTH

LES PONDEUSES DE L'IOWA

roman

Traduit de l'anglais (États-Unis)
par VALÉRIE MALFOY

BERNARD GRASSET
PARIS

L'édition originale de cet ouvrage a été publiée en 2020
par Graywolf Press, sous le titre :

BARN 8

Couverture : Gettyimages.

ISBN 978-2-246-82356-8

À Matt

Un nid. Du fil de fer galvanisé n° 14, vingt-cinq mille abreuvoirs à pipettes, une mousse de squames et de nourriture. Alimentés par des colonnes, dix kilomètres de mangeoires courent le long des rangées. Des batteries de cages en quinconce s'élèvent à une hauteur de trois mètres, formant un A – le symbole universel de la montagne. Chevrons en bois, passerelles en contreplaqué. Pénombre. Flash. Trois cent mille yeux préhistoriques cillent. L'ensemble du dispositif ronfle, vrombit, cliquette, telle une machine infernale. Et, couronnant tout cela, les ronrons, les gazouillis et les cris de cent cinquante mille oiseaux à l'aube. Les pondeuses de l'Iowa.

1.

Dès sa descente du car, Janey pressentit son erreur.

Jusqu'alors (tout au long de l'interminable trajet, de patelin en patelin, le jour qui décline, le chuintement des portes à soufflets, crépuscule, ténèbres, sa tête dodelinant dans un demi-sommeil, descendre pour la correspondance à Chicago, attendre sur le ciment avec son sac marin, repartir dans le noir, puis le lever du soleil, la journée qui s'écoule, tout le monde en chemise à carreaux, son reflet s'étalant sur la vitre, au-dessus des panneaux autoroutiers et des centres commerciaux), elle avait cru s'être lancée dans une grande aventure. Elle avait fait peau neuve, abandonnant l'ancienne Janey. L'ancienne Janey qui poursuivait son bonhomme de chemin, là-bas, en direction de l'école. C'étaient comme des sœurs siamoises séparées par le bistouri : l'une allait vivre, l'autre pas, et comme les chirurgiens ne savaient pas laquelle, le public était dans l'expectative. Elle en avait la chair de poule (les États s'agrandissaient, le paysage s'aplanissait, les champs ressemblaient à des champs, pas à des terrains vagues, et la parole de Dieu défilait au bord de la route). Elle, la nouvelle Janey, était sortie du rang pour s'en aller, qui sait vers quel avenir radieux ? À l'autre bout du continent, la file d'élèves continuait sans elle, l'ancienne Janey avançant à petits pas, suivant le mouvement comme un mouton.

Mais lorsqu'elle descendit du car, au bout d'une journée et demie de voyage, les jambes molles, la vue de la gare routière lui insuffla ses premiers doutes. Les sièges en plastique impeccables, l'odeur de désinfectant, le groupe de gens très mal fringués, les valises entortillées dans la cellophane, entassées par terre tels les composants d'un bento géant.

Surtout, son père : pas là. Elle ne savait pas à quoi il ressemblait, mais personne ne l'attendait avec la fébrilité et la joie appropriées. Personne pour se dandiner, triturer une casquette, dévisager chaque passager à la descente du car. Ou, version alternative : personne au milieu du hall avec une fierté rayonnante de propriétaire, les bras croisés sur la poitrine, un gros bouquet de supermarché sous plastique à la main, pointé vers le sol. Personne dans les parages pour s'intéresser à sa grande aventure. Pas de grande aventure pour ces gens-là.

Elle n'avait pas compté sur sa venue à la gare routière. Il n'avait pas dit qu'il viendrait. Il n'avait rien dit du tout, vu qu'il n'avait pas répondu à son texto (quelle bêtise, un texto dans cette circonstance) ni à son message sur répondeur (« Euh, bonjour… c'est Janey, ta… fille »). Elle posa son sac sur le sol immaculé et consulta son smartphone (un nouveau message de sa mère, qu'elle ignora). En fait, elle avait bien compté sur sa venue.

À l'autre extrémité du long ruban décrit par le car, à l'autre bout du continent, l'ancienne Janey devait sortir du métro pour rentrer chez elle, fin des cours à quatre heures, joutes oratoires jusqu'à six, la voûte des arbres s'inclinant au-dessus de sa tête. Elle se voyait presque passer devant les vieux immeubles de Brooklyn en balançant son cartable, monter d'un pas léger jusqu'à l'appartement, lancer un : « M'man, t'es là ? »

Non, minute. L'ancienne Janey avait une heure d'avance sur celle-ci. Elle devait déjà être à table, avachie sur sa chaise, un genou sous le menton et sa fourchette en l'air comme pour dire « Objection, votre honneur ! », au grand amusement de sa mère, adossée à la cuisinière. Tandis que la nouvelle, celle qui s'arrêtait maintenant devant une batterie de distributeurs, n'avait plus faim, même si elle n'avait guère mangé à bord de ce car lent et inconfortable (elle avouait à présent ce désagrément, alors qu'en cours de route elle avait posté des photos de granges, de meules de foin, de fermes, de panneaux qui annonçaient le nombre d'habitants, ajoutant des smileys pour figurer la joie, l'humour, la surprise, l'émerveillement, et d'autres émotions plus ou moins sincères), des distributeurs de sandwiches au pain de mie perdus dans leurs logettes en plastique, de cigarettes libérées par une spirale. Ah, quelle misère. Soulevant son sac, elle sortit dans la fraîcheur de cette soirée printanière.

Janey avait quinze ans et cinq jours, et elle avait découvert cinq jours plus tôt où son père était passé pendant toutes ces années. Sa mère lui avait toujours servi cette vieille histoire de la banque du sperme, et elle l'avait crue, mais franchement comment avait-elle pu croire à une telle ânerie ? Dès qu'elle avait été en âge de compter, elle aurait pu deviner qu'elle n'était pas sortie d'une éprouvette. Quelle jeune femme abandonnerait la partie pour recourir à l'insémination à dix-neuf ans, l'âge par excellence des amours et des avortements ? Mais Janey l'avait crue et elle avait toujours regretté de n'avoir pas de père. Puis, le jour de ses quinze ans, sa mère l'avait priée de s'asseoir et lui avait déclaré qu'elle était assez grande pour connaître la vérité : son père était bien en vie, et il habitait là où la mère de Janey l'avait laissé quand elle s'était enfuie, enceinte, à New York afin d'offrir une vie meilleure à son enfant – il habitait dans le sud de l'Iowa, une morne plaine composée de relais routiers, de prisons surpeuplées et de monoculture. Janey pouvait s'estimer heureuse de n'avoir jamais posé les yeux sur cet endroit. Et il ne fallait pas à présent développer des problèmes freudiens débilitants, susceptibles de déteindre sur le reste de sa vie. Elle était assez grande pour prendre une décision réfléchie – celle de le rencontrer et de voir le lieu de sa conception. Sa mère l'emmènerait elle-même là-bas à la fin du trimestre.

En d'autres termes, sa mère (ce *monstre* !) avait *menti*.

La fin du trimestre, ce n'était pas avant un mois, et nul n'avait le droit de priver quelqu'un de son père pendant tout ce temps-là. A fortiori pendant quinze ans et des poussières.

Janey partit à pied à travers la localité, empruntant une « rue centrale » bordée de simili réverbères et de commerces fermés, alors qu'il n'était que sept heures du soir. Sac sur l'épaule comme un cambrioleur, guidée par la carte lumineuse de son smartphone. Sa destination se trouvait au-delà des maisons et de leurs pelouses au cordeau, dans l'un des deux immeubles identiques en tous points, une construction beigeasse. Pas d'interphone, elle monta directement au n° 209 et frappa. « Ho-hé ? » Sa voix de clown, c'était pour masquer ses trémolos. « Y a pas de bières, ici ? » Ce n'était pas son genre de crier des bêtises, pourtant. Elle se bricola une petite queue-de-cheval.

L'ancienne Janey (le ruban de route les reliait comme une ficelle et deux canettes, comme un jeu de téléphone, les messages entre elles se déformant, sur le point de perdre leur signification, de se dissoudre) devait être là-bas, à Brooklyn, en train d'affirmer que ce n'était pas son tour de faire la vaisselle. À son ordinateur, la mère de l'ancienne Janey affirmait que ça l'était toujours. La mère de la nouvelle Janey l'appelait, le téléphone vibrait dans son sac, la poignée de la porte 209 pivotait. Le verrou claqua, et entre ce clac-là et l'instant où son père se montra, la nouvelle Janey ressentit un élan d'espoir et d'amour, si familier et comprimé, comme issu des profondeurs de son être, une souffrance de l'ancienne Janey.

Quelle surprise de voir une grimace effrayée. Rectification : c'était forcément un sourire.

« Ta-ta ! dit-elle, levant les bras. C'est une fille, docteur ! »

Il était blanc comme un cachet d'aspirine, avec les biceps et la dégaine de l'homme des cavernes.

Elle l'entendit (lui, son père ?) dire : « Tu es en avance. »

Elle fit une moue amusée.

« Je devais attendre mes trente ans ? » Souriant avec le culot de l'ancienne Janey (celle qui avait eu le courage d'envoyer ici la nouvelle, faisant son baluchon tandis que sa mère était au travail, la saluant depuis la fenêtre de l'appartement), la nouvelle entra.

Janey s'assit à une extrémité du canapé, son père à l'autre. Elle se sentait comiquement femme, même avec sa tenue de garçon manqué, comme une invasion de féminité menaçant de souiller cette tanière. Leur conversation donnait à peu près ceci :

LUI : (regard fuyant) Je croyais que le car arrivait à huit heures.

ELLE : Pas de problème. J'aime bien marcher.

LUI : Je serais venu te chercher.

ELLE : (branlant éperdument du chef et regardant le décor) C'est cool. Alors, c'est là que tu vis ?

LUI : C'est une solution provisoire, un pis-aller.

ELLE : Ah oui ? Et tu vas t'installer où ?

LUI : (soudain attiré par son téléphone) Attends. Faut appeler ta mère.

ELLE : Notre canapé est un peu comme ça. Tu fais quoi dans la vie ?

LUI : Oh, je suis dans l'agro.

ELLE : (qui n'a aucune idée de ce que c'est, recommence à branler du chef) Super.

(Silence, les branles perdurent.)

Même sa télé lui paraissait rétro. Elle n'en avait jamais eu. Tous ses écrans avaient été des ordinateurs de tailles et de formes diverses. Il lui semblait s'être faufilée par une faille spatio-temporelle jusque dans une époque révolue, si anachronique qu'elle en avait même un petit côté futuriste. Et le comble, c'était qu'il semblait mourir d'envie de se défiler, de se soustraire à ce qui pouvait bien se passer chez lui. Il avait eu son compte de contacts humains pour aujourd'hui. Ce n'était pas du tout ce qu'elle avait prévu.

LUI : Tu voulais pas une bière ?

ELLE : J'ai quinze ans.

LUI : Ah. Je vais appeler ta mère. (pressant la touche) Ça sonne. (levant le doigt) Hé, elle est là… oui… oui… (coup d'œil à Janey) Euh, je crois pas… d'accord… (tendant le téléphone) Elle veut te parler.

La dernière chose que Janey avait dite à sa mère quand elle avait piqué sa crise de hurlements en apprenant la vérité, et après avoir exigé de savoir comment elle avait pu lui *mentir* pendant toutes ces années, lui cacher cet homme qui n'avait jamais eu la moindre *chance* d'assumer son rôle paternel, qui ferait une chose pareille sinon un *monstre*, la dernière chose qu'elle avait hurlée avait été : « Je te reparlerai plus jamais ! » (si elle avait su ce qui l'attendait), et le lendemain matin elle avait demandé à son smartphone : « Comment aller dans l'Iowa sans se ruiner ? »

À présent, assise sur le divan de son père (?), elle croisait les bras, l'air buté. Pas question que sa mère entende ne fût-ce que le son de sa voix.

LUI : (ramenant le téléphone contre son oreille) Hum, elle te rappelle.

Il le reposa. « Ta mère dit que tu dois manger. » Quittant le canapé, il se traîna vers la cuisine.

En plus, voilà pourquoi son donneur de sperme était blanc – parce que sa mère avait couché avec lui, et non parce qu'elle avait coché *blanc* sur un formulaire. Le grand-père de Janey était originaire du Mexique, Janey et sa mère portaient son nom, Flores. Pourquoi tu n'as pas coché *hispanique* ? lui avait-elle seriné. Maintenant, tout était clair.

« Un soda ? lui lança-t-il de la cuisine. Elle m'a toujours dit que tu viendrais me voir un jour. Tu aurais attendu un peu plus longtemps, j'aurais été mieux installé.

— Non, se récria-t-elle en rougissant, sur le point de s'extasier sur… sur… Non, c'est sympa, ici. C'est… »

Elle chercha des yeux un bidule à admirer.

« Attends. C'était quand… ? »

Il était revenu avec une canette orange, un produit sans marque.

« Quand, quoi ?

— Quand est-ce qu'elle t'a parlé de moi ?

— Hier. »

Ses oreilles sifflaient.

« Non, qu'elle t'a appris mon existence ? »

Il parut décontenancé.

« J'ai toujours su que tu existais. Depuis que tu existes. »

Janey fut prise de nausée. Elle s'en apercevait tout à coup : sa mère n'avait pas dit, explicitement, qu'il ne savait pas. Les sifflements s'intensifiaient. Le souffle lui manquait. C'était dur de ne pas fondre en larmes. Elle réussit à bredouiller :

« Et tu n'avais pas l'intention de venir me voir… un jour ? »

Il se racla la gorge.

« Ben, je… »

Quelque part, un climatiseur redémarra.

C'est alors qu'elle comprit tout dans un éclair, le passé, et le pressentiment du futur, la gravité de son erreur, sa série d'erreurs, des erreurs d'appréciation, à savoir que : (1) Il ne voulait pas d'elle. (2) Il avait redouté pendant toutes ces années ce jour où elle débarquerait. (3) Il avait peur d'elle, sa fille, peur de tout ce qui était féminin ; c'était ce genre de macho. (4) Cet appartement était bien pire que le sien, et ce patelin bien pire que Brooklyn. (5) Elle n'était pas près de savoir comment aimer, apprécier, ou juste connaître cet étranger, (6) qui était son père. (7) Elle était si meurtrie, en colère, (8) (et oui, honteuse) que (9) elle ne saurait même pas comment rentrer à la maison.

Quelle durée, ce silence – trois minutes ? Vingt secondes ? Elle se tenait la tête à deux mains.

Il déposa le soda sur la table basse, reprit prudemment sa place sur son bout de canapé.

« Alors, ma petite, tu vas rester longtemps ? »

Elle releva la tête, et à ce moment-là (combien de temps allait-elle *rester* ? si lâche, si transparent) elle sentit la valeur de ces deux existences scindées, l'ancienne Janey qui était restée là-bas et la nouvelle qui était venue jusqu'ici, leurs valeurs permuter, changer de côté dans cet éclair, celle de la vie dans laquelle elle s'était catapultée plongeait, plongeait, dégringolait, celle de la nouvelle montait, montait. Elle sentait le skaï sous ses fesses (sa mère n'avait pas, n'aurait jamais, un canapé aussi immonde), elle sentait l'odeur de vieilles fringues, les cafards dans les murs, et c'est alors que commença (comme un verrou qui se ferme – chlac !) cette mort lente (qui dura des années), parce qu'elle ne ramassa pas son baluchon pour retourner à la gare routière ce soir-là, comme elle aurait dû. Elle resta pile où elle était parce qu'elle allait le forcer, ce type, à tenir compte de son existence, ou plutôt lui faire payer de n'avoir pas voulu le faire.

« Super nouvelle, *papa* ! » Elle shoota dans son sac posé à terre. « J'emménage ! » (Si elle avait su ce qui l'attendait.)

Son expression ne changea pas. Il avait peut-être légèrement tiqué. Il bougea son cul sur le divan, eut un mouvement du bras – pour la serrer dans ses bras ? la gifler ? lui désigner la porte ? Elle se raidit, prête à tout. Il avait quelque chose dans la main, c'était rectangulaire.

Une seule erreur ne scelle pas notre sort, quand bien même on nous élève dans l'idée du contraire, à commencer par la Bible – une erreur de jugement et nous voici largués sous la pluie tandis que l'arche vogue sur les flots, ou bien on erre dans le désert pendant des décennies. (Janey avait fréquenté une école catholique pour filles jusqu'à l'âge de dix ans, époque où elle avait forcé sa mère à l'inscrire dans le public.) En fait, nous avons bien des occasions de nous fourvoyer. Et, à supposer que nous trouvions le moyen de redresser la barre, nous recommencerons à nous fourvoyer.

« Bon, d'accord, répondit son père, un léger tressaillement animant son visage (sourire ou froncement de sourcils ? C'était le genre de visage difficile à décrypter). Voyons les résultats sportifs… » Pointant la télécommande, il alluma la télé.

Non, ce ne devait pas être sa seule erreur, mais ce fut certainement la plus grande, comme d'autres ont de grandes amours, de grandes idées, ou de grandes tragédies qui les frappent. Tout le reste ferait pâle figure à côté. Elle pourrait tuer un type, se noyer dans un seau, manquer de faire obstacle à un tyran qui continuerait à massacrer son peuple – tout ce qu'elle ferait par la suite remonterait à ce nadir, cet alpha.

Elle se renfonça dans le canapé, les « résultats » miroitant sur son visage. Elle songeait à l'ancienne Janey, son autre Moi, l'original, qui n'était pas partie, à cinq États de là, vague mirage dans son immeuble de Brooklyn. Il lui semblait la voir. Celle-ci était recroquevillée devant son ordinateur portable, en train de bûcher sa rédaction sur Malcolm X, et sa mère lui passait un bol de crème glacée, parce que c'était l'heure. L'heure de la crème glacée.

Elle vécut là avec son père, pendant deux mois, et ce fut un cauchemar ; mais elle était trop fière pour appeler sa mère et lui dire qu'elle voulait rentrer. Elle savait qu'ils se parlaient, sa mère et son « père », cherchant le meilleur moyen de la ramener au bercail en douceur – elle le savait parce que sa mère laissait de longs messages en ce sens, et se rendait-elle compte de la peur qu'elle lui avait faite en disparaissant ainsi ? De sa chance d'être arrivée à bon port sans avoir été kidnappée, écrasée par un camion, ou embarquée par erreur dans un car pour l'Alaska ?

Ils vivaient comme deux étrangers dans cet appartement, gardant leurs affaires dans des sacs et se nourrissant de fast-food avec des dosettes de ketchup partout dans la cuisine. Elle avait bien tenté de « communiquer » quelquefois, sortant son mini-jeu d'échecs (elle était membre du club, à l'école), et lui proposant une partie. Elle avait instauré un programme de recyclage à l'échelle de l'appartement, plastique et papier dans un sac, ordures ménagères dans l'autre, avant de le surprendre à tout balancer dans la même poubelle.

Mais il ne la chassa pas. Bientôt, elle se mit à lire le programme télé (qui arrivait en version *papier* chaque semaine) et à regarder tout et n'importe quoi. Il travaillait pour le compte du ministère de l'Agriculture dans une usine de transformation de volaille, c'est-à-dire qu'il passait ses journées à *examiner des cadavres*. Elle dormait jusqu'à midi dans la pièce qu'il avait « arrangée » pour elle – un matelas gonflable par terre – et ensuite rôdait dans l'appartement jusqu'à son retour. Elle fouillait dans les penderies, les tiroirs, les placards poisseux, à la recherche de quoi ? De preuves. Non seulement de son échec comme père, mais de son échec comme être humain, et il y en avait des tonnes : ses immenses chemises pendouillantes, ses coupe-ongles rouillés, ses godasses informes, les soupes en boîte périmées, pas un bouquin, pas une photo au mur. Chaque après-midi, à cinq heures moins dix, il réapparaissait, puant les abats et rapportant d'un fast-food bas de gamme une bouffe aussi contre-indiquée pour elle que pour lui. Il conservait de l'eau au frigo dans de vieux bidons de lait en plastique et buvait au goulot tout en mangeant.

Sa mère laissait des messages quotidiens. Janey devait-elle manquer l'école comme ça ? Se rappelait-elle qu'elle avait une rédaction sur Malcolm X à rendre ? Que le tournoi de joutes oratoires au niveau régional, c'était la semaine prochaine, après tous les efforts fournis, et son professeur était... Et voilà, elle avait raté la fin du trimestre, était-elle fière d'elle ?

Elle l'examinait, quand il se courbait au-dessus de l'évier ou sortait des assiettes en plastique des placards avec des doigts tremblants. Elle se demandait ce que sa mère avait bien pu voir chez ce type, puis cessa de s'interroger, car de toute évidence sa mère n'avait rien vu et c'était pour cela qu'elle était partie et l'avait laissée dans l'ignorance de son existence.

L'ancienne Janey – si sa mémoire était bonne – s'était rarement bagarrée avec un adulte, mais la nouvelle avait la langue bien pendue et disait tout ce qui pouvait l'irriter, le blesser, ou lui arracher une parole. Leurs querelles étaient spectaculaires. Un jour, elle s'était barricadée dans sa chambre. Un autre jour, elle lui avait jeté ses fringues sur le parking. Cela faisait de grosses taches de couleur sur le goudron brûlant, et il avait fini par aller les ramasser, les piquant au bout d'une longue fourchette à barbecue et les fourrant dans un sac comme les condamnés qui purgent leur peine de travaux d'intérêt général.

Oh, pourquoi cette fugue ? C'était certainement pardonnable, cette recherche du père, non ? La quête des origines, l'errance.

Elle croyait voir son autre Moi, sa jumelle imaginaire, l'ancienne Janey, dévaler l'escalier pour aller dans la rue en tapant dans la main du concierge au passage (pure invention car elle ne lui avait jamais adressé la parole, mais la Janey de Brooklyn commençait à paraître plus sympa que la véritable ne l'avait jamais été).

Les messages de sa mère devenaient plus longs. Elle racontait son enfance dans cette petite ville de l'Iowa, comment son propre père était venu aux États-Unis à l'adolescence, travaillant dans l'agro, obtenant sa naturalisation avant de se lancer dans une croisade (généralement non couronnée de succès) : syndiquer les ouvriers agricoles des diverses régions du pays. Il s'absentait pendant des mois, revenait pour quelques semaines, et repartait, jusqu'au jour où il n'était plus revenu du tout. Sa mère travaillait dans l'administration, également dans l'agro, parlait anglais, et elle avait élevé sa fille dans l'idée de ne jamais épouser un vagabond. Mais cette dernière s'était avérée avoir le même virus, elle savait parler comme sa mère, mais avait le cœur et le nom de son père. Enceinte de quatre mois, à pas encore dix-neuf ans, elle avait bouclé sa valise qu'elle avait traînée seule jusqu'à New York. Lorsque Janey serait prête, elle lui paierait un billet d'avion. Ou viendrait en personne la chercher. Elle ne la forcerait pas, il ne fallait pas la bousculer, mais elle l'aimait, sa fille, elle s'ennuyait d'elle et s'en voulait tellement…

C'était le mois de juillet, désormais, et les moustiques étaient si féroces, l'air si moite, que Janey allait rarement dehors. L'enfermement les rendait, elle et son père, encore plus dingos. Si grande était sa solitude qu'elle croyait entendre sa mère la héler. Est-ce ma faute à moi si j'ai couché avec cet imbécile ? semblait-elle dire. Au moins, elle avait eu Janey pour sa peine.

Un soir que son père n'avait pas dit un mot depuis des heures, Janey crut exploser. Sortant de la cuisine, elle mit ses mains en porte-voix et beugla : « Y a quelqu'un ? »

Il lui accorda un coup d'œil, reporta son attention sur l'écran de télé.

De rage, elle lui piqua son téléphone qui était sur la table, d'abord avec l'intention de porter atteinte à sa vie privée, mais s'avisant qu'elle ignorait son code, elle se précipita vers l'évier, fit couler l'eau, tenant l'appareil tout près du jet. « Rends-moi ça ! » rugit-il. Là, il bondit sur ses pieds, et dans un désir de vengeance qui ne lui ressemblait guère, ramassa son téléphone à elle sur la table basse, le flanqua par terre, et menaça de l'écrabouiller d'un coup de talon. Tous deux se figèrent, horrifiés. Elle aspergea son appareil, il écrasa le sien.

Comme il n'avait pas de ligne fixe, ils étaient bien lotis.

Ce soir-là, il éteignit la télévision et ils se déplacèrent furtivement dans le silence de l'appartement, plus solitaires que jamais. La stridulation des grillons passait à travers les vitres, s'entendait sous les longs soupirs de la climatisation. Janey s'installa sur le divan, serrant ses genoux contre sa poitrine. Il alla s'enfermer dans sa chambre.

Le lendemain matin, elle l'attendait toujours sur le divan quand il reparut. Elle le suivit dans la cuisine en le narguant. «T'en reviens pas que je sois encore ici, hein ?

Tu sais pas comment me virer. C'est pas aussi facile que se défiler, hein ?

— Si seulement je savais comment faire ! dit-il enfin, levant les bras en l'air comme pour se protéger. J'ai une furie lâchée dans l'appartement. Qu'est-ce que tu attends pour rentrer chez toi ? »

Elle s'immobilisa. En dépit de tout, il ne l'avait jamais priée de déguerpir. Cette phrase retenue, elle avait vu en cela une preuve de quelque chose, ténue certes… mais voilà, il venait de la prononcer. Va-t'en. Je ne veux pas de toi. Elle hurla :

« Tu sais quoi ? Tu seras jamais débarrassé de moi ! » (Si seulement elle avait su.) Et elle claqua la porte.

Au début elle sprinta, puis elle ralentit. Sa mère lui manquait tellement qu'elle pouvait presque la toucher. Elle voyait sa silhouette qui s'éloignait.

Sa mère ! Sans téléphone, elle n'avait pas entendu sa voix depuis la veille. Comme elle avait dû la blesser en partant, en ne la rappelant pas, en se comportant comme la pire des filles à qui donner le jour et se vouer corps et âme. Sa mère avait eu raison de quitter ce trou avec cette vie en elle, et du courage de traverser le pays dans le sens inverse à celui que Janey avait pris. Ce n'était qu'une gamine, pas tellement plus âgée que Janey aujourd'hui, et elle était partie par amour, pour sa fille, tandis que celle-ci avait agi dans un accès de colère, contre sa mère.

Elle courut jusqu'au Shop & Stop pour la joindre depuis la dernière cabine publique encore en service sur la planète (bien sûr, c'était dans ce bled pourri), fit de la monnaie avec quelques billets froissés. (Comment était-ce possible ? Elle n'avait même plus de portable ? Et elle avait dépensé toutes ses économies ?) Personne ne décrocha et Janey laissa un message. « Salut, c'est moi ! » Elle baissa la voix, se domina, ne voulant pas se montrer *trop* aux abois, n'ayant pas encore abdiqué toute fierté. « Rappelle-moi dès que tu peux. » Elle laissa le numéro de la cabine.

Ensuite, elle alla attendre au soleil, sur un plot en béton. Elle avait vu tout ce qu'elle voulait, s'était bien fait comprendre. Affaire réglée. Il était temps de rentrer à la maison. Sa mère lui paierait un billet d'avion qui décollerait dans quelques heures, et Janey ne repasserait même pas par l'appartement pour emporter son sac. Elle rentrerait avec ce qu'elle avait sur le dos, rien de plus. Au besoin, elle irait à pied jusqu'à l'aéroport et ne reverrait plus jamais son père, ce con. Elle attendit. Le téléphone sonna. Il s'était écoulé vingt minutes. Elle se précipita.

« Janey ? fit une femme qui n'était pas sa mère.

— Judy ? » Judy, la copine de sa mère, la voisine. « Judy, où est maman ?

— Janey, Seigneur ! On a cherché à vous joindre, toi et ton père, toute la matinée. On était sur le point d'alerter la police.

— Nos portables sont en panne.

— Tous les deux ?

— Je…

— Janey, écoute. Il est arrivé un accident. Où es-tu ?
— Un accident ? »

Sa mère était morte sur le coup. Aucun des passagers de l'autre véhicule n'était blessé.

Ainsi, Janey rentra bien en avion ce jour-là, mais pas comme elle l'avait imaginé. Son père la conduisit à l'aéroport en marmonnant des paroles inaudibles à cause du brouhaha, elle voyait seulement, du coin de l'œil, ses lèvres haïes bouger. Il l'accompagna jusqu'au portique de sécurité, lui tendit des billets de vingt dollars pour un taxi à l'arrivée, billets qu'elle ficha dans la poubelle des toilettes, ne voulant rien de ce type. Elle assista à la veillée funèbre, aux obsèques. Des gens plaçaient des assiettes devant elle et les retiraient. Des gens s'encadraient dans son champ de vision, lui touchaient les épaules, la regardaient avec gravité au fond des yeux en remuant les lèvres. Elle était toujours glacée, n'avait même pas commencé à se dégeler quand, deux semaines plus tard, les services de protection de l'enfance la renvoyèrent comme un colis… à son père. Car c'était son père, malgré tout, et il avait déclaré qu'il assumerait sa garde. Elle habitait chez lui au moment de l'accident (car c'était l'accablante vérité : elle *habitait chez lui*) et avait accepté d'y retourner, bien obligée, parce qu'elle n'avait personne d'autre, pas d'autre parent. Le testament de sa mère désignait comme tutrice sa grand-mère qui était pensionnaire d'une maison de retraite, dans le nord de l'État de

New York, et que Janey ne voyait que deux fois par an. Sinon, il y avait quelques cousins au Mexique que Janey n'avait jamais vus, d'ailleurs pourquoi sa mère n'avait jamais eu envie de les connaître ? Ainsi était-elle retournée là-bas, hébétée et quasi muette. Ni elle ni son père ne sachant quoi faire pour l'école, elle n'y alla pas. Pas question de s'inscrire dans ce lycée de ploucs boutonneux, à moins d'y être forcée. Puis, une assistante sociale se pointa et son père l'inscrivit en première au lycée local.

Les deux premières années, Janey était si déprimée par son deuil, ses remords et l'impression d'être dans une impasse qu'elle ne parvenait pas à sortir de son indifférence sans éclater. Son objectif était de faire profil aussi bas que possible, à l'image de son père. Mais qu'aurait-elle pu faire d'autre ?

C'était bien cruel, de devoir payer jusqu'à la fin de ses jours pour une erreur puérile commise à l'âge de quinze ans, le genre de bêtise qu'aurait fait n'importe qui. Si elle s'était trouvée à New York, on ne l'aurait sûrement pas forcée à vivre avec un père qui l'avait ignorée, jamais contactée, qui n'avait jamais payé de pension alimentaire. On l'aurait sûrement fourguée à une amie de sa mère. D'autres font des bêtises à quinze ans et ce n'est pas si grave. Ils doivent redoubler une classe, travailler pendant les vacances d'hiver pour rembourser ce qu'ils ont brisé, volé ou écrasé, ou bien ils sont privés de sortie tous les week-ends pendant un mois, contraints d'aller en cure de désintoxication. Mais la sienne, d'erreur, était catastrophique.

C'était cette compréhension de la portée de son erreur qui l'amena à développer un jeu, ou ce qui était principalement un jeu. Elle songeait à l'ancienne Janey, l'originale, et à la vie qu'elle aurait menée avec sa mère – celle où elle n'aurait pas fugué et où par conséquent sa mère ne se serait pas trouvée dans cette voiture (théoriquement) et serait donc encore en vie, et où tout serait resté pareil entre elles et autour d'elles. Que ferait l'ancienne Janey, l'originale, *l'authentique*, en ce moment ?

Elle s'interrogeait ainsi dans son nouveau lycée, où des professeurs peu inspirés enseignaient d'après des manuels peu inspirants, alors que l'ancienne Janey avait étudié ces équations deux ans plus tôt et que la nouvelle n'en avait plus rien à battre de l'école. La nouvelle Janey avait une longue liste de trucs dont elle n'avait plus rien à battre, d'ailleurs : club d'art oratoire, club d'échecs, clubs de n'importe quelle sorte, étudiants de n'importe quelle sorte, le sport et toutes ses sous-catégories, la fac, l'avenir en général. Les professeurs lui fichèrent la paix au bout du premier mois, les élèves au bout du second. La nouvelle de son malheur se répandit et toute l'école s'écartait devant elle. Marquée par la mort, estampillée « New-Yorkaise », elle n'était hispanique que pour un quart, sans être non plus une Blanche de la classe moyenne. À condition de faire un effort, elle aurait pu se trouver une place, mais elle n'en faisait pas. Elle arpentait les couloirs dans une bulle, se planquait au dernier rang. Elle se débarrassa de sa virginité de bonne heure et sans chichi (à seize ans et quatre mois avec un commis d'épicerie). Pendant ce temps, l'ancienne Janey, l'originale, avait réintégré son lycée d'origine, entourée de copains – des copains qui écrivaient à la nouvelle Janey tous les jours, au début, mais bientôt moins souvent, car elle répondait moins souvent, et enfin plus du tout, car aucune des parties ne savait plus quoi dire.

Elle se demandait ce que l'ancienne Janey ferait de son année de terminale. La nouvelle (« nouvelle version plus performante », disait-elle pour rire) ne fit qu'une demi-année : elle termina plus tôt, passa les examens en décembre avec les crétins qui avaient échoué l'année précédente, hérita d'un petit boulot dans un gros centre de transport et livraison (au moins ce n'était pas dans l'agro). Neuf heures par jour, quatre jours par semaine, elle effectuait les mêmes gestes répétitifs tandis qu'aux quatre coins du pays des individus appuyaient sur des touches pour convoquer à leur porte des sacs à dos roses, des casques d'écoute à réducteur de bruit, des T-shirts en solde, des lots de cuillères en bois, et c'était à elle de s'assurer que les camions prenaient le départ, roulaient toute la nuit pour livrer les articles avec la diligence requise. La nouvelle Janey contemplait l'ancienne, qui allait s'inscrire en fac avec ses potes, et que sa mère emmenait visiter les campus à pied, des pseudo-cloîtres, des bâtiments néogothiques, afin d'avoir un aperçu des cours qui étaient son « choix » à elle (ce mot était souillé désormais, il lui avait joué un sale tour) et des solutions de « repli » (celui-là aussi, *repli*).

Elle se posa la même question quand elle atteignit l'âge de voter. À cet âge-là, sa mère avait quitté ce bled avec son bébé dans son ventre, à la recherche d'une vie plus épanouissante pour elles deux, mais Janey était retournée à la case départ, pas épanouie, avec guère plus que ce que sa mère avait eu, alors – son diplôme de l'enseignement secondaire et une fausse pièce d'identité à montrer dans les bars – mais pas l'inspiration nécessaire pour marcher dans ses traces.

Entre-temps, l'ancienne Janey prenait l'avion (la nouvelle la suivait par la pensée, la voyait emprunter le couloir de l'aéroport JFK) pour aller passer l'été précédant la rentrée universitaire au… Maroc ! Où elle apprenait le français et (enfin) l'espagnol (sa mère l'avait tellement tannée), deux langues en quatre mois, plus quelques phrases décoratives en arabe, découvrait l'architecture du pays, tombait amoureuse pour la première fois, et plus encore. La nouvelle Janey contemplait les réussites et les engouements de l'ancienne.

La nouvelle Janey, qui était à présent « cette Janey », ou juste « Janey », ou « nouvelle formule, mais toujours le même goût » (sa blague quand elle rentrait avec des types, et de temps en temps des femmes, rencontrés en ligne), vivait toujours chez son père. Quand elle n'apportait pas son aide à l'expédition de produits attendus de toute urgence par des particuliers, elle traînait sur le même canapé pour regarder du football avec lui parce que, euh, qui sait pourquoi. Il lui passait les barquettes de viande grillée, de coleslaw en guise de « garniture diététique » et d'énormes récipients imbibés de Coca light. Tout cela, tandis que la Janey originale, qui aurait dû être l'effective, finissait sa première année de fac avec d'excellentes notes, partageait une location dans le plus branché des quartiers avec ses trois meilleures copines, et, oh ! comme elles s'amusaient. La nuit, l'ancienne Janey se baladait sur des ponts, arpentait des rues, des allées piétonnières. Dans la journée, elle concrétisait ses rêves, qui étaient précis, pas vagues, même si la nouvelle avait du mal à les discerner. Moderne et romantique à la fois, l'ancienne Janey communiait avec l'âme de la ville au rythme de ses crises – ouragans, pannes de courant géantes, manifs, tout ce qui poussait les New-Yorkais à descendre dans la rue. Elle continuait à voir sa mère tous les week-ends. Elles se retrouvaient à des vernissages, déjeunaient au printemps aux terrasses de bistrots, et celle-ci lui prodiguait des conseils que Janey faisait à moitié mine de ne pas écouter, alors qu'elle n'en perdait pas une miette.

Le plus intéressant, c'était quand les deux Janey pouvaient coïncider. C'était un jeu pour elle. Par exemple, et si l'ancienne et la nouvelle prononçaient le même mot au même moment ? Et si toutes deux disaient, ou auraient dit, le mot « salut » au même moment, 14 h 02, ici – 15 h 02 là-bas ? Ou si elles prononçaient à l'unisson le même prénom ? Elle prononçait celui des types qu'elle rencontrait – « Bill », « Shorty », « Bus » – les répétant encore une ou deux fois, même s'il était douteux que la Janey originale rencontre jamais, a fortiori *se tape*, un type nommé Bus. Une femme, « Vicky » aux longs cheveux noirs. Elle chuchota le nom de cette dernière dans ses cheveux. « Vicky, Vicky, Vicky », donnant ainsi à sa jumelle trois chances de plus de se connecter.

Elle y pensait chaque soir, quand son supérieur, Manny, vidait sa tasse de café dans l'évier. « Bonsoir, Manny », disait-elle. Elle chantonnait son nom de nouveau, sous cape, tandis qu'il la saluait et s'en allait, « Manny, Manny, Manny », comme un appel à l'autre Janey, une façon de la presser de dénicher une personne de ce nom-là dans son île lointaine et surpeuplée, et ainsi de nouer un lien entre elles.

« Besoin de quelque chose ? » disait Manny, repassant la tête.

C'était le contraire de la science-fiction. Elle ne s'intéressait pas à ces mondes alternatifs où il suffit de faire une seule chose autrement pour que votre vie prenne une orientation diamétralement opposée. Janey avait déjà fait cela et elle en subissait les conséquences. Ce qui l'intéressait, c'était quand on fait une chose autrement et que rien ne change dans votre vie.

Cela devait se passer sans cesse. Songez à tous ces gestes qui se répètent où qu'on se trouve. Toutes les fois où on va aux toilettes. Toutes les fois où on se chausse et se déchausse. Tous ces crétins à qui on dit bonjour. Tous ces bobards qu'on invente pour être apprécié.

Tous ces couloirs qu'on traverse, toutes ces fois où l'on écrit son nom. Songez à toutes les inepties qu'on dit à longueur de journée comme un disque rayé. Des phrases exprimées pouvaient apparaître et disparaître, se rencontrer, diverger, se rencontrer de nouveau. Envisagées de cette façon-là, la plupart des vies sont quasi identiques.

Elle y réfléchissait un soir, sur le divan, tandis qu'un débat se déroulait à la télévision, son ordinateur portable ouvert sur JobLizard. Manny avait démissionné, ou il avait été muté, ou bien il était mort, à moins qu'il n'eût déménagé, mettant plusieurs patelins entre eux, depuis qu'après six mardis de suite dans un motel au niveau de la sortie 67, il lui avait proposé de quitter sa femme et qu'elle avait ricané. L'hiver venu, elle avait été licenciée par son successeur pour « faute grave » : insubordination. Elle parcourait les offres d'emploi de haut en bas, tous ces emplois incroyablement nuls qui s'offraient à elle, une pauvre fille sans instruction ni qualification, vingt ans, elle qui avait fait partie jadis d'un club d'échecs, un club de joutes oratoires, qui avait…

Il y avait une troisième vie, bien sûr, qu'elle envisageait de temps en temps, et justement en ce moment même : celle où Janey serait morte. Dans cette vie-là, elle n'avait pas entrepris ce long voyage. Elle n'avait pas connu son père. Il était resté une énigme dans son cœur. (Une grosse perte ? se demanda-t-elle en jetant un coup d'œil à cette larve. On pouvait compter sur lui pour se ravitailler en sodas et hamburgers, à défaut de mieux.)

À la place, elle serait montée en voiture avec sa mère ce jour-là, et elles seraient mortes ensemble sur la route, en passant le pont. (Où allait-elle donc ? Janey y avait souvent réfléchi, sans être en mesure de répondre à cette question. Il n'y avait qu'Ikea sur ce vaste territoire.) Si elle était morte avec sa mère, le monde aurait passé sous silence les deux Janey. (Une grosse perte ?)

Elle arriva au bout des centaines d'offres d'emploi. Son père lui passa une barquette de frites. Il jeta un petit papier sur son clavier, plié en trois, un prospectus. « J'ai pris ça. Il y en avait une pile dans la salle de repos. »

Elle s'en empara. Une photo de ploucs blancs en uniforme, moches et tout sourire, au premier plan.

« Qu'est-ce que c'est ?

— Rien. J'ai pris ça pour toi.

— Ben, la prochaine fois, prends rien pour moi. » Elle fourra cela entre les coussins du divan.

« Ta maman aurait voulu que tu deviennes quelqu'un.

— Elle aurait voulu que je sois… (Janey récupéra le prospectus.) "Auditeur Qualité Avicole" ? C'est quoi ce truc ? »

Parfois, comme à présent, elle imaginait la défunte Janey, celle qui avait « tragiquement » péri dans l'accident. Planant dans les nuées, la défunte Janey posait son regard sur les deux autres : la Janey pas morte à New York, la Janey pas morte dans l'Iowa. De sa position dominante, la défunte Janey jouissait en quelque sorte d'une vue d'ensemble, si bien qu'au moment où la nouvelle Janey dans l'Iowa disait « Auditeur Qualité », deux mots que l'ancienne n'aurait guère l'occasion de prononcer, la super-Janey pouvait lire dans l'esprit de la nouvelle Janey et voir que ses pensées avaient marqué un arrêt brutal cinq secondes plus tôt, quand son père avait prononcé le mot *maman*. La super-Janey voyait ce *maman* imprimé dans l'esprit de Janey comme au fer rouge. Et peut-être que la super-Janey voyait l'ancienne Janey à New York, et peut-être qu'elle aussi avait un *maman* à l'esprit, à ce moment-là, car, mettons, sa (leur) mère venait de rentrer à la maison, hors d'haleine, et elle se débarrassait de son imper pour raconter une anecdote, et l'ancienne Janey tournait la tête dans sa direction, toute joyeuse. La nouvelle Janey s'interrogeait, fugitivement, sur ces coïncidences et si ça comptait, si la super-Janey pouvait déceler un lien entre elles aussi ténu que celui-ci, aussi fort et aussi fragile qu'un fil de toile d'araignée, la pensée la plus élémentaire, sans doute la première du nouveau-né avant qu'il soit à même de la formuler : *maman*.

« C'est un emploi stable, plaidait son père. Ils remboursent les frais de scolarité. Tu seras formée.

— Pas question de faire le même boulot que toi.

— C'est pas le même. Tu t'amélioreras.

— J'ai pas besoin de m'améliorer. Va te faire... »

Mais qui sait si les pensées comptaient ou pas ? Les pensées, qui filent à la vitesse de la lumière – les pensées, c'est comme la lumière ? –, accompagnées de tant d'autres choses. Les pensées sont des filets traînés sur un fond marin, elles draguent au passage du sable, de la tristesse, des coquillages et cetera. Elle considéra le bout de papier.

« J'ai aucune de ces compétences.

— On peut s'arranger. Je connais la dame.

— Une dame, toi ? Laisse-moi rire.

— Elle m'a dit qu'elle te donnerait un boulot.

— Une dame. C'est ta nouvelle copine ?

— Fais pas ta maligne. (Il se racla la gorge.) Elle a connu ta mère. »

L'après-midi qui ne perçait pas à travers les stores, un jingle annonçant un gagnant, ou un faux gagnant, fusant à la télévision, visages ravis à l'écran, gestes de joie, ou de fausse joie, l'atmosphère autour de Janey était pleine d'oxygène et d'ions, d'ozone, de poussière.

« Ta maman était sa baby-sitter, quand elle était gamine. »

Ce jour-là, Janey sentit l'importance de chacun des mots qui scintillait en elle, le poids du regard de la super-Janey sur elle.

« Il faudra juste suivre le stage de formation. C'est l'affaire de quatre jours. »

Car c'était imminent, un mot était sur le point de réunir les deux, l'ancienne et la nouvelle. Toutes deux ouvraient la bouche pour répondre à une question. Mais quelle était celle à laquelle l'ancienne devait répondre, sa mère arrangeant son imper sur la chaise, des gouttes de pluie tombant sur le carrelage ? On va quand même se chercher des sundaes sous la flotte ? On va au zoo ce week-end ?

« Tu veux que je l'appelle ? » demanda son père.

Même si elles prononçaient le même mot, le sens ne serait pas le même – le contexte était différent, les deux Janey étant différentes – mais le recoupement, le lien, était indéniable.

Eh bien, la super-Janey n'allait donner satisfaction à aucune des deux. Elle n'allait pas laisser la nouvelle prononcer ce petit mot, elle ne permettrait pas que ce lien se noue. Elle allait le leur confisquer, le retenir dans son petit poing bien fermé (alias son cœur). Mais l'ancienne Janey – l'originale, la meilleure, celle qui aurait pu vivre et aller jusqu'à atteindre la grandeur, ou du moins le bonheur, enfin un truc en « eur », n'eût-elle commis cette grave erreur – était la plus forte. Les autres n'étaient que des ombres, pâlissant à la lumière. Si quelqu'un pouvait le faire, réunir les Janey, c'était elle. L'ancienne prononcerait le mot, et si la nouvelle pouvait l'entendre, elle le prononcerait en même temps. L'ancienne ouvrit la bouche. Tant de choses étaient possibles qui n'auraient pas dû l'être. Janey tendit l'oreille. Serait-ce non, serait-ce oui ?

Cleveland l'avait connue sous le nom d'Olivia. Elle avait sept ans quand Olivia Flores s'était pointée pour la première fois par une belle soirée, alors qu'elle était en train de peupler et dépeupler un univers de boutons – galaxies M82 et d'Andromède, comète de Halley en paillettes – par terre. Sa mère s'était penchée sur cet agencement, « Hum, que vois-je… ? », tandis qu'Olivia, alors adolescente, robe à imprimé cachemire et bouche carmin, y avait à peine jeté un regard. « Jupiter a soixante-sept satellites, tu lui en as mis à peine dix. Et tu savais que l'espace est absolument silencieux ? Il n'y a pas l'atmosphère nécessaire à la propagation du son. » Cleveland n'aimait déjà pas la plupart des gens, aussi quand elle avait lâché une capsule de bouteille/trou noir pour se redresser, sa mère avait poussé un ouf de soulagement.

Olivia était venue ce samedi-là, puis une ribambelle de samedis, et d'autres jours de la semaine, dans une tentative malvenue de sauver le mariage des parents de

Cleveland (le plan avait réussi, mais certains individus ne devraient pas rester ensemble). Cleveland aimait collectionner des pièces détachées de réveils, et sauter sur son mini-trampoline, mais Olivia l'avait emmenée faire du porte-à-porte le soir de Halloween, ce à quoi elle se refusait depuis l'âge de quatre ans. Olivia avait insisté pour qu'elles forment leur propre groupe tambourin-xylophone, en dépit du manque de talent flagrant de son élève. Olivia lui avait appris les verbes espagnols, le tableau périodique des éléments, la valse (il existe encore une vidéo où l'on voit Cleveland tanguer vaillamment à travers la véranda), la triste histoire du droit du travail dans ce pays, et la bonne façon de plier un taco. Olivia était raffinée, géniale, belle, ambitieuse. À côté des parents de Cleveland, deux petits gros, elle avait tout pour elle. Olivia s'était occupée d'elle pendant cinq années, un an de plus que la mère de Cleveland ne le jugeait utile (mais quel mal à payer quelqu'un pour être l'amie de sa fille ?), puis elle avait disparu et voilà.

Cleveland avait reçu une carte postale de gratte-ciel, une autre d'une statue, rien d'autre. Elle avait pensé à sa baby-sitter pendant des années, entendu des échos de sa vie ailleurs (une fillette, une ville excitante), l'avait invoquée par la pensée dans les moments difficiles, avait pleuré en apprenant sa mort. Bref, jamais elle ne l'avait revue.

Le jour où Cleveland embarqua la poule, par un morne après-midi de février dans l'Iowa, elle n'avait pas revu Olivia en vingt et un ans, ce qui n'est pas aussi long qu'on pourrait le croire. Elle contemplait toujours des univers qui se peuplaient et se dépeuplaient, mais ces univers étaient désormais plus petits, vides de comètes et de planètes, pleins de bêtes, d'excréments et de matériel, en d'autres mots : des *poulaillers.* Pas les poulaillers du temps jadis, vestiges ou reconstitutions, l'emblème national en bois de cèdre rouge – grenier à foin, basse-cour, écurie, fourche – mais les usines d'aujourd'hui, les puissantes machines, les énormes robots et autres super-ordinateurs, la mégafaune créée par l'homme. Et le jour où elle embarqua cette poule, elle se tenait devant l'un de ces bâtiments : cent cinquante mètres de long, presque une fois et demie un terrain de football, la taille des quatre plus gros dinosaures ayant jamais foulé la planète alignés à la queue leu leu (elle adorait cette image), cette seule structure se peuplant et se dépeuplant de quarante millions d'œufs par an – banal pour ce type d'exploitation, mais le plus grand nombre d'œufs par poule depuis le commencement des temps.

Le vent geignait au-dessus des champs, le froid soleil bataillait contre la grisaille. Cleveland avait été récemment promue cheffe des audits effectués dans les fermes avicoles de l'Iowa. Les audits : garantir les meilleures pratiques pour la sécurité du consommateur et le bien-être des poules, naviguer d'après une carte stellaire de directives. À sept ans déjà, elle était douée pour les exercices comportant des règles et demandant un certain sens de l'organisation – puzzles plutôt que dessins, tables de multiplication plutôt que jeux de rôle. Ce job lui allait comme un gant.

Dans cinq minutes, elle allait piquer une poule à la ferme des Green et changer à jamais le cours de sa vie (même si elle ne le savait pas encore).

« Vous auriez un instant à m'accorder, monsieur… ? » Ça, c'était trois semaines plus tôt, lors de son premier rendez-vous avec le directeur régional. Elle lui montra sa tablette. « J'aurais quelques idées à vous soumettre. » Il cligna des yeux sur son propre écran, reporta sur elle un regard fatigué. « Bon, d'accord. »

Elle avait des idées sur la formation des employés, des opinions sur les registres d'alimentation. Le profil de son job comprenait désormais « révision des outils et documents-types à des fins d'amélioration ».

« Les procédures sanitaires ne sont pas fiables », déclara-t-elle. Elle tapota sa tablette. « Si je puis me permettre, pour la section transport on s'en remet à la bonne volonté des exploitants… » Elle martelait follement sa tablette, faisait défiler le menu déroulant. « Quant à l'allocation d'espace minimale… » Il y avait la section « Éclairage », la section « Fientes », la section « Épointage ».

Mais le directeur se massait la figure. « Là, je vous arrête tout de suite, Cleveland. » Il prit un air encore plus fatigué. « Vous comprenez pourquoi j'avais des doutes dès le début ? On en a déjà parlé en long et en large. Vous nous aviez promis…

— Dans un souci de précision…

— Ceci n'est pas de votre ressort. Vous, vous décrivez ce qui est, ou non, conforme. Vous ne participez pas au processus de résolution des problèmes. »

Elle reposa sa tablette, connaissant déjà la suite.

« Que fait-on, ici, Cleveland ?

— On nourrit le pays. »

Il recula dans son fauteuil avec satisfaction.

« L'œuf est l'unité de nutrition idéale. » Son siège pivotait légèrement. « Protéine, vitamine B12, vitamine D. Les vitamines des os et du cerveau. » Il désigna sa tempe. « Force et intellect. Une dizaine d'œufs et le pauvre mange aussi bien que le riche. Le rêve américain, Cleveland. La solution démocratique. » Haussement de sourcils. « Augmentez le prix de l'œuf et le pauvre ne peut plus nourrir sa famille. »

Elle se demandait quelle tête il ferait, « le pauvre », s'il découvrait que la certification en laquelle il plaçait sa confiance…

« C'est de la science, Cleveland, une œuvre philanthropique. Il en va de la survie de l'humanité. Il faut nourrir l'humanité.

— Compris.

— Bon, très bien. C'était la dernière fois. » Ses yeux se reportèrent sur son propre écran. « Alors, c'est tout ? Question réglée ? »

Elle repartit dans le couloir avec la sensation de creuser encore le fossé qui les séparait, de l'agrandir. Son téléphone bourdonna.

Janey est inscrite au stage de formation.

Olivia, être galactique. Elle avait l'exubérance et l'indépendance d'esprit qui avaient toujours fait défaut à Cleveland – même si elle s'était efforcée de devenir comme elle à force de mémorisation, d'imitation, de répétition. Olivia aurait su quoi dire. (Olivia, relevant le menton, rejetant ses cheveux en arrière, se redressant de toute sa hauteur, ouvrant la bouche…) Cleveland était, euh, *effrayée*, le mot était trop fort, plutôt perturbée à l'idée de rencontrer enfin la gamine. Serait-elle à la hauteur ?

Trois semaines plus tard, Cleveland marchait le long d'une succession de hangars visibles d'un avion ou d'une fusée. Les terrains juxtaposés, des dominos vus d'en haut. Les silos à aliment se dressaient dans le ciel, crénelés tels des donjons. Son inspection annuelle de la ferme des Green venait de s'achever. Sa serviette était lourde d'un équipement électronique désuet au service d'une tâche douteuse, peut-être vide de sens. M. Green, le « fermier », la salua de loin en refermant la porte du secrétariat. Cleveland, morose, lui rendit son salut. (Tout le monde savait que la sœur Green avait fichu le camp et militait à présent pour la cause animale.) Elle remonta dans son véhicule, quitta le modeste parking.

Mais il y avait une tache blanche devant elle. Elle ralentit. Un brin plus claire que le sol, et si petite. Une poule, qui se baladait sur la route, comme si le moment était venu de s'en aller.

Poule errant sur site. Voilà qui relèverait d'« Accès Structure ».

Elle l'examina à travers le pare-brise. L'univers – notre univers plein de ténèbres, de silence, de fange – prospère sur le hasard, le libre arbitre, l'erreur – mais dans une ferme-usine, une erreur, c'est la catastrophe. Si des poules pouvaient sortir, d'autres bêtes pouvaient entrer, propager des maladies, empoisonner la moitié des consommateurs d'œufs nord-américains, et ainsi de suite. Il fallait faire demi-tour, signaler à l'exploitant ce manquement aux règles de biosécurité. Refaire le formulaire d'inspection, soustraire deux points sous Sécurité Interne et Accès, signer de nouveau, émettre une Action Corrective, remplir un formulaire de Plan de Biosécurité, remanier le…

Ou elle pouvait tout simplement la contourner et passer son chemin.

Elle regarda la poule, fixement.

Olivia tomba dans ses pensées comme une pierre. (Elle lève un ongle verni de bleu pour le pointer sur le pare-brise, tourne son visage indigné vers le directeur, déclare…)

Peut-être cela fit-il la différence, peut-être pas. L'esprit humain est un mystère.

Les poules sont toujours en mouvement. Elles ne se tétanisent pas comme les lapins. Elles ne croisent pas votre regard. Leurs yeux fonctionnent indépendamment, focalisés sur des objectifs multiples. Lorsqu'elles penchent la tête, c'est pour prendre une série d'instantanés sous divers angles. Mais celle-ci s'immobilisa. Son regard « chercha » celui de Cleveland.

Cleveland se rangea et sortit de la voiture.

Une poule, toute seule, s'éloignant tranquillement des huit bâtiments écrasants de la Ferme Heureuse des Green. Ses premiers pas sur la terre ferme, pas du grillage. Où était sa mère ? Elle avait un peu plus d'un an, orpheline de naissance. Qui sait où elle croyait aller (pourquoi une poule traverse-t-elle une route ?) ou si l'espèce a en elle la notion de « destination » (bien sûr que oui – ce n'est pas tout à fait la nôtre, mais ça s'en rapproche). On pouvait l'applaudir. Goûtant à la liberté pour la première fois, la plupart de ses congénères n'auraient pas pris le large par une frileuse journée d'hiver, après toute une vie de claustration. La plupart se seraient réfugiées contre un mur, sous un surplomb, ou cachées dans les fourrés. Elles auraient tenté de rentrer pour ne pas être la proie de tout ce qui pouvait planer là-haut : le ciel et toutes ses menaces certaines. Race de poltronnes, pour ainsi dire. Et pourtant, voyez cette entreprenante (téméraire ?) poule, Bwwaauk, le nom auquel elle s'identifie. Toutes les poules, que dis-je, tous les oiseaux ont une conscience de soi et s'identifient entre eux au moyen de piou-piou personnalisés – autrement dit, des *noms*.

Comment Bwwaauk s'était-elle fourrée dans ce guêpier ?

Ou plutôt, comment s'en était-elle tirée ? (Le guêpier étant pour les cent cinquante mille pondeuses qu'elle avait laissées dans le bâtiment. Comment les poules s'étaient-elles fourrées *là-dedans* ?)

Elle continua à trottiner au bord de la route, dans la fraîcheur de l'après-midi.

Toute autre contrôleuse en chef aurait pu l'ignorer et rentrer chez elle. Mais Cleveland Smith avait fait de la course à pied, elle en avait usé des tapis roulants. Elle était même arrivée première, trois années de suite, au « Hustle Up the Hancock », catégorie Contrôleurs (des professionnels venus des quatre coins du pays se réunissaient à Chicago, le dernier jour du congrès, pour gravir à toute vitesse les quatre-vingt-quatorze étages de la tour). La course, c'était son rayon.

La poule sprinta. Elle feinta, zigzagua, mais Cleveland réussit à l'acculer du côté de la station de désinfection des roues, et l'attrapa. Elle la porta ensuite dans le strict respect des consignes de la Fédération des producteurs d'œufs – plaçant une main sous le bréchet, l'empoignant par les pattes de l'autre, et la serrant contre elle pour des raisons de sécurité. Après quoi elle retourna au secrétariat afin de livrer la fugueuse et débiter un sermon sur l'asepsie.

Elle hésita. Une poule ne pouvait pas retourner dans le bâtiment après s'être retrouvée à l'extérieur. Un ouvrier l'euthanasierait. Une poule en parfaite santé, pleine de vie. Une quarantaine aurait suffi. Un cabinet de vétérinaire dans chaque exploitation, un vétérinaire à mi-temps, pas une exigence déraisonnable compte tenu du fait qu'il y en avait des *millions par exploitation.*

Le directeur régional, la bloquant d'un geste : « Là, je vous arrête tout de suite, Cleveland ! »

(Olivia, en robe à fleurs et tennis, attrape la balle au bond, la brandit victorieusement, descend des gradins en hurlant sa joie.)

Elle déposa la poule sur la banquette et repartit.

Ahah ! Et la voilà partie, fonçant vers la ville (mais dans le respect de la limitation de vitesse, bien entendu), la poule roucoulant à l'arrière. Cette petite sotte était tombée par terre. Dehors, le sol avait la couleur du sable et le ciel celui des pierres, mais intérieurement Cleveland voyait tout en Technicolor – et elle filait comme l'éclair. Voyez-la disparaître dans le lointain.

Elle resta un moment devant sa porte de garage. Maison, gazon, voisinage formaient un camaïeu de teintes anémiques. L'idée venait de l'effleurer : comment justifier auprès de son mari le fait de ramener une *poule de réforme* à la maison ? (Hé oui, elle avait un mari, un homme très bien, gestionnaire au sein du collège communautaire local, en charge des admissions. Sa spécialité : insérer les jeunes qui défilaient sur la chaîne de montage dans les créneaux disponibles et les expédier dans le monde du travail, dûment conditionnés et certifiés.) Il serait de retour dans une heure, et la croirait devenue folle. Elle se retourna. La poule était squelettique, primitive, déplumée, crasseuse, ravagée par les mauvais traitements. Cela pouvait être qualifié de vol.

Elle l'amena dans le garage, lui ménagea un petit coin, déposa une gamelle d'eau et des feuilles de laitue dans une assiette. À l'heure où son époux rentra, elle était installée sur le canapé, devant son ordinateur portable. Sous l'effet de la panique, sa respiration était entrecoupée. Il s'agissait clairement d'un délit qui pouvait lui coûter son boulot. Enfin, la ferme des Green était en infraction, plaiderait-elle. En confisquant la poule, elle était dans son bon droit. Sauf que, bien sûr, personne ne partagerait son point de vue. Alors, que faire ? Elle ne pouvait pas la rapporter là-bas et la remettre en pleine nuit dans une cage, où elle se ferait massacrer à coups de bec et répandrait des maladies à travers toute l'Amérique.

Monsieur posa son sac de gym. « C'est bien des gloussements que j'entends ? »

Cleveland était terrifiée. « Les Clayborn doivent avoir des poules.

— Formellement interdit en zone résidentielle. Je vais écrire à l'association de quartier. »

Elle alluma la télé.

*

Elle était dans son lit, les yeux ouverts, couchée auprès de son époux qui respirait paisiblement. La seule chose à faire, c'était d'apporter cette poule à l'antenne locale des militants de la cause animale. La sœur de M. Green, l'exploitant, y travaillait, après tout. Ce serait quasiment une restitution. Elle se leva et alla dans le garage. La poule avait renversé de l'eau et s'était tapie sous les bicyclettes. Cleveland s'accroupit, la récupéra, la fourra dans un carton et se rendit à cette antenne située dans le centre-ville désert. Son seul contact avec ces gens-là, c'était lors de l'annuelle journée « Bienvenue à la Ferme », quand quelques adolescents se pointaient en jean déchiré et T-shirt à slogan pour distribuer des tracts hystériques. Avec sa façade quelconque, il aurait pu s'agir de n'importe quoi : lieu de culte, pharmacie périclitant, QG d'un candidat malheureux aux élections. Elle prit le carton et le poussa contre la porte.

Puis elle rentra chez elle et adressa un petit billet anonyme au groupe. *Salutations. Je vous ai laissé un cadeau.*

La page se rafraîchit à travers des formes colorées sur l'écran.

Une réponse surgit. *Vous êtes censée être qui, notre marraine la bonne fée ?*

Elle répondit. *Va voir à ta porte, Cendrillon.*

J'espère pour vous qu'on n'aura pas à appeler la police.

Elle referma brutalement son ordinateur.

Appeler la police pour une poule ?

Elle dormit environ une heure, se réveilla plus tôt que d'habitude, avant son mari. Elle se rendit au boulot, se cacha dans son bureau et travailla à organiser des données. Elle entendait ses collègues arriver, se croiser dans la salle de repos, se saluer. Finalement, elle regarda, c'était plus fort qu'elle. Et, oui, elle avait reçu un nouveau message du groupe.

On voit votre adresse IP.

Pouvaient-ils découvrir son identité ?

On frappa, et la porte s'ouvrit.

« Olivia », s'étrangla-t-elle.

La gamine portait une sorte de sweat-shirt à capuche et ses cheveux étaient une botte de foin. « Morte, répondit-elle. Brutalement. Accident de la route. »

Sa fille.

Olivia avait-elle exprès perdu le contact ? Cleveland s'était toujours posé la question. Elle-même n'était sans doute pas une fillette facile, mais elle avait été d'une certaine manière son premier enfant. Elle l'imaginait arrivant à New York, levant les yeux vers les gratte-ciel, la main sur le ventre, et songeant à elle, la petite dont elle s'était occupée, l'unique indice lui suggérant qu'elle pourrait peut-être se débrouiller.

D'un autre côté, Olivia avait beaucoup de problèmes à régler. Seule dans une ville immense, dix-huit ans, fauchée, intelligente mais sous-qualifiée, et bientôt flanquée d'un *bébé*. Elle ne devait pas avoir beaucoup de temps pour lire, a fortiori pour répondre aux nombreux,

nombreux messages de Cleveland. Cleveland avait écrit, écrit, avant d'arrêter. De quel droit prétendre à une place à vie dans le cœur de sa baby-sitter ? C'était juste un boulot pour Olivia, elle n'était ni sa sœur, ni sa nièce, ni une copine.

Un jour d'hiver, le père de l'enfant avait appelé. Olivia était morte six mois plus tôt. Il avait sa fille à la maison. Et elle aurait besoin d'être un peu guidée.

Cleveland, trouillarde, craignant de tout gâcher, avait tardé à répondre, attendu le bon moment, n'avait rien fait.

Elle se cramponna à son bureau.

« Il y a cinq ans, déclara la jeune fille. Presque six. »

Cleveland était si ébranlée qu'elle ne pouvait plus réfléchir. « J'ai été informée de son décès, mais notre rendez-vous, c'est la semaine prochaine.

— J'ai changé la date.

— Je n'ai pas encore reçu ton attestation de fin de stage. »

L'ado lui lança un regard noir. On aurait dit une jeune élevée en foyer, sortie d'un centre de détention pour mineurs. Mais comme elle lui ressemblait. « Ben, j'ai fini quand même. Jeudi dernier. Vous n'avez pas été *informée* ? »

Quoi, elles s'*engueulaient* ? Il fallait qu'elle se ressaisisse. « On commencera demain. Prends ton kit de bienvenue à l'accueil. »

La gamine s'en alla dans un couinement de baskets (Olivia jouant aux soucoupes volantes dans un vieil entrepôt, Olivia balayant feuilles et brindilles sur ses vêtements). Le cœur de Cleveland battait la chamade. Ce n'était pas du tout ainsi qu'elle aurait voulu commencer. Elle repivota devant l'ordinateur. Un nouveau message du groupe d'activistes était arrivé.

Il aurait fallu ne pas lire, mais elle lut.

Il aurait fallu ne pas répondre, mais elle répondit.

Le lendemain, la fille d'Olivia était de retour et Cleveland lui parla en tremblant de la mission de la Fédération des producteurs d'œufs, de l'histoire de la certification de la poule pondeuse aux USA, des Cinq Libertés accordées aux poules. Elle s'entendait débiter avec gravité des explications mécaniques, observait ses propres gestes parcimonieux. Olivia avait fait chanter le tableau périodique des éléments, Olivia avait tagué des équations trigonométriques sur la porte du garage (à la grande horreur des parents, qui croyaient que c'étaient les signes de reconnaissance d'un gang). Olivia aurait rendu ce métier amusant.

Elle lui tendit un uniforme, un bloc-notes, un ordinateur portable monotâche, une brassée de classeurs et de formulaires. « Demain, interro. »

Parallèlement, il peut sembler absurde de dire qu'elle se querellait avec ces militants de la cause animale, mais c'était bien le cas.

D'où sortez-vous cette poule ? Vous mériteriez d'être poursuivie pour maltraitance.

En réalité, elle est à vous.

C'est sûr qu'elle n'est pas à vous. L'erreur fondamentale des gens de votre espèce, c'est de croire qu'un être vivant peut être la propriété d'un autre.

Elle écrivit de nouveau trois jours plus tard, joignant douze photos de poules dans des cages rouillées qu'elle avait prises – illégalement, avec son téléphone – tandis que Janey Flores se trompait dans son calcul de l'espace en cage, à une rangée de là. *Voici pour votre calendrier mensuel.*

Nous faisons en effet des opérations d'infiltration ciblées, pas du gardiennage. Si vous êtes en mesure de mener ce genre d'enquête, et si vous en avez le courage et la volonté, ce dont nous doutons, venez nous voir sans vous planquer derrière un téléphone.

C'est là qu'elle vola deux poules. Elle se rendit en voiture à la Ferme de la Famille Anderson, s'en empara, les laissa dans un carton avec un petit mot. *Il y en a deux millions de plus, là-bas. C'est moi qui fais votre boulot. Dans quel camp êtes-vous donc ?*

Ils répliquèrent. *Oh excusez-nous de ne pas sauter de joie quand des anonymes déposent des bêtes à notre porte pour qu'on s'en occupe à leur place. Sauver des individus, c'est une connerie. Si quelque chose au fond de votre cœur tortueux vous interdit de travailler à nos conditions, si vous vous sentez disculpée pour avoir secouru deux poules, abandonnant les autres à la souffrance et à la mort, a fortiori dix milliards chaque année, amenez-les à cette adresse, pas chez nous.*

Cette adresse, c'était loin, à une centaine de kilomètres, dans l'un de ces refuges risibles à proximité de l'autoroute. Elle en contempla des images aériennes en ligne, tandis que Janey, installée en face d'elle dans la salle de réunion des Anderson, feuilletait le registre d'alimentation – trop vite pour être en mesure de déterminer si les directives avaient été suivies.

Le surlendemain, Cleveland se rendit à la Ferme de la Famille Spillman, un producteur d'œufs qu'elle inspectait une fois par an, depuis cinq ans. Elle pénétra sur la propriété avec un cabas comme chez l'épicier, et rafla six poules sur le sol de la volière.

Là, vous faites fort. Puisque vous refusez de vous présenter, nous prenons la liberté de le faire. Nous avons installé une caméra de surveillance qui nous a coûté des fonds très précieux. Elle fonctionne, donc puissiez-vous arborer une blouse de fermière ou la cagoule des révolutionnaires du Front de libération des animaux en venant chez nous, on le verra, sachez-le.

Ce fut la dernière fois qu'elle vola des poules, pendant un certain temps.

Jusqu'au jour où, n'y tenant plus, elle en piqua trois de plus.

« Regarde autour de toi, Janey. »

Elles se trouvaient parmi des angles rarement visibles dans la nature. Dix-huit hangars. Un ensemble de bâtiments secondaires, plus modestes. La petite regardait toujours à ses pieds. Un soleil pâle.

« Vois-tu, ceci est une illustration de l'inventivité américaine. Le poulailler moderne est un appareil parfaitement calibré… »

Elle prononçait ce discours une dizaine de fois par an – à des séances de formation, devant des jeunes, au pied levé à des réunions de l'association de quartier. « Livrées à elles-mêmes, les poules ne pondent qu'une trentaine d'œufs par an, en fonction de la race. Pendant des milliers d'années, les œufs furent un luxe. » Elle désigna un hangar. « Celles-ci en pondent deux cent soixante-dix par an. Sais-tu grâce à quoi ? Grâce à une découverte scientifique… »

Elle s'interrompit et lui jeta un coup d'œil perçant. « Redresse-toi, Janey ! On ne fait pas de progrès scientifique en courbant le dos ! »

La petite se redressa de façon presque imperceptible.

Janey Flores. Muette (boudeuse ?), inexpressive (sans imagination ?), elle avait cette manie agaçante de tripoter le zip de son sweat-shirt, un coup en haut, un coup en bas, sweat-shirt qu'elle s'obstinait à porter par-dessus son uniforme, si bien qu'elle ressemblait à (était ?) un vilain petit canard caractériel. Pourtant, chaque fois qu'elle se tournait, lui présentant son visage sous un angle différent, Cleveland se sentait submergée par une monstrueuse bouffée d'amour maternel.

« La lumière. Cette découverte, c'est la lumière… » Cleveland se remit à avancer. « Dans les années trente, des scientifiques américains ont découvert que la lumière stimulait la ponte. Une longue durée d'éclairement indique que c'est le printemps et qu'il faut pondre. Une durée moindre : c'est l'hiver et le temps du repos. Plus d'éclairement, plus d'œufs. »

Cette ado avait tout simplement besoin de discipline, de conseils, d'attention.

« Donc, ils ont augmenté l'éclairage et, ô surprise, les poules ont continué à pondre. » Elle leva un bras vers les bâtiments. « On pourrait même faire en sorte qu'elles n'arrêtent plus. Que dis-tu de ça ?

— Encore une victoire pour l'humanité, déclara Janey, maussade.

— Pour les Américains », rectifia Cleveland.

Avant cette rencontre avec celle dont sa mère s'était occupée autrefois, Janey s'était inquiétée pendant de longues semaines. Elle se demandait si cette femme l'apprécierait. Elle essayait de se rappeler si sa mère lui avait parlé d'elle – Cleveland, quel prénom cool ! – et c'est ainsi qu'elle s'aperçut qu'elle avait de moins en moins de souvenirs d'elle. Il lui restait si peu de choses – une valise pleine de vieilles fringues, deux tableaux, une poignée de bijoux, trois messages vocaux qu'elle transférait scrupuleusement avec toutes les photos sur chaque nouveau support technologique. Tant de choses avaient disparu.

Elle s'efforça de communiquer avec l'ancienne Janey. Demande-lui. Interroge maman sur Cleveland.

Allongée dans sa chambre, chez son père, elle tâchait de l'imaginer. Enjouée, vive, futée. Comme Cleveland était de la campagne, elle voyait une forcenée du bio – des tresses, des sandales, grattant de la guitare acoustique. Ce n'était sûrement pas bon pour elle de penser ainsi, mais elle se voyait camper avec elle, remonter le cours d'une rivière, randonner dans les bois, bivouaquer autour d'un feu. Cleveland lui racontait des anecdotes sur sa mère, du temps où celle-ci était adolescente, et elle interprétait tous les rôles. Oh, comme Janey riait ! Puis, Cleveland tendait la main pour replacer une boucle derrière son oreille, disant : « Ta maman serait fière de toi », et Janey fondait en larmes. Alors, Cleveland l'enlaçait d'un bras de grande sœur, et ajoutait : « Bon, on va te trouver quelque chose. Tu ne peux pas continuer à faire *ça* », en désignant vaguement la direction de leur bureau. Mais là, le fantasme de Janey marquait le pas, car c'était bien ce que Cleveland elle-même avait fait, après tout. Rester dans l'Iowa, prendre ce boulot, même qu'elle était le chef ! Janey s'empressait de prendre sa défense. Dans le cas de Cleveland, c'était compréhensible, parce que… parce que… parce que… Elle hésitait, puis trouvait : Cleveland était une mère célibataire ! Elle élevait seule son enfant et s'en tirait fort bien (comme la mère de Janey !). Une fillette avec une guimauve au bout d'un bâton fit son apparition près du feu de camp, dans son fantasme. Toutes trois exploraient les environs, pagayaient sur des lacs, s'aventuraient dans des grottes. Ainsi Janey s'intégrait-elle à cette petite famille (tante Janey !) et une *nouvelle* Janey émergeait : short en jean effrangé, bandeau dans les cheveux, inscrite dans une grande université en sciences de l'environnement (Janey n'avait jamais été très « nature », mais avec Cleveland à ses côtés, elle tombait amoureuse de toute la planète), rentrant le week-end pour retrouver Cleveland et sa fille (Olive !).

Il y avait belle lurette qu'elle ne s'était souciée de manger sainement. Pourrait-elle rectifier le tir pour cette femme, s'il le fallait ? Elle allait se donner à fond.

Le stage d'auditeur de certification fut un calvaire : quatre longues journées diapos agrémentées de cocottes de dessins animés, des questionnaires avec des crayons à papier comme en 1999, les heures les plus assommantes de sa vie, et aussi les plus perturbantes. Rien que le vocabulaire : « dépeuplement » (tuer des centaines de milliers de poules), « mue forcée » (les affamer mais pas au point qu'elles en crèvent), « épointage du bec » (les mutiler), « certification » (autoriser, non, *imposer* tout un lot d'atrocités), la « Fédération des producteurs d'œufs » (les Blancs d'un certain âge responsables de tout cela).

Elle était comme un mystique qui se soumet à des épreuves fastidieuses dans l'espoir d'atteindre un jour l'illumination, et qui, arrivant enfin au bout de ses peines… Son impatience était telle qu'elle avança son rendez-vous de cinq jours. Elle roula jusqu'à l'adresse indiquée. Un bâtiment cubique dans un paysage composé d'autres cubes, un « parc » de bureaux, des hectares de bitume. Au lieu d'arbres, des panneaux vous orientaient vers des parkings paumés. Une réceptionniste lui indiqua le bureau de Cleveland. Janey frappa avant d'entrer. Celle qui se trouvait là, très pâle, pâlit davantage. « Olivia ? »

Janey sursauta. « Morte. »

À partir de là, ce fut de pire en pire. Le premier jour, Cleveland parada devant un tableau blanc en débitant un laïus sur le thème des « responsabilités ». Elle consacra dix minutes au règlement relatif à la cantine du personnel. Janey en était bouche bée. Cleveland lui donna des « devoirs à faire à la maison ».

Les jours suivants, elles allèrent effectuer les contrôles. Janey endossait l'uniforme à contrecœur, s'installait sous des néons, dans les bureaux des exploitants pour feuilleter la documentation, crapahutait derrière Cleveland jusqu'aux hangars sous la pluie, la suivait dans les travées. Presque toute la main-d'œuvre était mexicaine. Quelquefois, on tentait de blaguer avec elle en espagnol, mais elle ne comprenait rien. Elle se sentait étrangère à tout, comme à la dérive. Les bâtiments étaient imposants, avec des dimensions dignes d'un film de science-fiction, il y régnait une forte odeur d'ammoniac et de produits chimiques.

Et Cleveland était bizarre. Regard éteint, port de tête rigide. Comment Janey avait-elle pu être naïve au point d'imaginer que cette personne pouvait être autre chose que ce qu'elle était ? Cette « Cleveland », la servante convaincue d'une cause médiocre, une femme dans un uniforme ridicule, guindée, une obsédée des règlements, qui portait le nom d'un président des États-Unis connu pour n'avoir strictement rien foutu au cours de ses *deux* mandats. Une femme qui semblait convaincue que ces horribles entrepôts étaient des lieux de vie convenant parfaitement à des *êtres vivants*, comme s'il s'agissait de tondeuses à gazon ou de téléviseurs. Si Cleveland n'avait pas prononcé le prénom de sa mère le premier jour, Janey n'aurait jamais cru avoir affaire à la bonne personne.

Quelque chose ne tournait pas rond. Elle était tendue, cachottière. Elle vivait dans la plus affreuse des baraques, des pare-soleil en plastique au-dessus des fenêtres, un bardage imitation bois qui se décollait par plaques. Pas d'enfants, un conjoint au teint blême qui perdait déjà ses cheveux. Planquée dans sa voiture, Janey baissa vivement la tête pour ne pas se montrer lorsque Cleveland sortit sur le trottoir avec sa poubelle de recyclage.

Janey était désespérée. Elle aurait préféré ne pas avoir monté de toutes pièces dans son esprit une statue bonne à déboulonner, ne pas avoir laissé entrer dans son champ de vision ce qui pouvait ressembler à une lueur d'espoir. Elle perdit son uniforme à la laverie automatique, perdit ses classeurs sur une vaste exploitation (elle les avait déposés quelque part et oubliés, jusqu'au moment où Cleveland l'avait regardée de travers, une heure plus tard), perdit toute curiosité à l'égard de cette dernière, perdit son aptitude à donner le change, et elle était bien partie pour perdre son boulot, aussi.

Autrement dit, Janey ne l'interrogea même pas sur sa mère.

« Merci bien, dit-elle à son père. Maintenant, j'en suis réduite à mesurer des niveaux d'ammoniac et à racler des excréments collés à mes semelles. Ça pue même dans mes rêves. Maman s'occupait d'elle juste épisodiquement, hein ? Elles se connaissaient sûrement à peine… »

Il poussa le plus horripilant des soupirs. « Est-ce que ça compte ?

— Oui, ça compte.

— Alors, pourquoi tu ne lui demandes pas ? »

Et puis, elle surprit son mentor à utiliser son smartphone dans un bâtiment. Un jour, à deux reprises. Interdit, mais pas grave. Et rebelote. Elle devait consulter sa messagerie.

Mais, non, ça alors…

Janey était si déçue par Cleveland, et si absorbée par sa déception, que tout cela aurait pu facilement lui échapper.

Cleveland filmait des poules – chose illégale, en violation de la « loi-bâillon[1] » de l'Iowa, dont Janey avait entendu parler d'une oreille distraite au cours de sa formation, passible d'une sanction quelconque, amende ou peine de prison. Et elle prenait des photos, pas de poussins tout ébouriffés, mais de poules bousillées. Entassées

1. Les « lois-bâillons » permettent de poursuivre toute personne qui s'introduit clandestinement dans une exploitation agricole afin d'en dénoncer les pratiques et/ou qui prend des clichés ou enregistre des vidéos à l'intérieur.

derrière des grillages, avec des plaies à vif, l'utérus sortant du cloaque, mortes dans une benne, formant un tas sanglant. Janey assista à cela pendant une semaine. Cleveland était une enquêtrice infiltrée. Qui l'eût cru. Quel génie. Elle en était impressionnée. Presque un peu apeurée – seule une psychopathe pouvait faire ça. Une folle.

Les fientes aussi. Elle les prenait en photo.

Un soir, à minuit, Janey faisait le guet devant chez Cleveland à bord de sa voiture, à moitié cachée par un monospace. La rue entière était dans le noir, pas une chambre éclairée, pas un ado rebelle pour se glisser par une fenêtre. Janey somnolait, la tête contre l'appui-nuque, les yeux mi-clos. Elle se réveilla en sursaut en voyant la porte d'entrée s'ouvrir et Cleveland s'élancer sur la pelouse – une nappe d'argent parcourue par une ombre furtive. Elle monta dans son véhicule et démarra. Janey attendit un peu avant de la suivre discrètement, lentement, à travers la ville. Lorsqu'elle tourna à gauche sur la Route 54, Janey devina sa destination. Elle resta dix minutes sur le parking du Jack-in-the-Box, puis roula jusqu'à la ferme qu'elles avaient contrôlée ce jour-là. La voiture de Cleveland était bien là, garée au bord de la route, à la hauteur du bâtiment le plus éloigné. Janey se rangea à une certaine distance, enfila son bonnet et ses gants, et y alla à pied. Elle attendit, son haleine fumant dans le froid.

Ammoniac, ténèbres, des ventilateurs comme un avion au décollage. Cleveland ressortit du hangar avec un sac en toile de jute.

L'insoutenable beauté de cette nuit ! La petitesse de Cleveland par rapport à ce gigantesque bâtiment ! La lumière à l'intérieur l'éclairait à contrejour et la nimbait d'un halo. Les ventilateurs faisaient comme un *Om*. Qui était cette femme ? Que lui avait transmis sa mère, jadis ? Le même esprit de révolte qui l'avait entraînée loin de cette petite ville, et qui y avait ramené Janey ? La flamme de sa mère, de son grand-père, en était-ce la trace ? Janey avait cru se trouver dans une impasse, mais à présent…

Cleveland ferma la porte et disparut. Janey attendit. Elle vit sa silhouette fendre l'obscurité.

Janey arriva par-derrière. Cleveland était penchée au-dessus de la banquette arrière, tandis qu'une paire de poules s'extirpait du sac.

Elle pouvait être virée. Poursuivie. Emprisonnée. Elle pouvait être accusée de bioterrorisme. Elle pouvait…

« Bonsoir », dit Janey.

Surprise, Cleveland se redressa, lâcha le sac vide. Elle claqua sa portière avec une vigueur menaçante. « Qu'est-ce que tu veux ? »

Elle portait *son foutu uniforme.*

« Pourquoi vous faites ça ?

— Quoi donc ? »

À l'intérieur : un cosmos. Enfermées dans l'acier et le béton, sept gigantesques allées de cages s'élèvent à une hauteur de sept mètres soixante, huit niveaux sur deux étages. Un système de chaînes amène les aliments, une série de tapis roulants emporte les excréments. Des ventilateurs puissants brassent et expulsent le monoxyde de carbone, le sulfure d'hydrogène, l'ammoniac, la poussière. Vingt mille ampoules s'allument à intervalles réguliers telle une monstrueuse décoration de Noël, les cycles du soleil réglés sur minuteur. Le bâtiment tout entier est une machinerie qui gronde. Cent cinquante mille poules vivent là, attendant – quoi ? qui ? Sur un large convoyeur, les œufs s'éloignent lentement.

« Pourquoi prendre celles-ci ? »

Ça gloussait à l'intérieur de la voiture, mais Cleveland ne se démonta pas.

Psychopathe, songea Janey.

« Je ne fais que mon travail, Janey. C'est toute la différence entre une employée qui va progresser et une autre qui stagnera. »

Si folle qu'elle était sans doute dangereuse.

« Vas-y, appelle le directeur régional. Je vais te donner son numéro.

— Non, merci.

— Vas-y.

— Non, pas envie. »

Les ventilateurs vrombissaient.

« Bon.

— Bon. »

La psychopathe ouvrit sa portière.

« Hé… », fit Janey.

Cleveland fit volte-face.

« Combien de fois ma mère s'est occupée de vous, quand vous étiez bébé ?

— Des centaines de fois. » Elle se mit au volant. « Et je n'étais plus un bébé. » Elle démarra. Janey la suivit.

Avec Cleveland, elles commencèrent à enlever des poules. Elles se pointaient bien avant l'aube, des heures avant l'arrivée des premiers ouvriers et des heures après le départ des derniers, quand les bâtiments n'étaient que machinerie, roucoulades et émanations, quand il n'y avait pour toute lumière sur le terrain que les témoins des détecteurs de présence. Horizon invisible, routes rectilignes fendant les ténèbres, les deux femmes se garaient le long d'un hangar, sortaient du véhicule dans leur uniforme de contrôleuse – qu'elles portaient sur l'insistance de Cleveland. Tout en traversant les bâtiments, cette dernière notait avec indignation les « non-conformités », tapis roulants bloqués, cages surpeuplées, un chat rôdant dans les allées. Si elles se faisaient pincer, avait-elle déclaré, il faudrait la laisser parler. « Oh, bien sûr », avait répondu Janey. Comme elle aimerait voir ça ! Une peine de prison, ce ne serait pas trop cher payé. Elles en sortaient une douzaine à la fois, six maigres volatiles par sac en toile de jute, elles se relayaient au volant, repartaient en trombe à trois heures du matin, les pauvrettes blotties sur des torchons à l'arrière.

Parlaient-elles de la mère de Janey ? Rarement. Une nuit, il se mit à neiger tandis qu'elles étaient dans un bâtiment. Quand elles en ressortirent, le blizzard était si épais que c'était comme scruter de la boue blanche. On ne voyait plus rien : pas une route, pas une maison, pas un véhicule. Leurs torches n'éclairaient que la neige. Elles zigzaguèrent dans une direction, puis une autre, les sacs de plus en plus humides et lourds (les poules ne pouvaient y passer qu'un temps limité, sous peine de mourir ; c'était déjà arrivé), la neige fondue formant des tourbillons sous leurs pieds. Janey pestait, frissonnait. Cleveland s'arrêta et braqua sa torche sur elle. « Janey Flores, pour la dernière fois, redresse-toi ! Ta mère disait souvent que même la plus humble des tâches doit été réalisée comme si c'était pour le président des États-Unis. Tu t'avachirais comme ça devant le président des États-Unis ? »

Janey faillit s'en étrangler. Sa mère *disait* ça ! Elle tira ses épaules en arrière. Elles piétinèrent longtemps mais finirent par retrouver la voiture.

Cleveland : « Il n'y a pas les chiffres pour les mathématiciens et les chiffres pour les auditrices avicoles. Refais ton calcul. »

Sa mère : « Il n'y a pas la politesse pour la reine d'Angleterre et la politesse pour les jeunes filles de Brooklyn. Sers-toi d'un Kleenex ! »

Cleveland : « Remonte cette vitre. Tu crois que ces poules aiment être remuées comme des boules de loto ? »

Sa mère : « Ferme cette vitre. On n'est pas des boules de loto au milieu d'un bingo troisième âge ! »

Janey ne se ferait jamais au brouhaha. Cliquetis des machines, couinement des courroies. Même l'éclairage faisait du bruit dans ces endroits-là. Plus on s'enfonçait dans une allée, plus celui des ventilateurs cédait la place à celui des dizaines de milliers de poules, plaintes déchaînées ou ronron. Cela touchait les oreilles par strates, la strate supérieure émanant de celles qui gloussaient ou ululaient tout près, la strate inférieure un roucoulement de fond qui s'élevait de tous les coins du labyrinthe. En regardant en l'air, elle apercevait à travers la passerelle métallique un second étage identique. En s'accroupissant, elle voyait à ses pieds le premier niveau de poules, et elle était elle-même coincée entre ces deux murailles assourdissantes, des centaines de têtes pointant à toutes les hauteurs, devant, derrière. À travers le halo de squames, on ne distinguait pas le bout de ce tunnel. L'échelle inimaginable de ces choses, l'infiniment petit côtoyant l'infiniment grand, l'effet sur l'esprit des rapports de grandeur.

*

Certaines fermes étaient protégées par du fil barbelé, d'autres par des codes d'entrée. D'autres encore, par un fourgon sécuritaire visible dans les parages. Parfois, il n'y avait qu'un pauvre écriteau cabossé pour les repousser. Cleveland trouvait toujours un moyen de passer. Avec brio. Si un bâtiment était fermé (la plupart ne l'étaient pas), elle savait où étaient les clés. Sinon, elle consultait sa paperasse et au bout de quelques minutes dégotait une clé ou un code. Un coup d'œil à leurs rapports de contrôle et elle savait quand les équipes de nuit arriveraient. « L'œuvre de ma vie », disait-elle en réponse au sourire impressionné de Janey.

(« L'œuvre de notre vie » : sa mère, un fichu sur les cheveux, appuyée sur sa serpillière, plaisantant sur le ménage dominical.)

Janey n'en revenait pas du nombre de tordus que sa mère avait fréquentés dans sa jeunesse, d'abord son père, et ensuite ceci. Et pourtant…

Elle croyait entendre la voix de sa mère.

« Pour les poules, ce bâtiment est le monde entier, Janey. La terre, le soleil, leur subsistance, la pluie. »

(Sa mère, dans l'un de ses derniers messages vocaux : « Tu es tout mon monde, Janey. Mon soleil, ma subsistance. Comment me faire pardonner ? »)

Janey ne savait pas quand l'ancienne Janey aurait l'occasion de dire « Cleveland ». Peut-être à une soirée dans le quartier de Red Hook, à Brooklyn. Appuyée à la cuisinière, elle ferait de l'œil à son voisin, un type avec un air de rockeur, une coupe de cheveux branchée. Il viendrait de déclarer qu'il était originaire de l'Ohio et elle, prenant un air séducteur ou blasé (y a-t-il une différence ?), dirait : « Cleveland ? », au hasard. Au même moment, à des milliers de kilomètres, la nouvelle Janey tenait une poule sauvée contre son cœur et disait : « Cleveland ? » parce que celle-ci relevait encore une « non-conformité » (quelle barjo !) au lieu de venir l'aider à fourrer cette bête dans le sac.

Pour la première fois, elle avait l'impression qu'elle préférait les activités de cette Janey-ci à celles de cette Janey-là, l'ancienne – peu importe ce que l'honnête bobo new-yorkaise pouvait bien inventer pour passer le temps. L'ancienne devait être stagiaire quelque part, occupée à cirer les pompes d'un crétin ou à tweeter pour son entreprise. Alors que la nouvelle était une pirate, une Robin des Bois, une hors-la-loi du meilleur genre, arrachant à l'enfer concentrationnaire ses sœurs les poules persécutées.

Quel soulagement. Elle qui redoutait de ne plus jamais éprouver cette sensation d'être en vie. Qui se croyait écrabouillée pour de bon – un individu sans relief comme on en croise tous les jours, un pantin de carton tenant trompeusement debout.

Donc, disons que tu t'efforçais de calmer le jeu, de baisser d'un cran. Atténuer les regrets. Atténuer la colère. Atténuer. Disons que ça durait depuis quelques années, quand boum ! *ceci* – ceci se présente, et toi, tu te laisses porter. Tu retrouves un peu le moral, sans plus. Tu aménages ta dépression.

Janey sortit de sa chambre en bâillant. Boîte de beignets sur la table basse, son du téléviseur coupé, son père à sa place.

« C'est quoi ça ? » Janey ramassa un élastique géant sur la table.

« Donne-moi ça. C'est la mode, aujourd'hui. Tout le monde fait de la gonflette à toute heure. »

Elle lui balança ce truc et se servit un beignet.

« Tu as une raison d'avoir l'air aussi heureuse ?

— Quoi ? Je n'ai pas l'air heureuse.

— Ah ?

— Non, je ne suis pas heureuse.

— Pardon. » Il tendit l'élastique au-dessus de sa tête.

« Tu fais gaffe avec ce truc ? dit-elle. Tu vas péter un carreau.

— Qu'est-ce qui te donne la banane, alors ? C'est en rapport avec le fait que tu rentres au milieu de la nuit, tous les soirs ?

— Pas tous les soirs.

— Assez souvent pour que je me demande : “Qu’est-ce qu’elle a à rentrer aussi tard tous les soirs ?” Trois heures du matin ? Ça donne quoi, au boulot ?

— Je ne suis pas heureuse, compris ? T’inquiète…

— Pourquoi ça m’inquiéterait que tu sois heureuse ? C’est le contraire qui m’inquiéterait.

— Ben, dans ce cas, inquiète-toi. »

Pourquoi ne pas avouer tout simplement qu’elle était en compagnie de Cleveland ? Pas besoin de raconter toute la vérité. Ce serait tout simple. Il serait satisfait.

« Tu l’as rencontré au boulot ?

— Qui ?

— Tu vas rentrer un jour pour m’annoncer que je vais être grand-père ? Je préférerais te conduire d’abord à l’autel.

— Plutôt me faire avorter. »

Janey termina son beignet et le regarda tirer sur cet élastique en grognant. Elle avait des remords, mais ne voulait pas lui dire la vérité. Cela ne le regardait pas, et ainsi il était protégé.

« Pour quelle raison tu serais malheureuse ? C’est un bon emploi.

— Torturer les p’tites bêtes, tu parles… »

Peur de rompre le charme entre elle et Cleveland.

« Tu as vu qu’ils remboursent les frais d’université ? Pas mal.

— Je m’en fous d’aller à la fac. Dis, tu fais gaffe avec ce truc ? Tu vas casser la télé. »

Elles ne disaient pas « dérober » – ça faisait fauche dans le placard à confitures, alors que Cleveland prétendait que cela faisait partie du travail. Elle lui interdisait le verbe « libérer », ou pire, « affranchir ». Où ces poules auraient-elles pu vivre « libres » ? C'était une race artificielle, elles n'avaient plus d'habitat naturel. « Pour être libéré, il faut disposer d'un espace où vivre libre est possible », affirmait-elle. Mais Janey n'en était pas aussi sûre. Ces poules, ces bêtes ailées, capables de voler sur de courtes distances, ces *oiseaux*, comme dans l'expression *libre comme l'oiseau*, ne seraient pas éligibles à la liberté ? Mais Cleveland n'en démordait pas. De même, l'hyperbolique « secourir » était-il proscrit.

Alors, comment dire ?

« Émanciper » faisait trop militantes féministes.

« Sauver » avait une connotation religieuse.

« Évacuer » suggérait des problèmes de constipation.

« Exode ». Là, Janey faisait l'imbécile.

Cleveland choisit le terme apolitique, neutre, de « déménagement ».

Elles « déménageaient » les oiseaux du secteur qu'elles contrôlaient.

Une poule. Ni tout à fait oiseau, ni tout à fait autre chose. Des ailes formidables, un corps plus fin que celui du canard, et pourtant un vol très limité. Une envolée laborieuse, suivie d'un atterrissage maladroit. Pas l'image qui se présente en premier quand on pense « oiseau ». Et l'oiseau lui-même, entre mammifère et reptile, bizarre mélange – animal à sang chaud et volubile, mais pondant des œufs, descendant des dinosaures.

Elles picoraient les lacets de Cleveland, se perchaient sur un tabouret, becquetaient ses boutons, la regardaient en face. *Gallus gallus domesticus.* Son côté mammifère apprivoisé, cachant toujours sous cette apparence la nature sauvage des reptiles.

Qu'en faire ? C'était un problème. Elles se rendirent par des voies secondaires, de nuit, jusqu'au refuge le plus proche – situé à proximité de l'autoroute, parmi un patchwork de terres agricoles –, et traînèrent toute une caisse qu'elles laissèrent près de la boîte aux lettres. Mais ce n'était pas pratique, de surcroît à deux heures de route, et, par les froides nuits de février, puis de mars, les crêtes fragiles pouvaient être abîmées par le gel avant qu'on ne les découvre. Aussi retournèrent-elles au modeste bureau des activistes de la cause animale, en ville. La responsable protesta contre ce dépôt via un billet bien senti. Cleveland était persuadée que c'était une femme liée à l'une des exploitations, mais la seule personne jamais visible sur place était un homme – Dill. Puis, un soir, elles se pointèrent et l'enseigne avait disparu, il y avait une affichette « À louer » en devanture. Janey mit ses mains gantées en coupe contre la vitre. L'endroit était vide, avec des cartons renversés sur le côté. Elles retrouvèrent la trace de ce Dill qui habitait un vieux corps de ferme isolé, à une quinzaine de kilomètres de là, et abandonnèrent les poules dans des cartons, sur sa pelouse.

La fois suivante, il les prit sur le fait. Janey montait sur la galerie avec un carton dans les bras, pour les abriter du vent frisquet, quand la porte moustiquaire s'ouvrit à la volée et un grand rouquin dégingandé surgit. Il était furieux. Jane se tétanisa. La voiture était au pied des marches, moteur tournant. Il fit un pas en avant, lui arracha le carton. « Vos gueules, vous allez réveiller toute la baraque ! » Et il rentra en claquant la porte. Janey éclata de rire.

Quelque chose lui manquait, une part d'elle-même régressait. L'ancienne Janey : c'était elle qui se retirait. La vie qu'elle aurait dû vivre, celle où à l'âge adulte elle devenait tout ce qu'elle avait jamais souhaité (et qu'est-ce que ça pouvait bien être ?), commençait à lui apparaître sous un jour pâli, brouillé.

Décrocher ce travail d'auditrice, tel avait été le premier plan, ou plutôt le premier *pseudo*-plan, puisque ce n'était pas cet emploi qui l'intéressait mais plutôt rencontrer Cleveland. *Faire* le travail, c'était le second plan, ou le second pseudo-plan, puisque c'était un boulot idiot et qu'elle n'avait jamais eu l'intention de s'impliquer. Puis, avaient commencé les « audits de nuit » avec Cleveland – troisième plan, bidon également, même si c'était plutôt marrant.

Mais à la vérité aucun de ces pseudo-plans n'était le premier, le second ou le troisième. Il y avait des centaines de pseudo-plans, des milliers. Elle en échafaudait depuis des années parce que tout ce qui concernait cette vie chez les bouseux était bidon, en cela que ce n'était qu'un conte, le rêve d'une fillette qui avait rêvé de rencontrer son papa. Le seul plan qu'elle se rappelait avoir concocté et qui ne fût pas bidon, c'était le jour où elle avait décidé d'appeler sa mère pour rentrer à la maison. Depuis lors, son seul objectif avait été de ne rien prendre au sérieux, et elle s'était appliquée consciencieusement à tout saboter. Même en imagination, même dans les fantasmes où elle se voyait être une autre personne, une vraie New-Yorkaise, elle avait du mal à se prendre au sérieux, car de toute façon c'était devenu le trait dominant de son caractère : elle était celle qui se fout de tout.

Mais désormais, ce plan-là reculait. Ce plan-là – n'avoir que de faux plans – cédait, commençait à apparaître comme un faux plan recouvrant le vrai. Il y avait beaucoup de strates de plans à écarter pour l'atteindre, mais voilà : un plan émergeait comme étant le vrai – vite, presque trop vite pour elle (celle qui assistait à tout cela depuis ses hauteurs, la super-Janey). Est-ce ce qui s'appelle « grandir » ? Et ceci – sauver des poules en pleine nuit – était-ce sa version à elle ?

Des créatures au cœur battant, broyées, emportées dans les petites mains de Janey.

Elle s'interrogea là-dessus, un soir où Cleveland ouvrait la porte d'un énième bâtiment et lui faisait signe d'entrer.

Mais le plan primitif, n'avoir pas de plan, était toujours là, traînant derrière elle, lui tapant sur l'épaule, exigeant qu'elle s'arrête. Ne t'intéresse pas à ce nouveau « vrai » plan. C'est déloyal, lui rappelait l'ancien, vis-à-vis de sa mère, la seule à avoir le droit de mobiliser son attention.

Et pourtant, elle s'y intéressait, c'était plus fort qu'elle. Tous les plans bidon s'écartaient comme des branches, comme si elle avait marché dans une forêt, repoussant les feuillages. C'était l'impression qu'elle avait cette nuit-là, marchant derrière Cleveland à travers cette machinerie folle, ces tapis roulants fous qui glougloutaient et ces œufs qui passaient comme au fil de l'eau, les faux plans craquant sous ses pas comme des brindilles. Elle était nerveuse. Un mois s'était écoulé depuis qu'elle avait surpris Cleveland la main dans le sac. Et maintenant ? Avaient-elles fait le tour du rêve de Cleveland ? Qu'y avait-il après ?

« Regarde-moi ça. L'installation ne respecte aucune norme. Tu vois, Janey ? Toutes ces poules, ici. »

Janey pénétra dans une travée et s'arrêta, comme on ferait une pause dans la forêt pour écouter les oiseaux. Les cages en gradin s'élevaient tels des arbres gigantesques jusqu'à une hauteur vertigineuse, des arbres pleins d'oiseaux qui fredonnaient, roucoulaient, chantaient.

Et c'est là qu'elle eut sa vision. Le Véritable Plan : les cages qui basculent et les oiseaux qui s'en échappent, s'en extirpent comme d'une coquille, en sautent comme d'un nid. Le toit s'ouvrait sur le ciel plein d'étoiles, par-delà cette canopée de branches et de cages vacillantes.

Et les poules, par centaines de milliers, avec une énergie insoupçonnable, s'envolaient dans la nuit.

« Cleveland…, chuchota-t-elle, alors même que Cleveland ne pouvait pas l'entendre. Emmenons-les toutes. »

Parce que la nouvelle Janey venait de débarquer.

« Je ne plaisante pas, disait Janey, tout un bâtiment. Un transport de masse. Un déménagement à très grande échelle.

Enfin, à quoi bon ces enlèvements aléatoires ? Personne ne s'aperçoit de rien.

Cinquante personnes, cent cinquante mille poules. C'est faisable.

Tout un bâtiment. Imagine les enfilades de cages vides. La gueule du fermier. »

Janey Flores, autrefois membre du club d'art oratoire, du club d'échecs, qui avait pondu une longue dissertation sur les premiers discours de Malcolm X, dont le grand-père avait mené des grèves de travailleurs, celle-ci avait ses armes. Goût pour la rhétorique, aptitude au raisonnement, à la désobéissance civique. Aucune de ces lumières-là ne s'était éteinte. Elle savait qu'il fallait penser comme l'adversaire. À quoi pensait son adversaire ? Quel était son point faible ? Quel argument l'emporterait ?

« Mais enfin, qui décide ? Qui c'est, l'auditrice en chef, toi ou eux ?

Tu l'as dit toi-même : rien dans ce bâtiment n'est aux normes. »

Mais ce n'était pas ça. L'adversaire résistait.

« C'est toi qui dois le faire, Cleveland. Si quelqu'un en est capable, c'est bien toi.

Ne ris pas, je suis sérieuse. »

Elle essaya une phrase tirée de ces satanées fiches techniques qu'elle avait dû lire et relire. « Les fermes qui n'ont pas passé avec succès le contrôle doivent être sanctionnées, non ? Qui décide de ces sanctions ? »

Là aussi, sans succès. Quel angle devait-elle envisager ?

Cette petite délirait.

« Nous ne sommes pas un groupe de guérilleros, argumentait Cleveland. Ce ne sont pas des otages. Nous n'avons pas de revendications à formuler.

Janey, un enlèvement à cette échelle, ça porte un nom : l'élevage industrialisé.

Et puis nous et qui ? On ne passe pas de petites annonces sur Internet pour recruter des voleurs.

Si j'avais voulu contempler la gueule d'un fermier, j'en aurais épousé un. »

Cleveland avait ses propres armes : adhésion aux règles, opiniâtreté tyrannique. « Non, Janey, tu n'as pas le droit de changer les directives comme bon te semble. »

La mémoire, aussi. La sienne était excellente. « Les fermes qui ne passent pas avec succès le contrôle développent un plan en concertation avec la Fédération des producteurs d'œufs. Le contrôleur ne participe pas au processus de résolution du problème. »

Et pourtant, parmi ses qualités, il y avait aussi : foncer vers l'objectif à toute vitesse, sans regarder ni à droite ni à gauche, sans jamais ralentir. Elle appréciait les sanctions adaptées, les conséquences dramatiques, les gestes grandioses, les questions universelles. Elle aurait fait un formidable chef de secte. Elle détestait l'inexactitude, la condescendance du directeur régional. Le raisonnement de Janey était intéressant, mais pas assez convaincant.

Janey n'avait pas compris que le seul argument véritablement décisif pour Cleveland, c'était Janey elle-même.

Elle se réveilla. Où était-elle ? C'était toujours la nuit, son mari dormait. Une idée, un rêve ou un souvenir lui échappait, et elle bondit par-dessus les gros rochers de son esprit pour se lancer à sa poursuite.

L'expression de Janey, ce sourire (*tu as vu ?* cette petite rayonnait pour la première fois). Cleveland avait réussi cet exploit, lui arracher ce sourire, comme jadis Olivia l'avait fait pour elle. Ce visage l'avait poursuivie jusque dans son sommeil – où avait-elle vu cet air radieux ?

Cette gamine risible, qui la suivait à la trace lors de ses inspections tout en tétant son litre de soda, qui se faisait prendre les cheveux dans les griffes des poules, qui criait comme une perdue, cette ignorante, ingérable, mal aimable fille de sa chère Olivia, cette gamine avait, en dépit de son dédain déplacé, eut cette idée-là. C'était exactement le genre d'idée dont Olivia aurait rêvé (là, Cleveland avait certainement tort). Comme une herbe folle surgit du sol à l'aube, Olivia renaissait. Elle avait toujours été là.

N'empêche… On est opiniâtre, ou on ne l'est pas. La question qui comptait, c'était : qu'est-ce qui l'emporte ? Les fiches techniques de la Fédération des producteurs d'œufs ou Olivia (via sa fille) ?

Elle se leva, enfila son peignoir et alla sur le patio. Trop doux pour un mois de mars. L'affreux détecteur de présence du voisin s'alluma au-dessus de la clôture, projetant des lumières crues. Le jardin se remettait de la visite d'une averse qui avait dû se transporter ailleurs tandis qu'elle dormait encore. Le ciel était clair à présent, limpide, le matin arrivait mais n'était pas encore là.

Cleveland savait justement comment faire. La Ferme Heureuse des Green. Un membre de cette famille y avait sûrement déjà songé.

Elle s'allongea dans la chaise longue, tira le plaid sur ses genoux et prit son smartphone pour envoyer ce message à Janey : *Alors ce sera tout un élevage.* Puis elle ferma les yeux, bercée par le doux ronron du détecteur de présence du voisin qui était comme le bruit de fond de son cerveau. Olivia approuvait, pleine de gratitude, depuis l'au-delà. Elle se pelotonna sur le côté et resta là jusqu'à l'aube. Quand son mari fit coulisser la cloison de verre – « Mais qu'est-ce que tu fais là ? » –, la seule réponse qu'elle trouva, fut : « Je rêvais. »

Bien sûr, Janey ne pouvait pas savoir ceci, mais si elle était restée, si elle n'avait pas fugué, si elle ne s'était pas mis en tête d'aller retrouver son père, sa mère serait quand même décédée dans un accident de la route, ce jour-là. Janey aurait été à ses côtés. Elles seraient allées acheter des pots de fleurs et des chaises longues chez Ikea, et elle l'aurait vue mourir sur le pont tandis qu'elle-même s'en sortait. Elle n'aurait pas déménagé dans l'Iowa (mais elle aurait bien fini par rencontrer son père, partageant deux repas embarrassants avec lui dans un fast-food, à l'âge de trente ans). En fait, elle serait allée vivre chez la meilleure amie de sa mère, Judy, qui n'avait pas eu de fille, et à la place de la colère un grand chagrin aurait sous-tendu tous ses faits et gestes. Elle aurait disputé des tournois d'échecs, des joutes oratoires au lycée. Elle serait allée à l'université. Elle aurait étudié les sciences politiques et la philosophie, et elle aurait fini par s'inscrire à la fac de droit.

Un jour, étudiante à la Clinique juridique de l'environnement de Columbia, elle aurait aidé à intenter des poursuites contre les autorités pour « incapacité à faire respecter la loi sur la protection de l'eau » dans quatre élevages de poules pondeuses basés dans l'Iowa. Des ventilateurs industriels, aussi hauts qu'un homme, soufflaient d'énormes quantités de fientes, de squames et de produits chimiques dans des rivières et cours d'eaux voisins, polluant les ressources locales. Coïncidence, destin ou volonté divine – le dossier citerait justement trois des quatre fermes où elle s'était introduite avec Cleveland. Donc, malgré ce que Janey prétendait, elle serait sans doute devenue une personne relativement semblable, avec ou sans sa fugue adolescente. Et ces fermes n'auraient pas été débarrassées d'elle.

En réalité, ce procès contre l'Agence de protection de l'eau eut lieu sans l'aide de Janey. Il fut perdu. D'autres procès suivirent. Et d'autres procès suivront. Aucun ne sera gagné. Personne ne fera jamais le poids, face à ces ventilateurs.

Avec une envergure d'un mètre cinquante, un poids de cent quarante kilos, des écailles d'aluminium et une enveloppe en maillage métallique ressemblant à de la peau, ces ventilateurs industriels sont les très lointains descendants de l'*Archaeopteryx*, la première espèce d'oiseau apparue sur terre. Leurs cousines, les poules à sang chaud, naissent avec les vrombissements des ventilateurs, grandissent avec. Pour elles, les ventilateurs sont le bruit de la terre – ainsi les tortues de mer considèrent-elles l'océan, les humains voient-ils le son de l'air. C'est le dernier son qu'elles entendent, en plus de leurs propres cris, lorsque des ouvriers les fourrent à l'issue du cycle de ponte dans le bac de dioxyde de carbone (ce qui, selon le guide des bonnes pratiques de la Fédération des producteurs d'œufs, doit provoquer « une perte de conscience rapide », quoique le guide ne précise pas ce qu'il faut entendre par « rapide » – toute vie ne se précipite-t-elle pas vers sa fin ?).

En fait, les ventilateurs seront les derniers à disparaître.

Dans les prochaines décennies, le réchauffement climatique se poursuivra, irrégulièrement au début, par endroits. Il y aura des pénuries d'énergie, puis des crises. Des familles dépenseront plus en énergie qu'en loyer. En définitive, les climatiseurs seront interdits, et de toute façon seront trop coûteux à utiliser. Seuls les 10 % les plus riches (donc, pas d'inquiétude) de la planète seront capables de converser « à la fraîche » (même s'ils ne causeront pas beaucoup, la figure collée à leurs écrans pour s'engueuler avec des gens du monde entier). Ventilateurs sur socle, ventilateurs en colonne, plafonniers, brasseurs d'air, des ventilateurs de toute espèce se développeront et rempliront les maisons.

Un cabinet d'architecture, par pure coïncidence dirigé par une descendante de Victor Gruen[1], concevra

1. Victor David Gruen (1903-1980) : architecte américain d'origine autrichienne, le père des centres commerciaux géants.

un immeuble d'habitations avec, au nord, un mur de ventilateurs industriels. Un volet déroulant s'abaissera sur eux comme une porte de garage. Ces constructions se multiplieront. Tout autour, le paysage sera bouleversé par des tempêtes, des raz de marée. L'Amérique se changera pour une bonne part en désert et les îles sombreront dans les mers mortes.

Dans les dernières décennies, ce bruit-là – un ronron grave, pulsant, puissant – prendra le dessus, s'élevant de la terre, étouffant le reste.

Jusqu'au jour où tous les ventilateurs se tairont.

2.

Le soir où les contrôleuses s'étaient pointées pour la première fois, Dill se trouvait prostré devant la baie vitrée, dans le noir, croyant avoir tout perdu. Mais il s'était trompé. Il avait encore beaucoup, beaucoup à perdre. Et de fait, chaque fois qu'elles reviendraient, il aurait encore décliné, si bien que leurs visites marqueraient une étape – une visite, un jalon – sur le chemin de sa disgrâce. Son enveloppe existentielle se défaisait, les bandes se débinaient et tombaient à terre, et une fois disparue cette couche protectrice, lui-même allait être démonté, pièce par pièce, liquidé et évacué.

La première fois qu'elles lui rendirent visite (et il ne savait pas à qui il avait affaire à ce moment-là), leurs phares éclairèrent la poussière du gravier, comme si elles arrivaient dans un nuage de fumée. Il était seul à la fenêtre tandis que son mari, les chiens et les autres bêtes dormaient, bien au chaud. Jusque-là, il n'avait perdu que son emploi, chef des opérations d'infiltration, et cela durait déjà depuis quelques semaines, ce désœuvrement. Il s'était presque habitué à se sentir inutile, ignoré, oublié. Mais quelques heures plus tôt, il s'était rendu à l'antenne locale de l'organisation et avait constaté que l'enseigne avait disparu. Les choses se concrétisaient : on allait continuer ailleurs, sans lui.

Il cligna des yeux pour scruter les ténèbres et vit que le véhicule s'était arrêté à une certaine distance dans l'allée. Deux silhouettes retiraient des cartons de la banquette arrière. Sûrement des hommes à lui qui avaient, ou pas, appris la nouvelle. Ou alors, des anciens qui passaient par là. Ou bien même, les vieux de la vieille, la bande d'origine qui venait prendre parti, *son* parti. Huit ans durant, Dill avait supervisé la turbulente équipe d'informateurs qui se faisaient passer pour des ouvriers et filmaient en caméra cachée les diverses catégories de maltraitance et négligence ordinaires infligées aux animaux. Mais à présent que ses yeux s'étaient habitués, il devinait à leurs postures – il ne voyait que leurs silhouettes – qu'il ne s'agissait pas d'enquêteurs. Un enquêteur ne se tenait pas comme ça. D'ailleurs, ils n'allaient pas par paire. C'étaient des créatures solitaires, plus Frankenstein que Don Quichotte.

Il ne voyait pas du tout qui ça pouvait être.

Elles laissèrent leurs cartons dans l'herbe, avec les arbres, les étoiles, le froid et la rosée, remontèrent en voiture et s'en allèrent.

La fois d'après, une semaine plus tard, elles se montrèrent encore plus culottées et il était d'encore moins bonne humeur. Elles s'arrêtèrent devant la maison, les phares balayant les fenêtres. Certains des chiens (ils étaient sept) soulevèrent leur tête des tomettes. Le reste continua à rêver, en frétillant des pattes. Sacrés chiens de garde. Il quitta la table de la cuisine et sortit parce que son très cher, un banquier auquel il était marié depuis six ans, avait décrété qu'il en avait marre de ces « ahuris d'activistes », mais il n'avait pas encore, comme cela arriva le *troisième* soir, décrété qu'il en avait marre de lui – Dill.

Ce soir-là, il s'interrogea : étaient-ce les tarés de la semaine dernière, ceux qui avaient laissé à ses bons soins des poules de réforme alors qu'il gelait dehors, ou s'agissait-il de tout autres tarés ? Il sortit sur la galerie, où l'un d'eux, une jeune femme, montait avec un carton. Elle s'immobilisa.

Il leva la main.

« Mademoiselle, j'ignore ce que vous vendez, mais je ne suis pas preneur. »

En plus, il entendait glousser. Donc, c'étaient bien les mêmes tarés. La folle darda le menton par-dessus son carton.

« C'est gratuit.

— Je ne suis pas l'Armée du Salut. »

Et là, cela fit tilt. Ce devaient être les mêmes tarés qui avaient laissé des poules à la porte du bureau. Bien sûr. Il avait été un peu distrait récemment, étant donné que…

Il se rapprocha pour mieux voir. L'autre, la plus âgée, descendait de voiture. Elles avaient des uniformes, mais pas des uniformes d'ouvriers. Ce n'étaient pas des informateurs, des lanceurs d'alerte, pas un spécimen de cette faune habituelle qui se pointait à n'importe quelle heure pour se vanter, se plaindre ou pleurnicher.

Mais. Des putains de contrôleuses. Pas possible.

« Vos gueules », dit-il. Il lui arracha le carton des bras. « Vous allez réveiller toute la baraque. »

Et il rentra en claquant la porte, traversa la cuisine pour transporter les poules derrière.

La troisième fois, Dill sortit du lit dès que leurs phares balayèrent la chambre où il feignait de dormir, d'être normal, sain d'esprit – une stratégie désespérée, qui n'avait même pas l'air de marcher –, et il bondit sur ses pieds parce que le banquier s'était réveillé aussitôt, une main devant les yeux : « Encore tes potes ? »

Enfilant son manteau, il se précipita vers le porche et agita le bras, *plus bas, plus bas*, pour leur indiquer d'éteindre *leurs foutus phares*, puis de nouveau pour les prier de faire le tour, *par-derrière*, après quoi il suivit la voiture jusqu'à la cabane accolée à la grange, où le banquier l'avait menacé ce soir-là de le reléguer, lui, son foutoir et ses onze bêtes, au prétexte que : « Personne ne pourrait en supporter davantage.

— Davantage de quoi ? avait-il répliqué, parce que, s'il avait su quelle part était le pire, il aurait pu la bâillonner, la désactiver ou l'éliminer.

— Davantage de toi. »

Ce qui n'était vraiment pas sympa.

L'estime que lui portait le banquier subissait un long et constant déclin, mais le point de départ avait été si haut, et le processus si lent (Dill soupçonnait que la chute avait commencé quelques jours après leur rencontre) que cela avait pris des années et des années. Même s'il avait coïncidé à peu près avec cette version surnaturelle de lui-même que le banquier avait imaginée à leurs débuts, Dill était condamné à déchoir. La loi de la cohabitation. Ajoutez à cela qu'il était alors au sommet de sa puissance professionnelle (et par conséquent sexuelle) quand ils s'étaient rencontrés et qu'il n'était pas encore devenu fou : chef des opérations d'infiltration le mois où Annabelle et lui avaient finalisé six nouvelles enquêtes qui leur avaient valu une grosse exposition médiatique. Leur équipe était petite, jeune, une bande hétéroclite de rebelles, pas tout à fait respectable, mais mieux que respectable. Un succès dingue. À partir de là, tandis que leur groupe grandissait, grossissait, se renforçait, *s'organisait*, lui échappait pour se transformer en une ONG gigantesque, il avait commencé à perdre la main pour se retrouver loin, de plus en plus loin, des attentes du banquier. On ne pouvait qu'imaginer le désenchantement durable (sans doute durerait-il toute sa vie) qu'il lui avait fait subir. Le banquier verrait toujours le monde autrement, et en pire : un monde où la beauté est suspecte et l'amour un piège. Eh bien, tant pis pour toi, crétin. Je ne t'avais pas demandé de m'aimer de cette façon-là.

Aussi, quand les contrôleuses se radinèrent pour la troisième fois, il croyait alors avoir touché le fond, qu'il ne pouvait pas tomber plus bas : écopant d'un carton jaune, ramené honteusement sur le banc de touche, réduit à moins que rien dans le regard du banquier, menacé d'être chassé de l'Éden (branlant) de leur mariage. Cette fois, il savait exactement qui elles étaient : Cleveland Smith, trente-quatre ans et Janey Flores, vingt ans – il avait relevé leurs plaques minéralogiques et fait des recherches, parce qu'il restait un putain de professionnel.

Au moins, il n'était plus défoncé. C'était certainement louable. Pas d'étapes, pas de parrain : il n'avait jamais été doué pour obéir aux ordres. Pas d'amende honorable : le banquier n'avait pas voulu en entendre parler. Il avait été clair : libres aux autres de lui pardonner, s'ils le souhaitaient. Dill avait cru qu'être « clean » entraînerait une amélioration, mais pas du tout. Ça ne pouvait pas être pire.

Mais il se trompait encore.

Il alla jusqu'à la porte de la grange, où jadis Annabelle formait les nouvelles recrues en leur balançant des parpaings – il ne se rappelait pas pourquoi, d'ailleurs.

Elles descendirent de la voiture. De véritables contrôleuses, comme Annabelle aurait rigolé !

Et si c'était le FBI ? Mais qu'est-ce que le FBI pourrait bien lui vouloir, à présent ? Quand il avait eu des hommes à lui partout, d'accord. De plus, s'ils ne savaient pas qu'il avait été viré, ça ne pouvait pas être le FBI, mais ces crétins d'exploitants. « Petite contribution à la révolution », déclara la plus âgée, Cleveland Smith. Elle croyait s'adresser au chef, et il ne fit rien pour la détromper. Pourquoi l'aurait-il fait ?

« Depuis quand les contrôleurs assurent les livraisons ? dit-il, pour leur faire comprendre qu'il savait exactement à qui il avait affaire.

— Malin, dit-elle. Vous êtes un marrant.

— Dites-moi, à quoi ça peut bien servir, vos contrôles ? Tout ce que vous faites, c'est cautionner… »

Elle sortait les poules de la voiture et les laissait s'ébattre dans la grange.

« La "sécurité alimentaire", c'est la dénomination que vous employez ? Je parie que vous avez tiré celle-ci d'un colossal tas de merde. C'est ça que vous défendez ? »

Cela, tandis que la plus jeune raclait des excréments qui souillaient la banquette avec un bout de carton.

« Où sont passés les torchons ? J'avais mis des torchons », disait-elle.

Elles n'avaient pas fait dans la demi-mesure, cette fois, doux Jésus. Il y en avait jusque dans le coffre.

« Je ne vous comprends pas. » Il s'appuya au véhicule. « Saloper votre skaï… à quoi bon ? »

Cleveland referma le coffre. « Ce sont des enlèvements fortuits.

— Oh, merveilleux. Qu'est-ce que c'est censé signifier ? C'est vraiment du verbiage de tarés ! »

Au moins, ce n'étaient pas des militants. Merci, mon Dieu.

La plus jeune faisait le tour.

La quatrième fois, elles avaient deviné : il s'était fait virer. Il vivait dans la cabane à présent, où le banquier l'avait banni, l'aidant à traîner quelques sacs de saloperies et s'exclamant : « Je ne dis pas que c'est fini. Je dis que c'est presque fini. » Là où autrefois Annabelle déballait des caméras boutonnières et disait aux enquêteurs : « Règle numéro 1 concernant le matériel : on ne casse pas le matériel. »

Elles lui lancèrent de but en blanc : « Il paraît que vous n'êtes plus une vedette ? »

Dill haussa les épaules. « Le mouvement recrache les gens. »

C'était vrai. Le paysage de la cause animale repose sur un cimetière de héros en exil. Les fondateurs tombent, ou passent de mode. Il n'y a pas toujours de place pour la vieille garde.

Il ne leur déclara pas (parce qu'il était encore un putain de professionnel) que, si elles croyaient être les seules à venir le voir, elles se trompaient. Des enquêteurs s'amenaient encore de temps en temps (où auraient-ils bien pu aller, sinon, ces pauvres ahuris ?), quoique moins souvent, et ils laissaient encore de longs messages sur son répondeur : « J'ai besoin de parler. » Enfin, moins maintenant parce que, évidemment, ce n'était plus son boulot de parler, à personne. Ce qu'il disait à tous : En congé. En panne. Y a plus rien à vendre. Du balai. Et eux, l'un après l'autre, obéissaient (grâce à Annabelle – qui leur avait enseigné la discipline).

Mais les contrôleuses venaient toujours, elles. Et une petite part de lui-même leur en était reconnaissante.

La cinquième fois – ou était-ce la sixième ? – elles s'annoncèrent d'abord. À ce moment-là, Dill avait constitué un semblant de local d'habitation là-bas, couchage, vrai robinet, machine à café, les chiens dans la cour, les poules dans la basse-cour, et son esprit foisonnait d'images : les recrues exécutant des pompes, traînant des pneus sous la houlette d'Annabelle. Le banquier ouvrant la porte moustiquaire pour lancer du fond du pré « Qui veut un spritz ? », vêtu d'un T-shirt avec l'emblème d'une poulette par solidarité (ah, comme le banquier l'aimait, alors), tandis que les futurs enquêteurs se préparaient à des journées de douze heures à se pencher sur des cages placées au ras du sol, à pelleter des tas de matières fécales, à assumer une personnalité d'emprunt, à résister à l'angoisse d'être démasqué. Une sorte de camp d'entraînement, version *Art de la guerre*. Les enquêteurs sont des soldats fourbus.

Un peu plus tôt, le banquier était venu de la maison principale, marchant dans sa direction à travers les herbes trop hautes. Dill avait ouvert la porte de la cabane en grand pour profiter des derniers feux du soleil de mars, et il avait été assez sot pour être excité à sa vue. Il était allongé sur le lit de camp, la lumière tombant sur lui en rayons. Quelques poules furetaient dans les parages. Quand le banquier était arrivé, Dill avait remarqué son expression et son cœur s'était serré parce qu'il avait compris ce que voyait l'autre : un type à peine sobre, sans boulot, sans colère. Dill n'avait jamais été facile à vivre et désormais le banquier pouvait s'attendre à des années de ce comportement, au mieux – des années, ou le temps qu'il faudrait, si c'était une question de temps. Du seuil, il lui avait déclaré : « Je ne constate aucune amélioration.

— Tu m'étonnes. »

C'était déjà une chose, expliqua-t-il, quand Dill ne gagnait pas sa vie alors qu'il avait un travail insensé et accaparant. Au moins, il avait un but et des convictions à cette époque-là. Aujourd'hui, c'était tout autre chose. Ni vision, ni plan, ni projet. Comment savoir s'il était défoncé ou pas, étant donné qu'il était un menteur professionnel ? Aucun de ses collègues ne lui parlait.

« En public..., nuança Dill.

— Parce qu'il y a une autre façon de parler ? La parole, c'est un truc public.

— Ils parlent beaucoup, dans l'intimité.

— Je ne veux pas t'abandonner comme tout le monde.

— Tu es *censé* ne pas m'abandonner comme tout le monde. Ce n'est pas ça, le principe du mariage ?

— C'est trop destructeur. Ces gens qui débarquent à toute heure. Je ne sais jamais s'ils apportent des animaux, de la came ou que sais-je. Et d'où sortent ces connes de poules ? On en a déjà parlé. On s'était mis d'accord. Je n'en peux plus.

— Et *moi*, à ton avis, comment je me sens ?

— Tu as déjà pensé à te chercher un autre endroit où crécher ?

— Apparemment, tu y as pensé pour moi.

— Ce n'est pas de gaieté de cœur, crois-moi.

— Je compatis.

— Bon… »

Sur ce, il avait regagné la maison et éteint la lumière, sans autre forme de procès, et Dill était resté là, à penser : Merde, merde, merde.

Aussi, quelques heures plus tard, quand la sonnerie du téléphone le réveilla en sursaut et qu'il reconnut le numéro, il était si las, si démoralisé, qu'il s'étonna de ne pas pleurer.

« Non, pas vous…

— Hé, soyez sympa ! Vous aviez dit : Appelez d'abord. Ben, c'est ce qu'on fait. Et on arrive.

— Merci d'avoir appelé. Ne venez pas.

— On a des ennuis. »

C'était la plus jeune, Janey.

« Je m'en fous, de vos ennuis.

— Il s'en fout, de nos ennuis, répéta-t-elle à l'autre.

— Parle-lui des poules… »

Cleveland et Janey. Quels prénoms ridicules.

« Vous devriez les voir. Elles sont une vingtaine.

— J'aimerais que vous optiez pour un autre hobby.

— Vous avez soif, les filles ? Moi, je crois qu'elles ont soif.

— Je vais raccrocher.

— À dans une heure…

— Quoi, *une heure* ? Où êtes-vous ? Il est déjà une heure du matin.

— Oui, et *nous*, on se lève le matin pour aller bosser. »

Bien sûr, il faut de tout pour faire un monde. Les gens font toutes sortes de trucs étranges.

« Trouvez-vous un autre gogo. »

Il raccrocha en l'entendant rigoler.

Au moment où la voiture se dandina dans l'allée, il était trois heures du matin. Elles avaient dû s'égarer sur ces petites routes non éclairées, que des prisons et des élevages plongés dans les ténèbres, des pancartes DÉFENSE D'ENTRER clouées de guingois et criblées de balles.

Elles roulèrent jusqu'à la cabane. Les chiens bondissaient à leur rencontre, deux d'entre eux lâchant un faible aboiement, ils ne faisaient même pas semblant d'être des chiens de garde, ces clébards. Dill colla sa figure à la lunette arrière. « Vous ne pouviez pas les laisser sortir ? Elles ont passé toute la nuit en cage ?

— Toute leur vie, plus exactement », dit Cleveland.

Elles les transportèrent dans la grange.

« Bon, écoutez, dit-il, c'est la dernière fois. » Il ne pouvait pas regarder ces filles, pas les affronter, sous peine de se désintégrer sur place.

Voilà ce que c'est, toucher le fond, songea-t-il. À présent, je sais. Mais au moment où cette pensée lui vint, il comprit qu'il avait tort. Alors qu'il s'était accroupi sur le ciment, en vêtements sales et chaussures éculées, et qu'il sortait les poules une à une, il vit combien cette dégringolade pouvait aller bien plus loin expulsé de ce domaine, sans logis, seul.

Il n'allait pas rester ici encore très longtemps, leur expliqua-t-il. À moins de trouver un truc très vite, ce qui n'était pas son fort, ne l'avait jamais été. Il était plutôt du genre à ne rien comprendre à demi-mot. Têtu. Parfois, ceci pouvait s'appeler de la « persévérance », mais pas dans son cas. À tout moment, désormais, le banquier pouvait passer cette porte, là-bas, pour venir lui ordonner de décamper. Il n'aurait pas de carabine au poing, mais ce garçon pouvait vous parler sur un ton pire que le canon d'une arme collé à votre tempe. Donc, les futures cocottes devraient aller ailleurs.

Il parlait ainsi tout en les soulevant délicatement pour les séparer les unes des autres, parce qu'elles avaient commencé à s'agglutiner dans un coin de la grange. Il ne savait pas où leur conseiller de les amener, continua-t-il. Il en avait amené la plupart au refuge, bien qu'on l'eût prié de ne revenir sous aucun prétexte. C'était la phrase qu'il entendait le plus souvent, ces temps-ci. Et vous savez quoi ? Il était fatigué, tout simplement claqué. Et merde. Et maintenant, regardez, ces satanées poules recommençaient à s'agglutiner. Vous voyez ? Toutes blotties. C'était toujours leur réaction, en arrivant ici. Elles étaient si habituées à ces cages minuscules qu'elles redoutaient tout cet espace, tout cet air, la hauteur du toit, et au-dessus le ciel, cette liberté terrible, elles avaient peur et se rassemblaient pour former une boule, chacune s'efforçant de se glisser au milieu. Et elles en étouffaient. Chaque fois, certaines mouraient. Les contrôleuses savaient-elles cela ? Ce n'était pas qu'elles étaient « connes », comme disait le banquier. En fait, certaines choses à leur sujet auraient stupéfié le profane. Il y a des intelligences chez une poule qui vous épateraient. Vous croyez qu'on peut effacer en deux cents ans de sélection un instinct que la Nature a peaufiné pendant deux cents millions d'années ? Non, il s'agissait seulement d'être patient. Si elles avaient survécu aux premières vingt-quatre heures, c'était bon, elles commençaient à s'y faire, desserraient un peu plus les rangs chaque jour. Le danger était écarté. Parfois, il suffisait de *rester* là auprès d'elles, de les empêcher de se tuer. Les contrôleuses savaient-elles que chaque fois qu'elles en déposaient ici, il passait toute la nuit et une bonne partie de la journée du lendemain, comme jadis Annabelle, à les décoller les unes des autres – elles étaient si légères, de petites boules de plumes (pas comme leurs cousins, les gros poulets « de chair », quelle répugnante appellation à donner à une bête) – et qu'au bout de quelques jours elles reconnaissaient ses mains et sa voix au point de le suivre à travers la grange lorsqu'il allait remplir les abreuvoirs et les mangeoires ? Qu'à l'heure où elles étaient prêtes à rejoindre le refuge, il leur avait donné des prénoms ? Elles pondaient un peu partout dans la grange. Leur race n'était pas faite pour couver, mais parfois l'une d'elles s'y mettait, et la dernière fois la pauvrette n'avait plus voulu se lever. Dill lui avait apporté à manger parce qu'elle n'avait jamais pu couver jusqu'alors et que là, elle ne se serait levée pour rien au monde. Il avait fondu en larmes quand il l'avait finalement arrachée à son œuf pour l'amener au refuge, il avait fondu en larmes parce que c'était une si intelligente petite bêtasse, à croire que son devoir était de rester là, à couver son œuf, *fidèle au poste.*

La façon dont Annabelle restait auprès d'elles et leur parlait. Annabelle avait toujours beaucoup à dire.

Lorsqu'enfin il regarda les filles, il ne savait pas s'il avait vraiment dit tout ça. Pas même la moitié, lui semblait-il. Il avait un peu le tournis. Les contrôleuses resplendissaient. Elles parlaient comme si elles n'avaient pas entendu un mot de ce qu'il avait dit, alors peut-être n'avait-il rien dit.

« Qu'est-ce qui te fait croire que ce mec va nous aider ? Il est défoncé.

— Pas du tout ! protesta-t-il. Je vous le répète, je ne suis pas défoncé.

— Écoutez, ce n'est pas seulement des poules qu'on vous apporte, cette fois. »

Il se renversa sur ses talons. « Ben, figurez-vous que j'ai pas de place pour un âne. »

« Il va mourir ou juste vomir ?

— Il a juste pris une drogue locale, made in Iowa, concoctée par des élèves de troisième.

— Aide-moi à le mettre debout. »

L'intelligence des oiseaux. C'est un animal dont le cerveau évolue depuis deux cents millions d'années.

On l'avait pris par le coude pour l'emmener dans la cabane, alors qu'il devait rester dans la grange.

À désagglutiner les poules.

« Elles peuvent bien se débrouiller pendant un quart d'heure. Allez. »

Si le cerveau des mammifères a évolué selon une certaine voie, celui des oiseaux en a suivi une autre. Progression dynamique plutôt que stagnation reptilienne. Au lieu de se déployer à la surface en gros plis grumeleux comme chez les mammifères, leur intelligence est enfouie dans le cortex. Comment voler avec une grosse tête ? Leur cerveau est compact, renferme plus de neurones dans un petit espace que tout autre animal.

Il se laissa guider jusqu'à la table (pourquoi ne pas jouer la carte du mélodrame ?), mais quand l'une d'elles revint avec un sac de fast-food, il bondit de sa chaise : « Quoi ? Vous débarquez ici avec des poules d'un côté et de la bidoche de l'autre ? Je vous défends… ! »

Elle déposa un petit tas de serviettes en papier. « Et vous avez mangé quand pour la dernière fois ?

— Les gens comme vous me dégoûtent, dit-il d'une voix rauque, en reculant. Foutez-moi le camp.

— Vous avez l'air d'un junkie. Vous êtes tellement sur les nerfs. Asseyez-vous. »

Les oiseaux. Leur ingéniosité et leur débrouillardise, leur langage et leur capacité à confectionner des outils, leurs coutumes, leur mémoire, leur charisme étonnant, leurs personnalités propres. Certaines espèces réussissaient facilement des tests d'intelligence que rataient des singes, des chiens ou des enfants.

« Vous croyez qu'on ne sait pas qui vous êtes ? dit l'une. C'est haricots noirs et tomates. Guacamole en accompagnement. Pas de viande. Pas de fromage.

— Vire la crème », dit l'autre.

Il laissa retomber ses mains.

« Taco Bell ? Cette bouffe insipide ? J'avais un pot de beurre de cacahuètes, si vous aviez faim.

— Pénible, le mec », fit la plus jeune avec le menton.

Et en plus, ils *volent*.

Il reprit sa place et mangea.

Il avait mangé trois burritos coulants et une poignée de chips. Il ne se sentait plus au bord de l'évanouissement. Les deux filles – Janey et Cleveland, leurs prénoms lui revenaient – semblaient assez épatées par sa métamorphose.

« Ouah ! On dirait que vous sortez d'une pub Calvin Klein. »

Il le savait. Il avait toujours été ainsi, toute son attitude pouvait dire : « C'est moi qui gère. » Les cheveux ramenés en arrière, l'allure désinvolte, l'ombre de barbe du rebelle.

« Vous mouriez de faim, espèce d'imbécile ! »

Il s'adossa à sa chaise. Une boucle de cheveux lui tomba coquettement sur l'œil. « OK. J'écoute. C'est quoi votre idée brillante ? Accouchez. »

Il ne savait pas trop quoi penser de ces deux-là. Curieux tandem. La plus âgée, Cleveland, se racla la gorge. « Nous croyons pouvoir faire mieux que deux par deux, comme l'arche de Noé.

— Désolé, l'Ancien Testament, connais pas. De quoi s'agit-il ?

— À propos du 11 septembre… »

La plus jeune semblait sceptique.

« Je ne vois pas trop où vous voulez en venir, dit Dill.

— C'était un truc énorme. Troie. Pearl Harbor. Personne ne s'y est trompé.

— Vous commencez à me faire peur…

— On s'est dit que vous pourriez souhaiter participer à un truc énorme. Et nous, que nous pourrions souhaiter en accomplir un. »

Il eut un geste dédaigneux. « Tuer des milliers de gens ? Sûr que c'est vachement symbolique. Mais allons, allons. Irréalisable. Vous les trouvez où, les milliers de personnes ? Et puis, à quoi bon ? Tout le monde assassine. C'est la solution des esprits sans imagination. Ceux-là mêmes qui construisent des parkings. Qui font leurs courses dans les centres commerciaux. »

L'autre, Janey, leva les mains. « Désolée, mais de quoi vous causez ? Je suis larguée.

— Qu'est-ce que j'en sais, moi ? C'est vous qui savez.

— Pearl Harbor… », dit-elle, d'un air dégoûté. Elle se pencha en avant. « OK, écoutez : mystérieusement, une nuit, toutes les poules d'une ferme disparaissent…

— Ça fait des millions.

— Une petite ferme. Disons un million.

— On "enlève fortuitement" un million de poules. Dans quel but ?

— Mettre un peu de peur dans le cœur des Américains.

— Ils n'auront pas peur, ils seront perplexes.

— Leur imagination en sera stimulée, dit Janey. Toutes ces poules. Disparues. C'est bizarre, déconcertant, magnifique. Les gens y verront un truc.

— Quoi ?

— Un message.

— Les poules ont disparu ?

— Les poules sont libres, dit Cleveland.

— Liberté pour les poules, corrigea Janey. Mon Dieu, quel beau slogan !

— Liberté pour les poules, répéta Cleveland. C'est poétique.

— C'est idiot. Et qu'est-ce que vous en faites ?

— C'est une part du mystère, dit Janey. Où sont-elles passées ? Tout à coup, elles ont une volonté propre.

— Justement, *où* vont-elles ?

— Libérez les poules. Réfléchissez-y. C'est un message d'intérêt public.

— Vous ne pouvez pas en apporter un million ici.

— Nous mettons un plan au point.

— Un plan pour un million de poules... ?

— On trouvera. Avec votre aide.

— Je ne vous aiderai pas. Liberté pour les poules. Non, franchement... !

— Le slogan nous paraît assez accrocheur.

— Depuis quand envoyez-vous des messages ? Je croyais que ce n'était pas votre rayon.

— Nous, on n'envoie pas de message. C'est vous qui le ferez.

— *Moi*, je ne ferai rien. Mais *vous*, pourquoi faites-vous ça ? »

Janey regarda Cleveland, qui toussota et dit : « Elles n'ont pas passé l'audit avec succès. »

Dill en resta coi.

« Les fermes qui n'ont pas passé l'audit avec succès doivent être radiées de la Fédération des producteurs d'œufs, déclara Cleveland solennellement. Ou soumises à d'autres mesures. »

Radiées de la...

« L'audit, c'est un détail, dit Janey.

— Bien sûr que non ! s'indigna Cleveland.

— Mais qu'est-ce que…

— Nous avons une ferme en tête, poursuivit Cleveland. Un lieu où nous connaissons quelqu'un de l'intérieur.

— Elle veut dire : un lieu où *vous*, vous connaissez quelqu'un de l'intérieur. »

Ah.

Ah oui. Bien sûr. Et merde.

« Il y a juste un problème, dit-il. Elle n'est plus "de l'intérieur".

— Vous pourriez lui demander.

— Nous ne savons même pas où elle est passée. » Il employait toujours la première personne du pluriel quand il mentait. « D'ailleurs, personne ne voudrait jamais faire ça avec vous. Surtout pas elle. » Il sentait sa voix s'affirmer. « Parce que c'est impossible. Impossible à organiser. C'est impossible de les sortir. Impossible de leur trouver des lieux d'accueil. Et parce que c'est inutile. Ils en feront venir d'autres. L'exploitation aura fait le plein dès la semaine suivante. Et, de toute façon, j'en ai assez des détraqués dans ma vie. J'ai eu ma dose.

— Je vois ça. Je te l'avais bien dit, qu'il ne ferait rien. Je ne te l'avais pas dit, Janey ?

— Je n'ai rien à vous prouver.

— Rassurez-vous, vous ne nous prouvez rien.

— Vous savez quoi ? Je ne veux pas entendre un mot de plus. Question réglée. Arrêtez d'amener vos maudites poules et vos maudits tacos bourrés de conservateurs, et allez vous faire voir.

— Très bien, dit Cleveland, rassemblant ses affaires. Viens, Janey. »

Janey se leva, l'air indécise.

Mais Dill bondit sur ses pieds : « Foutez le camp d'ici, que je puisse passer encore une dizaine d'heures à désagglutiner les poules que vous m'avez amenées.

— On devrait peut-être l'aider », dit Janey.

Cleveland avait déjà passé la porte. « Appelez-nous quand vous serez prêt.

— Jamais de la vie ! » Il les suivit à l'extérieur.

« Mais si, lui lança Cleveland. Vous avez besoin de nous. »

Ramassant du gravier, il bombarda leur voiture au moment où elles montaient à bord. « Oubliez mon adresse ! »

« Seigneur, qu'est-ce que ce sera, la prochaine fois ? » fut la dernière chose qu'il hurla tandis qu'elles repartaient.

Pourtant, dans la matinée, après avoir passé la nuit à désagglutiner les poulettes, il sortit au soleil. Il était de nouveau épuisé et affamé, mais il avait fini les burritos. Il avait mal aux reins. Certaines des poules apportées par les auditrices la dernière fois s'ébattaient dans la basse-cour, faisant leur petit tour matinal. Elles le repérèrent et vinrent à sa rencontre.

À les voir se déplacer ainsi en file indienne le long de la clôture, avec leurs têtes fines et leurs yeux ronds, leurs faces inexpressives, on eût dit les émissaires d'une autre planète, chargées d'établir un contact amical avec les Terriens. Aucune des deux parties n'avait encore trouvé le moyen d'échanger plus que les civilités d'usage, mais tout le monde était bien là, réuni. Quand enfin elles l'eurent rattrapé, il dit : « Eh bien, qu'est-ce que vous me voulez ? » Et elles, se pressant autour de lui, regardèrent par-delà les champs.

Le banquier était au travail. Dill se faufila dans la maison principale en passant par-derrière, comme tous les jours. Il se servit quelques poignées de céréales, nota que le banquier avait du lait de vache au frigo – le poseur ne posait même plus –, s'installa devant l'ordinateur et commença à parcourir les sites habituels, en utilisant un navigateur fantôme afin qu'aucun des nombreux tarés que comptait le monde ne pût voir ce qu'il regardait. C'était son job de savoir ce que certains salauds manigançaient, et le leur de savoir comment il entendait riposter.

Ou plutôt, ç'avait été son job.

Tandis qu'il laissait son esprit passer de page en page, en mode déconnecté, la porte s'ouvrit et le banquier entra. Il le vit, soupira.

Dill soupira aussi et ôta ses mains du clavier. « Je m'en vais.

— Ce n'est pas grave.

— D'accord.

— J'allais venir te voir. »

Ah oh.

« J'ai des nouvelles. » Le banquier s'assit au bord du divan. « On m'a donné pour mission d'ouvrir une antenne en Égypte. »

Dill mit un moment à comprendre *antenne*, antenne *bancaire*.

« Je m'absente pour six semaines.

— Entendu.

— Tu devrais avoir assez de temps pour te trouver un autre endroit. »

Ah, nous y voilà. Enfin.

Il s'y attendait depuis si longtemps qu'il fut étonné d'éprouver cette douleur vive. Son buste friable se contractait et craquait, ses membres cassaient.

« Je veux que tu sois parti à mon retour. »

Le banquier, son petit gabarit, ses cils, sa bouche. Le banquier, qui lui avait donné l'hospitalité pendant tout ce temps. Mon Dieu, comme il l'aimait pour cela.

« OK, dit Dill.

— Toi, *et* ta ménagerie. »

Bon, il y en avait au moins *un* qui était au banquier – ce maudit matou. Une fois seul, le banquier allait laisser cette sale bête dehors et ce serait la fin des piafs. Oh, l'idée de ce que serait devenu cet endroit dans quelques années. Une piscine, une roseraie. Une pelouse bien léchée. Dill lui faisait confiance pour ne pas manquer de mauvaises idées.

« Je regrette, disait le banquier. Tu devais t'en douter. Toi et moi. Les choses ne sont pas au top entre nous depuis des années, et… »

Sa voix, ses râles, sa façon de fredonner en faisant la cuisine, sa peau mate. Ses costumes, oui, même ses costumes. Ses mains. Dill aimait les mains du banquier. Son indulgence. Seigneur, le nombre de fois où il lui avait pardonné. Dill ne se doutait pas, alors, qu'il avait besoin de tout ça. Son sens de l'humour – pas très flagrant ces derniers temps, mais le banquier pouvait être très drôle, le petit futé.

Il se prénommait Dev – Dev et Dill – mais Dill l'avait tout de suite surnommé « le banquier », comme une façon de souligner l'amusante incongruité de cette association, ensuite comme un mot doux, et enfin comme un symbole de leur aliénation réciproque, *le banquier.*

« On ne s'aide pas. C'est bien le problème. Si je pensais pouvoir t'aider – mais je ne t'aide pas. »

À présent, Dill n'écoutait plus. Son esprit vagabondait, d'abord dans le passé, les doigts du banquier dans ses cheveux, un flash, puis dans le futur et tout ce qu'il pouvait recéler, l'horreur. Et puis, il découvrit qu'il avait pris sa décision. En fait, il s'apercevait qu'il avait planifié la chose depuis longtemps.

Allons, c'était une idée géniale. Bien sûr que c'était une idée géniale.

« Il faut qu'on tourne la page, toi comme moi. »

La baraque à sa disposition pendant six semaines. Plus qu'il n'en fallait. Il n'était jamais à son meilleur que lorsqu'il bossait.

« Qui sait ? C'est ma faute, aussi. Je t'ai laissé n'en faire qu'à ta tête… »

Les contrôleuses avaient raison. Elles avaient besoin d'Annabelle. La Ferme des Green, c'était parfait. Elle seule pouvait commencer à réunir le nombre d'individus nécessaire. Elle seule pouvait inspirer le genre de folie indispensable pour tisser les fils de ce tapis. Oui, impossible de se passer d'elle. Pourrait-il la convaincre ? Les auditrices le croyaient.

Mais non. Impossible. Aucune chance.

« Peut-être que quelqu'un pourrait t'héberger pendant quelques jours, le temps que tu retombes sur tes pieds ? »

Mais s'il les envoyait, elles ? Chez Annabelle, puisque bien entendu il savait où elle se trouvait. Il fallait qu'elle les voie, qu'elle vise un peu ces hurluberlues dans leur accoutrement, qu'elles lui posent la question face à face, dans ce qui lui tenait lieu de foyer – et lui qui se croyait mal installé dans cette cabane ! Il leur dirait quoi dire, ou ne pas dire (qui les avait tuyautées, pour commencer, mieux valait parler de lui plus tard, une fois l'accord d'Annabelle obtenu. Elle n'imaginerait jamais qu'il avait trahi son secret).

Tout ce qu'il fallait pour piquer sa curiosité au point qu'elle écoute, qu'elle imagine.

Et cela l'occuperait, lui, au moment même où il tombait en morceaux.

« Hé, tu m'écoutes ? » disait le banquier.

Pour leur donner une chance, oui, pas pour poser le doigt sur la balance ni leur glisser un atout dans la manche, mais pour leur donner une toute petite chance.

Le banquier s'était approché, il avait mis le papier sur ses genoux, disant : Voilà. Voilà comment tu vas faire. Tout est indiqué là.

« Tu vois, voilà ce dont je parle. Voilà exactement ce qui ne va pas me manquer. »

Donc, cette nuit-là, de la cabane il leur envoya un message, *Parlons-en*, et quand elles arrivèrent il leur fournit ses directives et instructions. Pour leur donner une chance, et, oui, il l'admettait, aussi pour enquiquiner le banquier, et peut-être aussi pour adresser un petit salut à Annabelle, un coucou (salut, qui est là ?) un signe sous la forme de ces deux-là, les envoyant en estafette pour lui dire : « J'ai vu comment tu as orchestré ta disparition, eh bien voici ma riposte », pour la défier, et aussi – il s'en aperçut après les avoir raccompagnées et après que le banquier eut bouclé sa valise et dit « Donc, on a conclu un accord, oui ? » (Hé, c'était sa faute s'il voulait encore conclure un « accord » avec lui) puis qu'il eut disparu dans un taxi, et Dill n'eut plus de nouvelles, pendant un bon moment, ni d'elles, ni de lui, ni d'elle, ni de quiconque, et il était seul avec ses dix-sept bêtes (il avait gardé quelques poules) – pour dire, chuchoter (mais à qui ?) : Reviens.

R : Non, je ne suis pas « bien installée ». Dites-moi comment je pourrais être « bien installée ».
Q : C'était une question comme ça, par politesse.
R : Et si on se dispensait des politesses ?
Q : D'accord. On peut vous apporter quelque chose avant de commencer ?
R : Nous y revoilà. Qu'est-ce que vous voulez m'apporter, compte tenu de… la situation ? Qu'on en finisse. Que voulez-vous savoir ? Elles sont venues me demander de l'aide et je n'ai vu aucune raison de refuser. Voilà ce qui s'est passé.
Q : Vous vous attendiez à cette visite ?
R : Non, la plus grosse surprise ça a été de les voir débarquer, pour commencer. J'étais là-bas depuis plus d'un an et personne ne m'avait retrouvée.
Q : Vous vous cachiez ?
R : Je me… reposais.
Q : Vous vous « reposiez ». Sur un site contaminé par des déchets chimiques…

R : Oui, et dès que je les ai vues émerger de la brume, j'ai pensé : « C'est foutu. Je suis cuite. » Je les prenais pour vous, vous comprenez. Pas vous précisément, mais les gens comme vous. Venus me faire expier mes péchés. Je me suis dit que l'ordre venait d'en haut, que c'était mon tour. J'étais étonnée de les voir arriver sur ce truc – un canot en plastique, pas tellement mieux qu'un matelas gonflable.

Q : Qu'aviez-vous imaginé ?

R : Je veux dire, je ne m'attendais pas à vous voir arriver du ciel, en chahutant les ramures des arbres tout autour de moi…

Q : Pas notre style, c'est un mythe.

R : Je le pense aussi. Je m'attendais pourtant à plus de professionnalisme, mais non, elles avaient roulé sur le petit chemin, passant devant les panneaux « Défense d'entrer sous peine de vous voir pousser un onzième doigt », laissé leur voiture dans les décombres, trimballé le canot à travers les roseaux qui bordent la rivière froide et boueuse. Puis, mon nom sur un bout de papier, elles avaient quitté la rive en pagayant avec leurs rames en plastique, errant entre les nappes de brume et l'eau brune, jusqu'à ce que j'entende ce bruit inimitable des rames sur l'eau. « Silence ! », j'ai dit aux oiseaux, et je les ai guettées. Bientôt, la brume s'est levée, et je les ai vues s'avancer de biais dans ma direction.

On était prêtes à s'affronter. On s'est mesurées du regard comme cela – pas dupes – et c'est sans plaisanter qu'elles ont soulevé leurs rames pour laisser le canot parcourir les derniers mètres sur l'eau polluée.

Q : Et elles étaient déguisées ?

R : Oui, je savais que vous en aviez, des uniformes, mais je m'attendais à autre chose. Genre toge…

Q : Genre robe d'avocat ?

R : Euh, non.

Q : Genre peignoir de bain ?

R : Laissez tomber. Bref, je leur ai lancé : « Quels affreux costumes de clown ! On cherche à faire peur aux enfants ? »

Q : Je vois que ça charrie.

R : Elles sont de taille à encaisser.

Q : Donc, elles sont venues jusqu'à votre… maison ?

R : Pas tout de suite. Leur canot a juste rebondi contre le bord avant qu'elles n'aient le temps d'agripper quelque chose. C'était marrant. J'ai dit : « Amenez ce rafiot par-derrière ! » Je garde (pardon, *gardais*) une barque prête à servir et deux autres plus ou moins rafistolées, avec les noms de mes oiseaux peints sur les flancs – Poquito Más, Wayway, Waygo –, qui flottent là, sur mes eaux contaminées. Je leur ai tendu une planche, disant pompeusement : « Vous êtes enfin venues me chercher ! », pour leur faire comprendre que je savais ce qui se passait et que je n'allais pas résister, je me laisserais emmener discrètement, car à quoi bon faire perdre son temps à tout le monde ? Nous étions toutes les trois très polies. Elles se sont excusées d'avoir aspergé ma robe en montant à bord.

Q : Votre robe ?

R : La bleue, bordée de dentelle. La robe idéale pour l'occasion, j'ai pensé, et je ne savais même pas qu'elles allaient venir !

Q : On a du mal à vous imaginer en robe.

R : C'est que vous manquez d'imagination. On ne vous a pas fait faire des recherches ? Je porte souvent des robes. Pas en ce moment, bien sûr. Mais ça ne compte pas.

Q : Donc, elles sont montées jusqu'à votre « maison » et ont aspergé votre « robe ».

R : Oui. Je les ai fait asseoir à ma table et leur ai servi un petit verre de rhum, parce que j'aime bien voir les gens avec un verre à la main. « Je ne vous attendais pas de sitôt », j'ai dit.

Elles ont paru surprises. « Vous nous attendiez ?

— J'avais une petite idée. Je ne savais pas quand. J'avais des symptômes. Migraines, étourdissements. Ça ne fait rien. J'ai fait le tour de cet endroit, de toute façon. »

Elles se trémoussaient sur leurs chaises, baissaient la tête quand Roy les survolait. J'avais ouvert les fenêtres. On était, quoi, la première semaine d'avril ? Il faisait plus beau qu'à l'ordinaire. Roy entrait et sortait, volant en rond et criant. Elles étaient si nerveuses, j'avais envie de leur dire : « Relax, c'est moi qui devrais flipper. » Les grillons faisaient un bruit de tourniquet d'arrosage.

« Commencez par m'expliquer la suite, dis-je en joignant les mains. J'aimerais savoir comment tout cela fonctionne. »

Elles se regardèrent. « C'est pour ça qu'on est venues vous voir, dirent-elles. On a besoin de votre aide. »

Mon aide ? Je les ai scrutées. J'étais perplexe. Les aider à quoi ?

Attends, un instant.

L'aiguille de ma compréhension pivota de 90°, allant de *oui* à *peut-être*, et une autre rotation pour aller vers *non*, puis elle recula jusqu'à *peut-être*, et enfin je compris, abasourdie, la situation. Bon sang. J'en étais presque déçue.

Dill. Cette fois, il m'avait bien eue. Il devait penser beaucoup de bien de ces deux-là pour leur avoir révélé ma retraite. Ce devait être le nouveau messie à elles deux. Elles avaient intérêt à l'être, pour qu'il ait le culot de compromettre ainsi ma sécurité. Sympa de sa part, de me faire signe, bougre de salopard… J'ai réalisé alors, avec nostalgie, combien j'aspirais à m'en aller, à quitter ma maison, à déserter cette terre, la seule que j'aie jamais connue.

« Oh, je croyais que c'était tout autre chose », j'ai dit.

Bien entendu, je vivais loin de la civilisation, si l'on peut dire, depuis un bon moment. C'est difficile de disparaître. Mais pour moi, ça s'est fait tout naturellement.

Ce n'était pas un problème de tout quitter. À nos débuts, nous utilisions des noms d'emprunt. On s'inventait des antécédents, ça faisait partie du tableau, on trafiquait nos papiers. Mais tout ça, c'est du passé. Aujourd'hui, les militants marchent dans les clous – c'est la traçabilité, comme on dit. Mais pour moi, c'était plus facile de ne plus m'en mêler. Je suis du genre Capitaine Nemo, je plonge, j'émerge, je replonge, laissant les flots se refermer au-dessus de moi, descendant à des milliers de lieues sous les mers, ne laissant que des vaguelettes à la surface.

Q : Donc, vous avez compris que ce n'était pas nous.

R : Oui. À ce moment, je savais à qui j'avais affaire. J'avais entendu parler de ces deux zigotos, et elles avaient l'air exactement de ça dans ces uniformes, des factrices venues distribuer le courrier.

Q : Vous aviez entendu parler d'elles, alors que vous viviez « loin de la civilisation » ?

R : J'entends des choses. Je n'ai pas coupé tous les robinets. L'info filtre goutte à goutte.

Q : Alors, que leur avez-vous dit ?

R : « C'est vous, les contrôleuses. » Ce n'était pas ce à quoi je m'attendais, mais est-ce qu'on ne s'attend pas tous à trouver autre chose que ce qu'on pêche dans la rivière avec les saloperies ? Est-ce qu'on n'attend pas autre chose du monde, et de nous-mêmes ? Mais on comprend bientôt que les grandes espérances, c'est pour les chochottes…

« Donc, vous avez craqué, j'ai dit. Je peux respecter ça. Ou du moins le comprendre. En quoi je vous intéresse ? »

C'est alors qu'elles ont lâché le morceau. Siphonner toute une exploitation, elles se sont expliquées pendant un moment.

« C'est l'idée la plus bizarre que j'aie jamais entendue. »

La petite a regardé autour d'elle et dit : « Alors là, ça m'étonnerait. »

Q : Ont-elles dit comment elles s'y prendraient ?

R : C'est la question que j'ai posée : « Comment comptez-vous procéder ? »

La plus vieille a retiré son bonnet, le flanquant sur la table entre nous. « On va les ramasser et les emporter. » J'ai dit : « Pourquoi ? » ; et elle : « C'est quoi, cette question ? » ; et moi : « Si vous n'êtes pas capables d'y répondre, pourquoi venir ici ? » ; et elle : « Pourquoi je serais venue ici, si je n'avais pas de réponse ? »

La plus jeune sifflait son verre de rhum.

J'ai dit : « Bon. Combien d'intervenants vous faut-il ?

— À vous de nous le dire.

— Comment allez-vous transporter ces poules ?

— Vous allez répondre à ces questions, ou vous contenter de les poser ? Parce que, pour le moment, vous nous faites perdre notre temps.

— Qu'est-ce qui vous fait croire que vous ne me faites pas perdre le mien ? Je vous ai rien demandé, moi ! » Je me suis levée. « Vous déconnez. »

Q : Là, elles sont parties ?

R : Non, non, je me suis levée pour prendre la bouteille de rhum. Je nous ai servi une autre tournée. La version « douce » de « Gardez les mains bien en vue ». J'ai repris ma place sur ma chaise, et la situation s'est un peu détendue pendant que Roy se baladait sur le dossier.

J'ai dit : « Vous pensez à un élevage en particulier ? »

Elles : « Oui, justement. » Et là elles se sont tues.

Moi, je tâchais de digérer tout ça, et c'est alors que j'ai compris. La Ferme des Green. J'ai senti passer comme un souffle d'air, l'eau clapoter tout autour de moi et s'écouler, le ciel s'éloigner, comme si je m'étais brutalement arrêtée et que la Terre continuait de tourner sans moi.

Q : Cette sensation nous est familière.

R : Ouais. Cette fois, Dill m'avait bien eue. J'avais suivi les miettes de pain de son raisonnement. Ce n'était pas comme si je n'y avais jamais pensé, bien sûr, mais quand même, quel culot !

Elles attendaient ma réponse. « À Dill ! » j'ai dit en levant mon verre. Elles ont paru gênées. « Quoi, il croyait que je n'aurais pas deviné ?

— Ben, on… »

L'autre l'a fait taire d'un geste. « Alors, vous êtes partante ? »

J'ai reposé mon verre. « Que deviendront les poules ?

— Ce point est encore un peu vague.

— C'est vous qui décidez. »

Je me suis bricolé un chignon tout en réfléchissant.

« Les messages, c'est pas trop mon truc. Les oiseaux symboles de liberté, Hélène de Troie et tout ça.

— Liberté pour les poules, a dit l'une.

— On peut réfléchir au message, a dit l'autre.

— Pas de message. Vous enlevez une poule, et vous ne le dites à personne. C'est entre vous, la poule et Dieu. C'est la seule chose que j'apprécie chez vous, et ces sottises que vous faites dans les hangars.

— Quoi, vous êtes au courant ?

— Figurez-vous que c'est ma ferme, ma famille. On les emporte. Point final. On ne fait pas ça pour le buzz sur YouTube.

— C'est pas tout l'intérêt ?

— L'intérêt, c'est qu'on ne les exploite pas. Pour une fois. Est-ce trop demander ? On ne pique pas leurs œufs, on ne bouffe pas leur chair, on ne s'en sert pas comme d'un étendard. D'accord ? »

Elles ont accepté.

J'ai servi encore un peu de rhum et nous sommes allées sur le ponton assister au coucher du soleil. Les oiseaux tournoyaient au-dessus de nos têtes, formant des angles irréguliers, et Roy nous observait depuis le bord de la fenêtre. Elles ont enfoncé leurs bonnets sur les oreilles. Le temps se rafraîchissait.

Sur la rive opposée, la civilisation perdue commence. Elle se confond avec les arbres et s'étale sur trois kilomètres, le village évacué depuis la contamination. Béton et ferraille, bois pourri, toutes les catégories de la famille des plastiques, cloisons en placo effondrées, trottoirs défoncés, déformés, tas de briques. Subsistent les restes d'un ancien débarcadère – poteaux en ciment et quelques planches vermoulues.

Ma maison ressemble à un bateau gorgé d'eau, tiré sur la berge et abandonné là, à demi submergé, raccommodé de toutes parts. Moitié forêt, moitié tas d'ordures, genre nid, confectionné avec le bric-à-brac que j'ai trouvé sur place. Elle se fond dans le paysage comme certains animaux et insectes. Elle copie son environnement. Des architectes passent leur vie à essayer d'obtenir ce résultat. « Pas d'habitation par ici », se dit le visiteur, survolant la rive du regard. « Si, si, là-bas ! Regardez : de la lumière ! » Feuilles mouillées, eau paresseuse, quelques arbres tordus contre le ciel rouge. À certaines heures, la contamination teinte l'air. Ma maison penche comme si elle allait basculer dans la rivière, comme si elle s'agrippait à la terre ferme, tout près de lâcher prise. Comme une photo prise à l'instant de l'éboulement.

Mais de quoi parlait-on ?

Q : Les contrôleuses.

R : Ah oui. Ça vous ennuie si on fait une petite pause ? J'aimerais me dégourdir un peu les jambes, si l'on peut dire.

Q : Naturellement.

R : Merci. Ah, c'est mieux. Vous en avez encore pour longtemps ? Je dois aller…

Q : Vous avez tout le temps.

R : Où sommes-nous, d'ailleurs ?

Q : Combien de temps sont-elles restées dans votre « maison » ?

R : Un bon moment. Voyons. D'abord, j'ai arrangé leurs chaussures.

Q : Leurs chaussures ?

R : Oui. J'ai dit : « Au fait, les filles, il faut s'occuper de vos chaussures. Vous ne pouvez pas vous balader dans les fermes comme ça.

— Qu'est-ce qu'elles ont, nos chaussures ?

— Les semelles sont neuves. N'importe qui pourrait vous identifier grâce à ça. Un bon coup de râpe, et ce sera arrangé. » Et je leur ai montré le dessous de mes babies.

Puis je suis allée fouiller dans ma caisse à outils. Le jour baissait, les oiseaux de nuit sortaient, le ciel se couvrait. Le vent se levait, le froid s'installait, Roy se retirait dans son coin. Je savais qu'il fallait qu'elles repartent tout de suite, sous peine d'avoir à pagayer dans le noir avec le risque de ne plus jamais retrouver leur chemin. Mais je les ai gardées encore un peu. La solitude a ma préférence, actuellement, mais j'ai fait une exception.

Q : Bon, alors vous avez « arrangé » leurs chaussures ?

R : Oui, poncé les semelles et ajouté quelques encoches pour les empêcher de glisser. Je peux arranger les vôtres aussi, si vous avez des outils.

Une femme aux longs cheveux bruns, en robe à carreaux, remontait l'allée en traînant sa petite valise. Les chiens vinrent à sa rencontre. Elle se pencha pour les caresser, puis se remit à avancer. À l'autre bout de l'allée, un homme était assis sur le porche. Il avait des cheveux un peu roux, des fossettes de garçonnet qui se creusèrent quand il grimaça à la vue de cette silhouette. Ses pieds étaient sur la rambarde, mais quand il la vit, il les retira. Puis, il parut changer d'avis et les remit sur la rambarde. Il resta ainsi le temps qu'elle arrive au pied des marches. Elle lâcha la poignée de sa valise. Les chiens s'alignèrent derrière elle.

« Qu'est-ce que tu en penses ? dit-il.

— Je me tâte.

— J'ai entendu dire que tu avais fini de te tâter. J'ai entendu dire qu'on était sur le coup.

— C'est un projet trop ambitieux. On ne peut pas organiser ça par nous-mêmes… »

Il hésita, fit non de la tête. « Non, pas question. Non.

— Si c'est faisable ou pas, lui pourrait nous le dire.

— Pas question de reconstituer l'ancienne bande. Il n'a jamais été vraiment des nôtres, de toute façon.

— Des leurs non plus… »

L'homme dit non, la femme dit si. Et l'homme dit non, et la femme dit si. Comme autrefois.

Tous deux levèrent les yeux au ciel.

Le ballet d'étourneaux. Une nuée décrivant des cercles irréguliers. Est-ce instinctif, ces ovales, ces spirales, ces retours sur soi-même ? Tous les animaux, et même tous les phénomènes naturels, évoluent-ils ainsi, ont-ils ceci en commun : être en mouvement pour n'aller nulle part ? Le système solaire, le temps, la pluie qui tombe du ciel et y remonte, naissance et mort, boulot-dodo, un père et son fils qui se renvoient une balle sur la pelouse, la poule et l'œuf, l'œuf et la poule, les nombres revenant au dix d'origine, périodiquement, le chiffre le plus à gauche s'y mettant tardivement et lentement, tel un vieux fermier qui va et vient dans le couloir de l'hôpital avec son déambulateur après son AVC. Seul l'univers est d'une longue coulée.

Dans la nature, les poules se promènent à travers leurs fiefs, arpentent leur territoire, grimpent aux arbres pour y passer la nuit, se pavanent, se tournent autour pour jouer, se faire la cour, se battre, et les parias gravitent à la périphérie, se font attraper par des prédateurs. Mais leurs homologues industrielles, leurs cousines enfermées dans des cages, ne tournent pas en rond comme le reste de la Création. Elles se tiennent là, font un ou deux pas parmi leurs compagnes de cellule pour prendre quelques gouttes d'eau, le grillage cisaillant la chair tendre de leurs pattes.

Auxquelles de ces poules les êtres humains ressemblent-ils le plus : à celles qui vagabondent en cercles – cour d'école, campus, quartier ? Ou aux monstres génétiquement modifiés – trimballés dans nos boîtes, cramponnés à nos bouts de plastique et de métal, marchant d'un pas crispé et affecté, nous volant dans les plumes au sein de nos espaces étriqués, pianotant sur divers appareils qui pivotent, s'éclairent ou s'ouvrent pour simuler une activité, « amusement », « sport », « travail », « amour » ?

Pendant quelques centaines de millions d'années, la Terre a beaucoup tâtonné, déplaçant ses glaciers, crachant sa lave, scintillant, bleuissant, blanchissant, verdissant, redressant ses créatures à la verticale, ou les faisant descendre des arbres, quand elle ne les expédiait pas dans le ciel.

Le premier oiseau, l'*Archaeopteryx*, est apparu sous des formes encore plus fantastiques tout au long des périodes jurassique et crétacée, seulement pour décliner avec le reste des dinosaures, puis revenir en force au Paléocène et après.

Le *Gallus*, espèce sauvage de l'Éocène inférieur, l'ancêtre de la poule, filait au ras du sol parmi les arbres de la forêt. Les glaces avancèrent et reculèrent, et le *Gallus* se divisa en espèces et sous-espèces, constellations qui se répandirent et se séparèrent, jusqu'au jour où – voilà seulement neuf mille ans –, une bande de ses descendants, le *Gallus gallus domesticus*, se mit à parcourir le monde avec les grands explorateurs, en quête d'aventure.

Enfin, autour du XVIe siècle, la jolie petite nièce du *T. rex* descendit du bateau pour fouler le sable frais des rives de l'Amérique du Nord.

Treize ans avant que Cleveland ne vole la poule, Jonathan Jarman Junior (24) rencontra Annabelle (18) le jour où il se présenta sur l'exploitation de son père avec sa nouvelle invention.

Il avait une petite vidéo de démonstration dans son coffre, plus deux paquets de cinquante brochures sur papier glacé – avec le numéro du brevet en attente imprimé à l'intérieur, prouvant que ladite invention n'était pas une simple mouture du système déjà en usage en Angleterre, mais une version substantiellement améliorée à destination du public américain, invention qui, espérait-il (et là, quand ils l'imitaient – une innocente plaisanterie quand sa famille n'était pas là – les fermiers glissaient un doigt dans leur col pour l'élargir et singer sa nervosité), révolutionnerait la production d'œufs aux États-Unis.

Jonathan Jarman Junior, fils unique de la famille Jarman, allait de ferme en ferme, en colporteur.

Ce terme, *colporteur*, évoque l'image d'un homme à chapeau mou qui sonne aux portes, mais Jonathan savait que ce n'était pas ainsi dans ce milieu. Les élevages, qui contenaient de un à vingt millions de volatiles chacun, étaient de vraies forteresses ; les plus grandes étaient environnées de fourgons de biosécurité, clôtures et points de contrôle. Personne ne s'amenait en voiture pour demander un verre de limonade ou dire bonjour. Non, il avait agi de la bonne façon, sur le conseil de son père. Et la bonne façon, c'était se greffer sur un projet de recherche, présenter ses conclusions à des colloques sur l'œuf, serrer des mains pendant un certain nombre d'années – toutes choses qu'il avait faites, tout en collectionnant les diplômes en conception et ingénierie – avant de demander à chacun, un à un, la permission de venir présenter son idée.

Au début, il avait commis l'erreur d'appeler ça un « argumentaire commercial » – ce qui rendait les exploitants fébriles. Il disait à son interlocuteur qu'il souhaitait lui montrer sa vidéo et expliquer pourquoi, lui et tous ses collègues, devaient se convertir à son système de cages enrichies, le Jarman Star Cage Systems. Mais il ne décrochait que très rarement un rendez-vous, car, par un malheureux concours de circonstances, les intéressés n'avaient aucune raison d'acheter son système de cages enrichies. C'étaient de gros tracas, cela impliquait d'énormes transformations bêtement ruineuses, des dizaines de milliers de dollars *par bâtiment*, et de plus, affirmaient-ils, les poules étaient très bien comme ça ! Le propre père de Jonathan, Jarman Senior, n'avait pas changé ses installations, et ce pour les mêmes raisons.

D'ailleurs, comment savoir si le législateur, influencé par les extrémistes de la cause animale, n'allait pas voter une loi prohibant toutes les cages, anciennes, nouvelles, imaginaires, et forcer tout le monde à s'en passer, façon gauchistes ? Comme c'eût été absurde d'acheter ces nouveautés, personne ne le laissait venir faire son petit speech.

Finalement, sur les prières de son épouse, Jarman Senior intervint. Il persuada son fils de parler de « consultation », pas d'argumentaire commercial – bien plus acceptable. Et il téléphona à tous ses pairs aux quatre coins du pays pour les supplier de le laisser faire sa présentation et rédiger son rapport, voilà tout, le coût de l'opération devant être supporté pour l'essentiel par Jarman Senior lui-même. D'accord, dirent-ils, si c'est comme ça, OK. Ils comprenaient le père et son souci, ayant eux-mêmes des enfants et sachant combien il était difficile d'élever des petits fermiers de nos jours. Ce n'était plus comme autrefois. Enfin, bref. Que voulez-vous ? Adam lui-même avait sans doute eu ses problèmes. Et Jésus avait donné du fil à retordre à son papa. Bon, qu'il vienne la faire, ce petit, sa présentation, quel mal à ça ? Ces hommes y mettaient même un peu du leur, veillant à ce que le fils Jarman ait un coin où dormir et plein de toasts et d'œufs brouillés pour quelques jours. Ils l'accueillaient tel un membre de la famille, lui faisaient un petit chèque de complaisance pour le rapport. Le monde des éleveurs avait changé, oui, mais les valeurs de loyauté et de bon voisinage entre familles perduraient.

Toutefois, soyons clairs : ils se refusaient à consacrer une seconde au fiston, naturellement. Ils étaient bien assez occupés, et de toute façon n'avaient pas à apprendre d'un gamin ce qu'ils auraient dû faire différemment, surtout si cela devait coûter des sommes folles. Ce gosse était un drôle de zèbre. Ces hommes avaient douze, vingt, parfois même trente bâtiments de cent cinquante mille poules chacun à gérer. Ils s'efforçaient d'expédier quatre millions d'œufs par jour. D'ailleurs, ils avaient leurs propres problèmes. Et leur progéniture, alors ? Qu'est-ce qu'il croyait, Jarman Senior ? Ça ne se tuait pas à la tâche, figurez-vous. Si son fils voulait venir, OK, mais fallait-il en plus poser ses fesses sur une chaise et l'écouter ?

C'est alors que Jarman Senior eut une idée : et s'ils chargeaient Jonathan de faire son exposé à leurs rejetons, dont beaucoup étaient de la même classe d'âge, peu ou prou ? Ils pourraient se faire perdre leur temps réciproquement, se consulter, écrire des rapports et tenir des réunions en dehors des moments où la salle de conférence servait pour les affaires. Un peu comme des sorties parascolaires, maintenant que tout le monde était un peu plus grand et ne demandait pas le même degré de supervision. Donnons-leur de quoi s'occuper. Un peu comme une association de jeunes, le catéchisme, un club de science. Et qui sait ? Certains pourraient peut-être s'intéresser à l'entreprise (aucun ne se sentait concerné, et c'était bien dommage). Et même, suggéraient sous cape ces pères de famille, se dégoter ainsi un conjoint convenable, puisque les fréquentations que ces ados ramenaient à la maison étaient – et c'était un euphémisme – risibles.

(Ils ne pouvaient pas prévoir le retour de manivelle, quand ces jeunes gens – chapitrés par Jonathan Jarman Junior, qui entre-temps était devenu un garçon très convaincant, sans parler d'Annabelle – prendraient les rênes de l'affaire familiale pour la faire péricliter grâce aux innovations adoptées par eux, une fois leur père à la retraite. Ils allaient engendrer tout un mouvement coûteux en faveur des systèmes de cages enrichies, et pire encore, des systèmes hors-cage, qui souffla sur le pays dès que cette génération eut grandi et pris le pouvoir. Certains quittèrent le métier, dégoûtés. D'aucuns devinrent des enquêteurs infiltrés pour Annabelle. D'autres, mariant leurs scrupules au désir qui les rongeait depuis toujours de se déprovincialiser, prirent le large sur des bateaux pirates pour chasser les baleiniers et les chalutiers-usines, tandis que leurs aînés assistaient à tout cela avec effarement et tenaient Jarman Senior pour responsable.

Mais n'anticipons pas.)

Donc, en cet agréable après-midi de septembre, lorsque le Fermier Robert Green Senior arriva à la réception pour accueillir Jonathan Jarman Junior et faire ainsi une fleur à la famille Jarman, tous deux – Jonathan Junior et le Fermier Green – étaient optimistes : Jonathan parce que la Ferme Heureuse des Green était une petite exploitation, à peine un million de poules, et que le moment était peut-être venu de l'agrandir, ce qui pouvait se traduire par un nouveau bâtiment avec « ses » cages ; le Fermier Green, parce qu'il avait convaincu sa fille, Annabelle, de s'occuper de leur invité. Pour le moment, Annabelle ne montrait que peu d'intérêt – un intérêt agressif, qui plus est – pour l'exploitation (même si c'était déjà mieux que son frère, Robbie Junior, qui se mettait à toussoter chaque fois qu'il en était question). Le Fermier Green se demandait si ça ne pourrait pas s'arranger si elle rencontrait un garçon aussi malin et bien de sa personne, et il soupçonnait que Jonathan pourrait se montrer particulièrement malin et séduisant en présence d'Annabelle, qui à dix-huit ans devenait une véritable beauté.

Le Fermier Green ne s'était pas trompé. En ce doux après-midi de septembre, quand il présenta sa ravissante fille (*Et derrière la porte numéro trois… !* – il avait grandi avec les rediffusions du *Juste Prix*), il vit avec satisfaction la mine de Jonathan Junior changer. Annabelle, elle, souriait timidement.

« Eh bien, je vous laisse, dit-il en se frottant les mains. Tâchez de nous trouver un bon plan pour l'avenir. » Et, tapant dans le dos de Jonathan, il les chassa de la maison en lui recommandant de conserver les tickets de caisse des restaurants.

Il n'avait pas envisagé qu'au bout d'une minute le jeune homme pourrait tomber irrésistiblement amoureux de sa fille et, qu'inspiré par sa beauté, il réussirait à parler héroïquement en faveur des poules et à expliquer au cours des journées suivantes son plan pour enrichir leurs vies, avec plus d'éloquence qu'il ne l'avait fait jusque-là. Jonathan Junior la persuada – comme il se persuada – que les poules avaient chacune leur caractère, qu'elles avaient des désirs et des tristesses cachés, qu'elles étaient capables d'amitié, qu'elles se révélaient étonnamment douées pour la conversation (tout cela étant exact, d'ailleurs). Il l'amena à considérer les gallinacés sous un jour nouveau, à la lumière de leur amour. Annabelle, déjà encline à avoir de tendres pensées au sujet des animaux, poules comprises, fut intimidée par ce garçon plus âgé et se sentit destinée à aimer les poules et lui-même, à lutter pour leur droit à l'enrichissement. Jonathan réussit à faire durer le temps de son exposé, qui passa de trois jours à trois semaines, l'étoffant de plusieurs couches d'évaluation, qu'il imaginait fiévreusement tard dans la nuit afin de pouvoir rester un peu plus longtemps chez les Green. Et, au bout de quinze jours, en visite sur le site de l'élevage du grand-père, désormais désaffecté et abandonné (à cause d'une contamination à proximité), environné par la forêt et la rivière (un coin romantique pour la progéniture de deux familles d'éleveurs de poules pondeuses, malgré sa toxicité), Jonathan obtint d'Annabelle la promesse de l'épouser. Une semaine plus tard il abordait le Père Green et, formellement, fermièrement, lui demandait sa main.

Le « oui » du père leur parut un miracle à tous deux, dans la mesure où elle n'avait que dix-huit ans, mais en réalité c'était une bonne affaire pour les familles. Chacune était ravie et se réjouissait au téléphone à voix basse (de peur que les intéressés ne surprennent leur joie et se repentent de leur décision, puisqu'une idée approuvée par les parents ne pouvait être bonne). Ces derniers étaient heureux d'unir par le mariage les deux fermes, d'attacher ces petits à l'affaire familiale pour plus tard en laisser la gestion à deux jeunes adultes dont l'intérêt pour les œufs s'était énormément développé (en fait, ce n'était pas tant les œufs que les *poules*) et qui se passionnaient pour les améliorations (à ce moment-là, les familles n'avaient pas fait très attention, et même avaient plus ou moins oublié, l'invention de Jonathan, qui était devenue de plus en plus sophistiquée en quelques semaines seulement). L'avenir des deux fermes était assuré.

Les familles firent attendre l'heureux couple six mois, par prudence – ces enfants ne se fréquentaient que depuis trois semaines, après tout – et aussi parce que les mères souhaitaient organiser le plus impudent, le plus spectaculaire mariage jamais vu dans l'histoire des poules pondeuses de l'Iowa. Et, le printemps venu, le mariage Jarman-Green fut en effet un grand événement. Tous les membres de la Fédération des producteurs d'œufs avaient été conviés. Ils arrivaient en avion des quatre coins du pays. Des avions entiers, bourrés d'industriels de l'œuf, avec femmes et enfants, atterrissaient sur la piste et se faisaient conduire à la ferme en limousine. (Était de la partie le petit mais croissant groupe de brillants jeunes gens qui, selon les anciens, seraient ultérieurement « endoctrinés » par Jonathan, et aussi par Annabelle, une inspirante porte-parole de l'invention de son mari au cours de ces premières années avant qu'elle ne rejette complètement l'élevage pour se tourner avec quelques-uns vers des stratégies plus radicales.)

Ce fut un grand succès.

Même le Fermier Bristole était venu ; il représentait l'unique grosse usine à poules dans le Maine (le FBI y ferait une descente six ans plus tard, à la suite d'une enquête secrète menée par Annabelle : M. Bristole devrait répondre de quatorze chefs d'accusation de cruauté sur animaux, et ses bâtiments seraient qualifiés par Temple Grandin, sur CBS News, de « cloaques sordides et scandaleux »).

Même le Fermier Parlin était là (il ferait faillite après qu'un petit film tourné dans le cadre d'une enquête clandestine conduite par Annabelle et ses légions du mal serait devenu viral et que tous ses gros clients se seraient défilés, pour aller chez les concurrents, à savoir les autres invités au mariage).

Tous ces gens, et bien plus encore, arrivèrent à la Ferme Heureuse des Green en cet après-midi printanier, pour remplir les gîtes locaux, applaudir et verser une larme quand le marié embrassa la mariée.

Ensuite, trois ans durant, ce fut une vie de rêve pour les deux tourtereaux, de l'avis unanime des Green comme des Jarman. Les familles attendaient avec une impatience croissante la venue d'un bébé – quoiqu'elle fût encore un peu jeune (dix-neuf ans, puis vingt, puis vingt et un) – et avec un embarras croissant les idées du couple, qui se répandaient chez les enfants d'éleveurs comme un jaune d'œuf coulant.

Puis, un jour, dit-on, le fils avait été aperçu roulant à travers la petite ville, alors que le couple vivait à trente minutes de là. Il ne s'était pas rasé et avait triste mine. Il s'était rendu à la Ferme Heureuse des Green, s'était garé sur le petit parking, n'en avait pas bougé. Selon les assistantes administratives qui regardaient par la fenêtre, il avait la tête sur le volant. Il avait passé ainsi une bonne partie de l'après-midi, tandis que le soleil se déplaçait dans le ciel, que les ouvriers contournaient timidement son véhicule pour retrouver les leurs. Finalement, le Fermier Green était sorti. Il était monté à la place du passager. Nul n'avait entendu leur conversation, mais tout le monde avait compris que la rupture était consommée.

Ce qui fut décidé ce jour-là entre Jonathan et son beau-père fut aussitôt contesté par le reste de la famille. Chaque camp (car les familles étaient rapidement redevenues des camps) blâmait l'autre avec véhémence.

Selon sa famille à elle, c'était elle qui l'avait quitté, et bon débarras.

Selon sa famille à lui, il l'avait virée parce qu'elle était cinglée.

Selon sa famille à elle, il l'avait rendue folle avec ses idées bizarres de poules qui ont des confidentes, dansent le cotillon et font du calcul mental. Il l'avait détraquée, peut-être de façon définitive.

Selon sa famille à lui, il avait dû se débarrasser d'une épouse démente et tel avait été son chagrin qu'il avait dû quitter le métier pour revenir à sa formation initiale. Il s'était spécialisé dans le design des bouteilles. Plus précisément, il supervisait certaines caractéristiques de sûreté dans la conception de bouteilles populaires de gin, de vodka, et de seaux à glace. Il avait aussi à son actif une ligne de rhums turcs.

(Comme par hasard, il avait appris qu'elle le quittait le jour même où il avait découvert qu'il avait un cancer. Je n'en ai plus pour longtemps, avait-il l'intention de lui dire en rentrant à la maison. Mais il n'avait pas encore ouvert la bouche qu'elle était en larmes. Il l'avait vue venir, cette rupture, sans toutefois savoir quand ça se produirait, il ne la comprenait plus depuis des mois, et il s'était dit que, s'il lui annonçait sa fin prochaine, cela pourrait changer les choses entre eux, car c'en était à ce point-là – il devait tabler sur sa propre mort pour la retenir. Mais elle avait déclaré qu'elle avait quelque chose à lui dire avant qu'il puisse parler.

L'espace d'un instant, il avait cru qu'elle allait lui annoncer qu'elle s'était engagée dans l'armée, auquel cas il aurait dû la ligoter et l'enfermer dans le placard. Puis, qu'elle avait rencontré Jésus et qu'elle allait se faire missionnaire. Puis – Dieu lui pardonne cette tendre pensée – qu'elle avait changé d'avis et voulait un enfant.

Puis, il avait vu ceci : il ne savait pas ce qu'elle allait dire. Il ne la connaissait plus du tout.

Tout cela, en l'espace de trois secondes car dès qu'elle avait déclaré qu'elle avait quelque chose à dire, il s'était écrié : « Ne dis rien. Je ne veux rien entendre », parce qu'il devinait confusément qu'elle allait dire « Je m'en vais » – et si elle ne le disait pas, elle ne le ferait pas. Comment peut-on quitter quelqu'un sans le lui dire ? Naïveté de sa part. Naturellement, le plus difficile quand on quitte quelqu'un, c'est de l'annoncer. Comment avait-il pu l'ignorer ? Et en même temps, si elle se taisait, peut-être pourrait-il l'informer de son cancer, et là elle ne pourrait plus partir. Comment quitter quelqu'un qui va mourir ?

Mais il n'était pas parvenu à lui parler de son cancer, parce qu'il ne l'aurait pas supporté, si elle était restée pour ça. Aussi, demeurèrent-ils assis en silence, elle pleurant un peu. Le lendemain elle était partie. Il n'avait pas eu l'occasion de lui dire qu'il serait peut-être mort avant son retour.

En fait, il n'allait pas mourir. C'était une erreur. Qui reçoit un faux positif le jour où son épouse – la seule femme qu'il eût jamais aimée, d'ailleurs – décide de partir ?

Donc, il était condamné et elle était partie. Puis, quelques jours plus tard, il n'était plus condamné mais elle était bel et bien partie. Quel monde.

« C'est une malade mentale », déclara son père à lui.

« Nous sommes tous des malades mentaux », dixit le sien.)

Jonathan Jarman Junior se tenait debout dans sa kitchenette.

Il réfléchissait. Elle ne va pas me refaire le même coup, je ne me laisserai pas manœuvrer.

Ce malade mental était en train de frapper à sa porte avec deux acolytes, et voilà qu'il criait : « On sait que tu es là, Jarman. On t'a vu du parking ! »

Ça, Jonathan le savait. En rentrant du travail, il les avait vus faire le guet, tapis dans une vieille bagnole, le nez à la vitre. Il les avait vus le voir, lui. Ils étaient encore là quand il était allé courir – exprès, pour vérifier – et à son retour, ils n'avaient toujours pas bougé. Alors, il était rentré dans son appartement pour passer de pièce en pièce – la « kitchenette », le « coin détente » la « salle d'eau », toutes aussi castrativement agréables – à s'essuyer la figure avec une serviette en pensant : « Je ne le permettrai pas, c'est exclu » ; jusqu'au moment où on avait frappé à la porte. Il ne répondit pas, se contenta de rester de l'autre côté, à attendre et pester.

Les deux filles se disputaient à voix basse.

« Tu trouves ça malin, toi, de faire appel à des gens qui ne s'adressent plus la parole ?

— C'était ton idée, rappelle-toi.

— C'est ce que tu vas répéter éternellement ? Que c'était mon idée ? »

Dill lança, par-dessus leurs voix : « On ne bougera pas de là, Jarman. »

Jonathan entrouvrit la porte sans retirer la chaîne, laissant un triangle de lumière tomber dans le couloir. « Qu'est-ce que vous me voulez ? »

Deux ans s'étaient écoulés depuis la dernière fois qu'elle l'avait contacté. Il croyait l'avoir enfin chassée, s'en être délivré – mais il y avait son compère. Un peu décati, le Dill.

« Nous envisageons de déplacer quelques poules, Jarman.

— Vous vous trompez d'adresse. Les ramasseurs de volaille sont dehors, sous la flotte.

— Il nous faut plus que cela. Il nous faut un ingénieur. »

Jonathan soupira. Il était bien forcé de les faire entrer, Dill et ces deux filles qui portaient un genre d'uniforme, et il ferma la porte pour que ses voisins ne puissent pas les voir, au risque qu'ils en parlent à Joy. Que dirait-il ? Témoins de Jéhovah ? Démarcheurs ? Il lui avait fait quelques confidences, mais elle ne se doutait pas vraiment des efforts surhumains qu'il avait dû fournir pour s'en sortir. Ils s'installèrent sur le canapé. Où avait-il déjà vu ces uniformes ?

« Écoute, dit Jonathan. Tu sais que je ne fais plus ce boulot-là.

— Elle pense que tu pourrais faire une exception.

— Tu diras à ma femme qu'elle n'est plus bien placée pour solliciter une faveur. »

Les deux filles semblèrent décontenancées. Incroyable : elle les avait envoyées à lui sans leur dire.

« Annabelle, dit-il, c'est ma femme.

— Ex-femme, corrigea Dill. Divorcée. »

Leurs visages accusèrent le coup, puis s'en remirent. « Et puis après ? déclara la plus jeune, si jolie qu'elle aurait pu passer à la télé. On est là pour parler d'un très gros hold-up.

— Vous avez dix-huit ans, au moins ? Qu'est-ce qu'elle a bien pu vous mettre dans le crâne ?

— Demandez-moi ce que *moi*, j'ai pu lui mettre dans le crâne !

— De mieux en mieux.

— Jarman, déclara Dill. Tu sais que, si ça n'avait tenu qu'à moi, je n'aurais jamais revu ta sale gueule. C'est elle qui a insisté. »

Et là, il réalisa : des uniformes de contrôleuses. Voilà ce que c'était. Seigneur. Annabelle allait se plonger dans les ennuis jusqu'au cou, cette fois. Ça ne pouvait pas se terminer de trente-six façons. Elle irait sûrement en taule. Il était furieux. Et exténué.

« Pourquoi ne vient-elle pas me le demander elle-même ?

— Elle n'est pas disponible, répondit Dill.

— Moi non plus. » Il se leva. « On a fini ? » Il fallait qu'il bouge. Il ne voulait pas qu'on le voie trembler. « Dis-lui que si elle a quelque chose à me demander, elle va devoir faire mieux que m'envoyer ses copines. » Il alla à la porte. « Dis-lui de venir et d'être bien polie, comme son papa lui a appris. Qu'elle réapprenne déjà à dire *S'il te plaît.* »

Une fois seul, Jonathan s'alita et resta dans le noir, à songer que sa vie était sans doute à nouveau finie. Chaque fois qu'elle réapparaissait, c'était pour lui pourrir l'existence.

La veille, avec son amie Joy, il avait été si heureux, si rassuré sans savoir pourquoi, si émerveillé par ses deux petites filles à elle – qui l'effrayaient un peu, à dire vrai. Leur mère en aidait une à enfiler son pyjama, mais le haut ne cessait de tomber devant derrière, ensuite elle s'était coincé le bras dans l'encolure, puis le tout s'était retrouvé à l'envers. À ses yeux la scène avait quelque chose d'hilarant, de charmant, de burlesque, et il avait ri jusqu'au moment où il avait vu l'expression de Joy et compris, non, erreur, pas charmant. Elle avait joué à ce petit jeu une fois de trop et il avait dit « Je peux aider ? », d'une voix qu'il espérait être plus que celle d'un étranger, parce que le plan – dont ils avaient discuté –, c'était qu'il « participe aux activités familiales » au lieu de se tenir à la marge, comme on se tient au bord d'un gouffre, qu'il se mêle de leur intimité et finisse par s'installer, et ils avaient décidé qu'une façon de s'approcher de ce but, c'était, pour lui d'« aider ». Donc, il avait dit : « Je peux aider ? »

Alors, elle l'avait regardé avec gratitude et avait dit : « Tu peux l'emmener se brosser les dents ? » – désignant par là l'autre fillette, parce qu'il s'était déjà débrouillé pour s'occuper de ça, pas trop mal, donc si ça se passait de nouveau bien, peut-être que ce pourrait être son « job » à l'avenir. L'enfant courut devant lui jusqu'à la salle de bains et se déshabilla entièrement – si bien qu'à présent, il ne savait pas si c'était tout à fait convenable de rester là avec elle – avant de se jucher sur le trône. Il resta sur le seuil, interdit. Entrer ou pas ? Il pouvait retourner dare-dare poser la question à la mère, mais est-ce que ça se fait, laisser une enfant si jeune, seule, sur le trône (il s'était déjà planté sur un point analogue au milieu du parking du KidZ DanZ, et s'était fait copieusement engueuler).

Comme c'était innocent, tout ça !

Et maintenant, alité dans son appartement moderne, où chaque appareil, carreau, mur et store étaient du même blanc coquille d'œuf, il pensa à ces instants de la veille, à combien il avait été près de chasser les ténèbres de sa vie. Quel bonheur que ses difficultés puissent se réduire désormais à ceci : comment se conduire avec une gamine de quatre ans ? Et maintenant, tout cela était gâché. Il avait compris à la seconde où il avait repéré Dill sur le parking que sa vie avec Joy était en péril.

Dans la matinée, il adressa un texto à celle-ci : *On se voit ce soir, la belle ?* Et à la pause-déjeuner, sur un coup de tête, il alla acheter une bague de fiançailles ; et, au diable l'avarice, une parure de mariage pour mille quatre cents dollars, et au bijoutier qui demandait s'il voulait une gravure, il répondit, oui, dans mon alliance : JOY – TU ES MA JOIE. Il alla chez elle, tard, alors que les enfants étaient couchés. Il avait besoin de joie, ce soir, grand besoin de joie. Elle lui ouvrit sa porte. Ils se mirent au lit et il resta là, le cœur gros, à la serrer contre lui.

Il croyait qu'avec un peu de chance ce serait terminé, mais elle se présenta le lendemain soir, seule sous la pluie. Il sortait de sa voiture, avait un pied par terre lorsqu'il la vit dans son imperméable, capuche relevée. Il distinguait les pointes de ses cheveux et le bas de sa robe, ses caoutchoucs. Il lui désigna l'entrée de la résidence, mais elle fit signe que non – quelle parano, elle devait craindre les micros – aussi ouvrit-il sa portière et elle monta à son côté. Ils restèrent dans la pénombre, à écouter la pluie.

« Heureux de constater que tu es toujours en vie, dit-il. Tu aurais pu envoyer une carte postale, de temps en temps.

— Je t'ai envoyé mieux qu'une carte postale, et tu les as renvoyées.

— Comment sais-tu si tu peux leur faire confiance ? Et si elles étaient du FBI ? Leurs uniformes semblent agrafés sur elles.

— J'ai enquêté sur elles. Tout va bien.

— Avec ce genre de personnes, tu vas finir en prison. Ou au cimetière.

— J'aimerais que tu ne me dictes pas ma conduite.

— J'aimerais que tu ne te comportes pas comme une ado.

— J'aimerais que tu ne parles pas comme un père de famille. »

Il faillit répliquer : « J'en suis un. Enfin, presque. » Mais l'être presque, ce n'est pas tout à fait l'être.

« Laisse tomber, dit-elle. Je ne sais pas pourquoi j'ai cru que tu voudrais m'aider. » Elle ouvrit la portière. Seigneur, cette femme lui donnait la migraine.

« Reste, dit-il. Allons, arrête. »

Elle referma la portière.

« Qu'est-ce qu'il te faut ?

— Je croyais qu'elles te l'avaient dit. On va exfiltrer des poules.

— Pourquoi faire appel à moi ? Tu sais comment t'y prendre.

— C'est beaucoup de poules. »

Rabaissant sa capuche, elle secoua sa chevelure et, ô Seigneur, il l'aimait encore. Acheter ces bagues, il se rendait compte à présent que c'était un geste désespéré car, il avait beau dire, il ferait ce qu'elle lui demanderait. Il avait pris l'engagement devant leurs pères respectifs, et toute la communauté des producteurs d'œufs (sa famille, en dépit de tout), l'engagement de protéger cette toquée, et c'était bien ce qu'il allait faire.

« Elles vont participer ?

— Un tas de gens vont participer.

— Je croyais que tu détestais les gens.

— J'ai dit ça quand ?

— Tu l'as dit.

— Ben, alors c'est vrai.

— Je croyais que tu avais raccroché.

— J'ai raccroché.

— Oui, de toute évidence. »

La pluie crépitante étoilait le pare-brise. Il poussa un soupir.

« C'est à une condition, dit-il enfin.

— Qu'est-ce que tu veux ?

— Tu arrêtes après. Pour de bon. »

Les vitres brillaient.

« D'accord.

— D'accord quoi ?

— J'arrête après. Je prends ma retraite. Après. »

Il ne savait pas quoi dire.

« Vraiment ?

— Oui. »

Qu'en conclure ? Il ne savait pas trop, mais s'il était sûr d'une chose sur son compte, c'était qu'elle n'avait qu'une parole ; et c'est alors qu'il dit : « Que veux-tu que je fasse ? », mais s'il y avait une chose qu'il *aurait dû savoir*, c'était qu'il ne fallait rien promettre à cette nana, car c'est alors qu'elle lui expliqua ce qu'elle attendait de lui.

R : Oui, je ne vois pas trop en quoi ça peut vous intéresser, mais en gros ça s'est passé ainsi.

Q : Il a accepté.

R : Plus ou moins. Il voulait exclure Dill, mais j'ai refusé. J'aurais fait n'importe quoi avec Dill. Depuis le jour où on s'est rencontrés, on s'entend bien.

Q : Vous avez fait connaissance… dans un bar ?

R : Oui, un bar fréquenté par des écoterroristes. Il s'est penché vers moi et m'a dit : « Vous êtes du FBI ?

— Je suis plus forte que le FBI, j'ai répliqué. Je suis l'agro-industrie. »

Il fut le premier à m'expliquer la situation. Le Front de libération des animaux était fini. Il ne restait rien que du vandalisme, des luttes d'ego et des décombres. Il y avait bien des opérations ponctuelles de sauvetage – des gens se filmant en train de prendre des animaux –, mais ce n'était pas tellement plus que des intrusions, avec un résultat quasi nul. Je lui ai dit : « Vous autres, vous n'êtes pas de taille à lutter contre mon industrie. » J'avais une vision différente, d'autres domaines de compétence, une approche alternative.

Q : C'est-à-dire ?

R : La professionnalisation. Cela n'avait jamais été fait. Dill et moi, nous avons recruté et formé nos deux premiers employés. Au bout de quelques mois, nous finalisions nos enquêtes. Les trois premières années, nous en avons réalisé trente-six dans dix-huit États, obtenant des condamnations, des fermetures, une évolution de la législation, et plus de couverture médiatique qu'on ne l'aurait cru possible.

Q : Et votre époux ?

R : C'était l'homme des chiffres. Il était doué.

Q : Qu'est-ce qui n'a pas marché ?

R : Oh, le divorce. Après, il n'a plus voulu nous aider.

Q : Non, qu'est-ce qui n'a pas marché du côté des enquêtes ?

R : Comment ça ? Rien.

Q : Mais…

R : Nous avons grandi, suscité des émules. Des unités d'enquête ont fleuri un peu partout. Il n'y a pas eu de problème. Tout fonctionnait.

Q : Vous êtes partie. Pour, je vous cite : « vous reposer ». Sur un site contaminé par des déchets chimiques.

R : Oh, ça. Oui, bon…

Ils se réunirent, tous les quatre – elle balayant le plancher de sa robe, lui marchant derrière la tête haute, Janey et Cleveland en uniforme, fermant le cortège. Ils s'installèrent autour d'une petite table de bridge, dans la cabane de Dill. Puis Annabelle et lui se disputèrent pendant une heure.

D'abord, sur le nombre de camions nécessaire. Puis, sur le nombre d'enquêteurs. Et le nombre d'heures. Et le nombre de poules qui pouvaient tenir dans un camion. Puis, à propos d'un calcul apparemment tout simple. Ensuite, ils prétendirent qu'il fallait se méfier des calculettes. Les calculettes « écoutaient », même éteintes, et c'est alors que Dill se tourna vers Janey et Cleveland pour leur dire : « Vous avez bien laissé vos téléphones portables dans la voiture ? » L'une leva les yeux au ciel, « Combien de fois… ? », tandis que l'autre disait : « On ne s'en sortira jamais » et se repenchait sur les tirages qu'elle avait apportés du dernier audit, surlignant des passages au feutre fluo.

Ensuite, ils se disputèrent sur la taille des hangars. Annabelle disait qu'il y en avait quatre d'un certain type, deux d'un autre, et deux autres à part. Dill prétendait que six des huit bâtiments étaient pareils, désormais. Annabelle répliqua qu'elle connaissait quand même l'endroit mieux que lui, à quoi Dill répondit : « Rappelle-toi Gemperlee

— Rappelle-toi Norco », rétorqua-t-elle en prenant l'air buté. Ils se penchèrent au-dessus de la table et se dévisagèrent jusqu'à ce que Dill cligne des yeux le premier.

Finalement, Cleveland intervint. « Si vous avez fini, vous deux, le dernier audit est là. » Elle brandit le classeur.

« Donne-moi ça », dit Annabelle en tendant le bras.

Là, Jonathan arriva dans un pantalon beige décontracté-de-bureau.

« Où est ton mari, Dill ? lui lança-t-il. J'ai toujours apprécié ce garçon. » Et Dill lui tira la langue.

*

À présent, Dill et Annabelle avaient les bras croisés, fâchés. Tous deux faisaient la tête. Jonathan jeta un coup d'œil à sa montre.

« C'est indiqué ici, disait Dill, désignant une page.

— Je sais. Je vois.

— Quoi ?

— Les hangars 7 et 8 seront vides.

— Oui, exact, confirma Janey avec autorité. Ils seront dépeuplés une semaine avant notre date-butoir. »

Cleveland passa le classeur à Jonathan : « Voici les caractéristiques des logements.

— Merde, à quoi bon vider une ferme déjà au quart vide ? s'exclama Dill.

— À quoi bon en vider une pleine à 100 %…, rétorqua Jonathan.

— Attendons. Reportons l'opération, disons, de trois semaines.

— Non, la date est la bonne, déclara Annabelle. Ricardo prend ses vacances fin avril. Il va voir sa mère à Puerto Rico.

— Qui est-ce, Ricardo ? fit Janey.

— Quoi, ce n'est pas dans votre dossier ? Ricardo. Il est là depuis toujours. Le veilleur de nuit.

— Super, gémit Dill. Deux bâtiments vides. Ça ramène le nombre à neuf cent mille poules. Même pas un million.

— C'est bien plus que ce que vous avez jamais fait, dit Janey.

— Un instant, fit Jonathan, tournant les pages. Non, c'est bon.

— Ça m'aurait étonné », persifla Dill.

Jonathan regarda Annabelle. « Là, c'est possible. Ça devrait être à votre portée. »

« Bon, alors si vous êtes capables de ramasser mille cinq cents poules par heure…, disait Jonathan.

— Tu parles, pas question de procéder ainsi.

— Hum, je me disais bien… » Il soupira.

« L'idée est de les ramasser une par une, à deux mains. » Cleveland leur mima la chose. « Ce qui nous ralentira.

— Je ne vous le fais pas dire.

— Voyons si on peut s'en tirer comme ça, intervint Dill.

— Une main, une poule ?

— Deux mains, une poule, protesta Janey. Vous êtes sourds ?

— Ce sera plus long. Combien de hors-cage ? » Jonathan avait disposé les pages en éventail devant lui.

« Deux hangars. Donc, il faudra des *videurs* et des *attrapeurs*.

— Je ne sais pas si c'est faisable », dit Jonathan. Son doigt parcourut l'un des feuillets, de haut en bas. « Sans doute pas. Il n'y a pas moyen de gagner du temps ?

— Comment ?

— En utilisant un aspirateur ? Pour les bâtiments hors-cage ? »

Dill fit non de la tête. « Trop de blessures. D'ailleurs, ce sont des volières. Un aspirateur ne fonctionnera pas.

— Quel aspirateur ? s'étonna Janey.

— Les poules sont aspirées par une soufflerie dans des grosses brosses en caoutchouc rotatives et projetées sur un tapis roulant, expliqua Annabelle.

— Je vais devoir faire quelques calculs. La question est de savoir…, ajouta Jonathan, combien de poules à la minute devront quitter les hangars. »

Annabelle sortit un bloc-notes.

« T'as pas un burin, aussi ? » Il se leva. « Je vais chercher mon ordi.

— Et pourquoi pas téléphoner au FBI et les inviter ici ? aboya Annabelle. Tout se fait sur papier. »

Jonathan leva les yeux au plafond.

« Où trouverez-vous autant de camions ? dit-il. Il vous faudra des camions spécifiques, avec des caisses. Vous y avez pensé ? Il faudra, voyons… Passe-moi ceci, tu veux bien ? » Il prit le bloc. « Ce stylo ne marche pas. Qui en a un ? Bon, combien de camions…

— J'en ai déjà douze, déclara Dill.

— Douze ? Tu vois, c'est tout le problème avec vous autres. Vous êtes nuls en calcul. Il vous en faudra… » Il piqua un stylo à Cleveland. « … au moins quarante. Combien de poules peuvent tenir dans un camion ?

— Les nouveaux peuvent contenir jusqu'à dix-neuf mille pondeuses ou huit mille poulets de chair, annonça Cleveland.

— Comme il n'y aura pas de poulets de chair, ça fait dix-neuf mille.

— On ne peut pas se servir de camions de marchandises.

— Ce sera l'affaire de quelques heures seulement. On déchargera rapidement.

— On ne mettra pas dix-neuf mille poules dans un camion.

— OK, alors quinze mille ? Dans ce cas, il faudrait… » Jonathan griffonna. « Soixante. Avec soixante camions, c'est faisable. »

Ils reculèrent sur leurs chaises. Dill poussa un sifflement.

Jonathan jeta le stylo sur la table. « Tu en as douze ? J'aimerais bien savoir où vous allez pouvoir trouver encore quarante-huit camions. »

Personne ne pipait mot.

« Moi, je sais », dit Janey. Les autres la regardèrent. « Je connais un type. » Elle soupira.

Janey avait fait profil bas. Elle savait qu'elle ne pouvait pas se passer d'eux, mais elle espérait que tout cela n'était pas une grosse bêtise. Ils prenaient les choses en main, à ses dépens. Elle leur avait confié son rêve qui était encore délicat et sensible.

La veille, elle avait passé la soirée avec son père. Quittant un instant des yeux son ordinateur portable, elle avait vu combien il avait vieilli devant la télé. Et combien il serait bouleversé si elle finissait en prison. Il s'accuserait de tout.

« Quoi, j'ai du chocolat sur la figure ? » Il s'était essuyé le nez d'un revers de la main.

Alors oui, elle souhaitait apporter sa contribution (ce projet, c'était le sien, pour commencer), mais pourquoi de cette façon-là ? Elle avait travaillé dans le transport routier trois années durant, mais s'était fait virer pour de nombreuses raisons et n'y avait pas que des amis.

Mais elle avait pensé à Manny. Son ancien chef. Il pourrait probablement lui rendre ce service. Lui qui se qualifiait, pour rire, de révolutionnaire en col blanc. Il parlait syndicalisme, il parlait politique. Il était parti quelques mois avant elle, n'avait pas assisté aux pires de ses frasques. Ce soir-là elle retrouva sa trace sur le Net et roula à travers quelques localités le lendemain après-midi. Elle franchit la clôture grillagée pour se garer sur un parking au bitume lézardé, devant un bâtiment trapu, un écriteau qui disait :

CAMIONS NOY
LE SPÉCIALISTE DU TRANSPORT AGRICOLE
DANS L'IOWA

Et Manny. Elle le repéra devant l'ordinateur de la réception, à travers la vitrine. Il y avait une éternité qu'elle ne l'avait revu, et il semblait avoir beaucoup vieilli. Le pauvre, perdu dans ce terrain vague avec ces poids lourds et carcasses de poids lourds qui parsemaient le paysage, comme des crustacés primitifs restés en rade quand les mers s'étaient retirées. La dernière fois qu'elle l'avait vu, elle faisait de drôles d'associations avec les mots, rêvait à l'ancienne Janey et à sa mère. Le monde se révélait plus grand qu'elle ne l'avait cru, plus vaste. Elle avait quasiment perdu de vue l'ancienne. Était-elle là sous la surface, un palimpseste ? Janey posa la tête sur le volant et s'efforça de la voir, où qu'elle fût. Mais l'ancienne Janey, élevée dans du coton, n'était pas de taille à affronter ceci. Janey la congédia. Hé, minute. Elle la rappela. Elle avait besoin des deux.

Un carillon salua son entrée. « Coucou, c'est moi ! » Pour cacher sa trouille, elle arborait un rictus. Manny effectua une rotation de trente degrés sur son fauteuil et lui sourit.

« Tiens, une revenante !

— C'est chouette ici.

— Comment ça va, la vie ?

— On ne peut mieux.

— Qu'est-ce que je peux faire pour toi ?

— Demande-toi plutôt ce que je peux faire pour toi ! » Elle s'avança. « J'ai une proposition intéressante à te faire. »

Il la scruta, toujours affable. « Je n'ai besoin de rien, merci.

— Ça ne te dit rien de participer à quelque chose de plus grand que toi ?

— Je participe déjà à quelque chose de plus grand que moi. Je ne suis qu'un pion, moi.

— Allons, donc ! Je te sais du genre à vouloir changer le monde.

— Il change à chaque minute, avec ou sans moi. » Il s'étira dans son fauteuil, les bras derrière la tête, tout content. « Bon, eh bien j'ai un plan pour l'améliorer.

— Mauvaise idée. Chaque fois qu'on essaie, c'est une nouvelle catastrophe. »

Ah, ce mec. Elle fonça néanmoins, lui expliqua ce qu'elle attendait de lui. Cela le fit ricaner.

« Et pourquoi autant de camions, si je puis me permettre ?

— C'est une transaction honnête, Manny. On te paie.

— Impossible. Je ne pourrais pas en trouver autant à la fois.

— Pour vingt-quatre heures ? Mais si. Je connais la musique.

— Non, merci. Ce sera sans moi. »

Quel salaud. L'espace d'un instant, elle se vit retourner auprès du groupe les mains vides. *Désolée. Vous m'aviez confié une mission et j'ai renoncé au bout de trois secondes.*

En arrivant sur le parking, un camion faisait un boucan du diable. Quelqu'un criait au loin, les cris de guerre de l'individu prémoderne.

Elle se rappela la cité des poules. Toute une génération. Elle se rappela sa vision, des centaines de milliers de poules quittant leurs cages et s'envolant dans la nuit.

Son esprit décortiquait toutes les façons possibles de retourner la situation. (Malcolm X interpellant ses frères musulmans, le poing brandi. La reine se déplaçant fièrement sur l'échiquier. Sa mère fronçant les sourcils, se penchant en avant.) Elle inclina la tête sur son épaule, pinça les lèvres. Il ne lui restait plus qu'une seule carte à abattre. Elle s'approcha. Sa physionomie avait dû déjà changer, car il recula. « Tu croyais t'en tirer en payant quelques chambres d'hôtel ? Qu'en dirait Carol ? » Elle croisa les bras, triomphante.

Il blêmit.

Elle faillit se rétracter. « C'est pour la bonne cause. Juré. »

Il se massa le front. « Qui va conduire ces camions ? Des chauffeurs qui ont le permis ?

— Bien entendu. » Elle nota qu'il faudrait poser la question à Dill.

« Tu as les moyens ? Ça coûte cher, quarante-huit semi-remorques. Dans les cent cinquante dollars l'unité. Tu connais la procédure. Pas de rabais.

— Ça fait, mettons…

— Environ sept mille dollars. Plus les taxes et le carburant. Et l'assurance. » Il secoua la tête. « Pour quoi faire, tous ces camions ?

— C'est honnête. »

Il compta sur ses doigts. « Je pourrais te les faire à prix coûtant. Ça ne fera plus que cent cinq dollars l'unité, plus l'assurance. Faisons chacun un petit effort : tu me donnes six mille dollars et tu me jures qu'il n'y aura au volant que des chauffeurs qualifiés. Je verrai ce que je peux faire.

— OK.

— Et tu les ramènes avec le plein.

— Bien sûr.

— Je ne veux pas en entendre parler aux infos.

— Promis.

— Et il ne s'agit pas de chantage, c'est clair ?

— Oui, oui. »

Il soupira. « Bon sang, Janey. »

Elle retourna à sa voiture et contacta Dill. « Il va nous falloir des espèces.

— Très bien. Mon mari est un fidèle donateur.

— C'est six mille dollars.

— J'ai le droit de piocher dans le fonds d'urgence. Enfin, pas après ça, j'en ai peur… »

S'ils n'avaient pas réglé la question du sort des poules, de *chacune en particulier*, ce n'était pas leur faute. Elles étaient tout bonnement trop nombreuses. Neuf cent mille seulement, puisque deux hangars seraient vides, mais tout de même. Il fallait trouver des lieux d'accueil à la hauteur. Ce serait soixante camions, avec quinze mille poules chacun, même en tenant compte d'une perte de 5 %, donc environ quatorze mille en comptant les morts. À la louche.

Ils avaient des contacts. Annabelle connaissait des personnes dans tous les sanctuaires et refuges du pays, n'empêche que ça faisait quand même une quantité énorme. Dill et elle dressèrent une liste. La plupart des endroits n'étaient pas spécialisés dans les oiseaux, c'étaient plutôt des fermes pédagogiques que des camps de réfugiés. Ils gardaient des échantillons représentatifs : cochons, vaches, dindons. Et un beau poulailler, bien sûr. Une bonne centaine de poules qui s'ébattaient.

« Vous avez bien dit quatorze ? Amenez-les. On fera de la place.
— Euh, quatorze mille.
— Quatorze *mille* ?
— Il en mourra sûrement en chemin.
— Et vous voulez les amener *ici* ? »

Il y avait les abris pour les chevaux, les maisons de retraite pour animaux de cirque, les sanctuaires de la vie sauvage pour le coyote blessé ou l'oiseau qui a percuté un pare-brise. Pour qu'ils accueillent des poules, il aurait fallu les prendre d'assaut : que, par exemple, quelqu'un s'y pointe au volant d'un camion et refuse d'en partir, ce que Dill et Annabelle n'excluaient pas. Ou qu'on les lâche sur place, en pleine nuit. Cela non plus, ils ne l'excluaient pas. Aux grands maux les grands remèdes.

« Putain quoi, quatorze mille ? Ça va faire une histoire du tonnerre. Vous avez signé l'exclusivité avec quelle chaîne, CBS, je suppose ?
— Avec aucune.
— Pardon ?
— Pas de publicité. »

Il y avait bien un lieu, très loin dans les hautes collines de Californie, une longue vallée pleine de fleurs, un refuge réservé exclusivement aux poules de réforme. Le groupe en avait des milliers. Certes, ils n'en avaient jamais eu plus de quatre mille, mais ils prendraient certainement un camion entier s'il pouvait aller aussi loin.

Une fois, une femme de Woodstock en avait transporté onze cents dans un avion-cargo.

Une ferme-refuge dans le Michigan avait une grange toute neuve, pouvant contenir une centaine de poules, peut-être cent vingt-cinq.

Dans un autre endroit, on pouvait pour cinquante dollars avoir la photo d'une poule, d'une chèvre ou d'une dinde sauvées. Pour deux cents dollars, on avait le droit d'en baptiser une. Pour cinq cents dollars, on avait son nom gravé sur un mur, exposé à la vue de toute la gent animale.

« Vous voulez les "déposer"...

— Nous avons la main-d'œuvre pour les décharger.

— Un jour, on nous en a apporté cinquante. Une autre fois, dix. Personne n'en a jamais apporté cent. Alors... combien, dites-vous ? Je peux vous demander où vous allez dégoter vingt-huit mille poules ? »

Si deux refuges étaient assez proches l'un de l'autre, ils pourraient se partager un camion, raisonnait Annabelle. L'un d'eux prendrait quatorze mille poules – le camion vide filant dans la nuit – ensuite le second refuge pourrait récupérer l'autre moitié, petit à petit, au cours de la semaine suivante.

« Avec quoi ? La camionnette du marchand de glaces ? Une brouette ? Comment voulez-vous qu'on transporte sept mille poules ? »

Certains refusaient et raccrochaient, perplexes. Certains y pensaient encore un peu aux toilettes et rappelaient une heure plus tard. Certains refusaient et décidaient de ne plus jamais avoir affaire à Dill et Annabelle, *plus jamais*. Oui, cette fois ils ne plaisantaient pas. Il fallait vraiment être des irresponsables pour piquer autant de poules – sept mille cinq cents ? Douze mille ?

Mais, étonnamment, beaucoup acceptèrent.

« Écoutez, déclarait Annabelle, il faut être sérieux. Nous sommes arrivés au bout des enquêtes en caméra cachée. Tout ça est en train de s'effondrer. Les fermiers sont à nos trousses. Ils sont lents, ces gens-là, mais ils sont en train de rattraper leur retard. À présent, ils partagent leurs bases de données. Ils ont des logiciels de reconnaissance faciale, des capteurs d'empreintes digitales. Et plus que jamais, l'appui des pouvoirs publics. La "loi-bâillon" a été adoptée dans plusieurs États. Les murs s'élèvent, les couloirs rétrécissent comme dans les BD. Le moment est venu de prendre des mesures extrêmes.

— On se débrouillera, venez », répondaient-ils. Cette générosité s'expliquait peut-être par le fait que les refuges étaient gérés par un ensemble de courageux militants pour la cause animale, depuis les jeunes aspirants enquêteurs jusqu'aux premiers anarchistes œuvrant dans la clandestinité des années 80 et 90.

« C'est vrai », disaient les vétérans. Ils avaient pratiqué l'action directe, sabotant du matériel avicole, crevant des pneus.

« Nous sommes rentrés dans le rang. On nous a domestiqués. »

« Amenez-les, disaient les jeunes. C'est pour ça qu'on s'est engagés, pas pour faire des visites scolaires de la cage aux dindons. » Ils avaient beaucoup lutté, sonnant aux portes pendant des mois. Gagnant, et s'en réjouissant, seulement pour assister aux compromis boiteux. Les améliorations négligeables. L'insuffisance des contrôles. Beignets sans œufs, dix centimètres de plus d'espace en cage, des mesures à appliquer dans un délai de quinze ans, des poules représentées par des types en costume.

À présent, la défense des droits des animaux, c'était moins une affaire de révolution que la continuation du capitalisme avec un supplément d'âme.

« Qu'est-ce qu'on a à se laisser écraser par l'ennemi, pendant qu'on se contente de bredouiller poliment qu'on n'est pas d'accord ? »

Ils avaient bataillé contre les fast-foods, criant victoire quand McDonald's avait banni les œufs de poule en batterie. Et voilà qu'aujourd'hui, ils se trouvaient dans la situation plutôt grotesque d'avoir à approuver *la consommation d'œufs chez McDonald's*.

« Quatorze mille ? Bravo, les gars ! » (Ils n'avaient pas encore été mis au courant pour les huit cent quatre-vingt-six mille autres, ces gens-là sachant garder le secret.)

« Nos origines, c'est l'extrémisme, et nous devons y retourner, disait-elle. Ceci est un appel aux armes, à la révolte, qu'on délaisse le "juste milieu" des concessions pour revenir à l'extrême gauche, notre famille d'origine.

— Amenez-les ! Amenez-les ! »

Le moment était venu de mettre de côté les enfantillages. D'arracher le pouvoir aux oppresseurs. La civilisation occidentale était pourrie dans l'œuf si c'était pour en arriver là. L'Amérique pouvait bien avoir créé la première démocratie moderne, elle avait aussi inventé six des douze plus grands fléaux de l'humanité.

« Il est temps de rejeter les prétendus idéaux des Lumières pour leur faire tâter de l'anarchisme », s'écriaient-ils.

Déjà, il était trop tard. Ils le savaient bien. L'ennemi avait clairement gagné. Bientôt, il ne resterait plus du miracle de la vie sur notre planète que la monoculture des vaches, cochons, chiens et poules maltraités, quelques autres espèces utiles – ainsi que des humains, d'horribles, de répugnants, d'imbattables humains.

Mais les refuges étaient encore gérés par des guerriers, et ils avaient encore leur mot à dire.

« Je vous envoie un cadeau, disait-elle. Je voulais vous prévenir à l'avance. Ce doit être absolument confidentiel. Je sais que je peux vous faire confiance.

— Oui, oui, vous pouvez, disaient-ils. Amenez-les. »

Dans un cas ce fut un pensionnaire, dans un établissement privé, qui répondit au téléphone, accepta sans trop comprendre, et laissa un mot sur le bureau du directeur qui marmonna, troublé : « C'est *qui*, ces pensionnaires ? » avant d'être distrait par un autre problème. Le petit mot se perdit sous un tas de papiers.

Et lorsque Dill et elle eurent fini de parcourir la liste, joint tous les contacts (quatre-vingt-trois au total) et assigné les camions à ceux qui étaient d'accord (et ceux qui avaient dit peut-être, et quelques-uns qui avaient dit non), ils s'installèrent pour faire le point.

Le doigt de Dill parcourut la feuille de haut en bas et s'arrêta. « Oh, non, attends… »

Pas ces mots, pas maintenant ! Non ? Attends ?

« Ça ne fait que cinquante-huit camions. Qui prend les deux derniers ? »

Annabelle se pencha par-dessus son épaule. « Moi. Je m'en occupe.

— Comment ça, tu t'en occupes… ? »

Ainsi, l'attelage s'avérait branlant avant même d'avoir commencé à rouler.

Songez tours géantes, lotissements fermés, tous ces endroits qui vous donnent des bouffées d'angoisse existentielle. Plateformes logistiques Amazon, hypermarchés décatis, prisons et centres de détention, élevages de porcs, toutes ces boîtes qui renferment des produits, des gens ou des animaux, ces décors type Le Corbusier qu'on contourne ou traverse, qu'on évite. Pensez aux boîtes plus petites auxquelles nous collons notre figure, toutes ces mini-boîtes numériques que nous touchons avec nos doigts pour signaler qu'on approuve, cautionne, adore, regrette, déteste – l'intégralité du contenu de notre cerveau.

Songez à un type, un homme seul, un petit point vu du ciel, assis dans une boîte en ferraille munie de roues, en rase campagne. Lever de soleil rougeoyant, béton brut, ciel pourpre (mais comme le film est en noir et blanc, le ciel semblera gris). Ce type, Matt (mais certains prennent des pseudos), attrapa son casse-croûte et mit pied à terre. Il marcha vers le hangar métallique (le micro enregistrant sa respiration et le bruit de ses pas). À l'intérieur, il pointa comme tous les jours. Son téléphone vibra.

Un autre, Chris, à deux États de là, traversait déjà le hangar en saluant tous ceux qu'il croisait (son « personnage » était « sympa, serviable ») au milieu des roucoulades assourdissantes. (Sa caméra était éteinte. Il ne l'allumait qu'à bon escient. Au début de sa « carrière », il avait eu l'impression de faire des films d'épouvante : des films de zombies avec quatre millions de figurants, et il laissait sa caméra tourner indéfiniment. À présent, il voyait plutôt dans ses films – enfin, ses vidéos – des exemples du style expérimental-fauché : trop chiants pour brancher le public.) Au fond de sa poche, son portable sonna. Il retira son gant et le fit taire sans regarder. On était censé laisser l'appareil au vestiaire. Le premier devoir de l'enquêteur clandestin : respecter les règles en vigueur à la ferme.

Les enquêteurs. Elle était en train de les convoquer.

Il y avait Joey, un ultra-pro – calculateur, réservé, efficace, sérieux –, rien d'un petit plaisantin mais si chétif que sa caméra, un faux bouton au niveau du col, filmait les responsables d'élevage au niveau de la panse, sans révéler leurs traits. Il portait des talonnettes pour raisons professionnelles, des bottes de cow-boy (pas en cuir, bien sûr, un genre de matière quasi recyclée).

Pas inutiles, ces bottes, mais ça tenait trop chaud aux pieds. L'appel arriva alors qu'il sirotait encore son café au motel. Il était une heure plus tôt, là-bas. Il vit le numéro. Quoi, elle avait refait surface ?

Les enquêteurs. Le bruit de leurs pas dans l'aube naissante. Leur humble casse-croûte de simili-viande dans un sac à commissions. Les fuseaux horaires variant d'un État à l'autre comme on règle la fréquence d'une radio. Sur la vidéo s'affichait un tremblotant 6:45, la première prise de vue, celle du journal local (prouvant le lieu et l'heure). Ils s'étaient entraînés à la clandestinité, à la guerre physique et psychologique. Ils n'étaient que quelques dizaines à agir sur le terrain à tout moment, répartis dans diverses organisations. Quelques dizaines d'autres avaient abandonné au bout de plusieurs années. Elle les connaissait tous et avait tous les numéros.

Il y avait Penelope. Max. Shawn. Frank.

Il y avait la Canadienne, qui parlait comme Mary Poppins. Personne ne se souvenait de son prénom. C'était juste « cette Canadienne », comme dans « Cette Canadienne peut pousser les patrons à faire n'importe quoi en les draguant ».

Jim, le philosophe-enquêteur, qui, au moment où l'appel le toucha, parcourait ces longs tunnels. Des poules et des poules et des poules. C'était un exercice de répétition, une situation mathématique, genre Zénon d'Élée, Gertrude Stein, Sisyphe. Les cages, les œufs, les becs, les pérégrinations le long des travées. Les heures passées à dépeupler, vidanger, débecquer, les cris des poules, la quantité indescriptible de fientes, les mêmes blagues ad libitum, les bêtes mortes à arracher du sol des cages (on les appelait des « momies »), une série infinie de séries infinies. Son téléphone était au vestiaire. Elle laissa un message.

Il y avait Uriel. Lui était intarissable sur la fiente. La fosse à fiente. Y patauger, y déblayer des tranchées à la pelle, des tas de trois mètres de haut, de véritables montagnes, avec des poules égarées qui s'ébattaient et vivaient là-dedans (que vaut-il mieux, s'interrogeait-il, la cage ou la merde ?), la fiente qu'on larguait dans les champs et qui embaumait l'atmosphère, blanchissant tout – les arbres, l'herbe, lui-même, tout blanc de fiente.

Le charisme de Ben, le charme de Mariam, l'humour de Tame, mais aussi leurs profonds chagrins, leur nature solitaire, leurs névroses. Tous masquaient leurs désillusions d'une façon ou d'une autre, se refermaient sur eux-mêmes.

Il y avait JT, un mètre quatre-vingt-treize, ancien footballeur. Un premier coup d'œil à ses vidéos et l'on pouvait croire qu'il ne faisait que râler, un flot continu de jérémiades tout au long de sa journée de travail. Les horaires, la crasse, la chaleur, le froid. Quel con. Mais ainsi, il pouvait parler aux autres ouvriers toute la journée, obtenir des confirmations verbales de la part des responsables sans éveiller les soupçons (tout fermier sait qu'un militant ne se plaint jamais – ce sont les travailleurs les plus assidus qu'il faut surveiller de près). Il fallait reconnaître que JT était un sacré pro et de surcroît un grand comédien.

JT reçut l'appel sur son bateau parce qu'il avait arrêté (ses rouspétances n'étaient pas qu'un subterfuge), pris ses économies, acheté ce petit voilier d'occasion, et il cinglait vers l'île de ses rêves pour ne plus jamais revenir. Salut la compagnie.

Lorsqu'elle appela, il était à tribord, en train d'enrouler des cordages. Il vit que c'était elle et (c'était plus fort que lui) répondit – sa première (ou prochaine) erreur.

Simon, qui n'allait jamais nulle part sans être armé.

Tinker, qui enregistrait toutes ses conversations téléphoniques pour les écouter plus tard, une fois seul. Il enregistrait même celles avec sa mère.

Pooky, qui en avait eu sa claque, des enquêtes en caméra cachée. On l'avait mis en danger à de multiples reprises. Qu'on l'interroge, seulement. Il avait des preuves de tout.

Surtout des hommes, surtout des Blancs, ces enquêteurs, même s'il y avait aussi quelques femmes, et quelques hispaniques. Et plus qu'on ne pourrait l'imaginer venaient de l'étranger.

Chaque jour, les enquêteurs quittaient leurs véhicules pour gagner les hangars. Aujourd'hui, c'était Ian, Guillermo, James, Pat. Mornes plaines du Midwest à l'arrière-plan. Une terre désolée qu'ils voyaient à l'heure la plus désolante – entre chien et loup. Ou à l'heure la plus délicieuse : en Californie, l'aurore aux doigts de fée pour les veinards affectés là-bas. Jonny, AJ, Joel.

Dylan, qui avait capté quelques séquences devenues classiques avant d'abandonner. Un maniaque du détail, doué pour montrer l'*abondance*. Il avait filmé des bennes déversant leur cargaison de poules mortes dans des camions-poubelles. Il filmait des mouches qui craquaient comme du pop-corn quand on marchait dessus, des mouches qui ressemblaient à des tas de saletés. Des mortes partout sur les linéaires, le contreplaqué, les œufs. Et des vivantes en l'air, tourbillonnant devant la caméra.

Il dormait comme un loir quand elle l'appela, et il n'était même pas onze heures du soir.

Ils devenaient de plus en plus solitaires, ces enquêteurs, une fois dissipé l'enthousiasme initial. Ils étaient sujets aux angoisses. Laney faisait des cauchemars. Alphabet s'apitoyait sur lui-même. Terrance s'incrustait à des matches de foot improvisés dans des parcs, dans chaque patelin, pour conjurer la déprime. Ils étaient comme des terroristes qui vont de ville en ville. Séjournant dans des motels, n'emportant qu'un minimum d'effets susceptibles d'être fourrés dans un baluchon en un clin d'œil.

Il y avait Mike, dont les vidéos étaient toujours nulles. Aucun ressort narratif. Jamais il ne parlait à la caméra, et ce qu'il disait était de toute façon ennuyeux. Il n'avait même pas l'air de trouver si critiquable ce boulot de travailleur avicole. Mais il y avait cette séquence fabuleuse où, laissant sa caméra tourner par inadvertance, il s'était filmé quittant l'établissement et allant s'envoyer un sandwich boulettes de bœuf-fromage fondu, plus un dessert, au fast-food du coin. Cette séquence-là avait circulé et ses camarades ne le lui avaient jamais pardonné.

Pourtant, c'était un pro. L'appel lui parvint aux alentours de treize heures, alors qu'il retirait sa quarantième poule morte de la journée, arrachant la peau collée au fond de la cage (on disait : « décoller le tapis »).

Leurs chaussures, leurs avant-bras (ou leurs manches, s'ils avaient des tatouages : Cean, Robert, Katie, Calvin). Leurs périlleuses évolutions au-dessus des cages. L'écho de leurs cris aux ouvriers, l'envol de la caméra quand elle balayait les plus hautes, sa descente en piqué. La respiration de l'enquêteur, les reniflements captés par le micro. (Les squames accumulées dans leurs poumons : Snake souffrait d'interminables rhumes, grippes, virus ; et Rabbit, avec son allergie – pas de chance – aux plumes.) Ce qui était enregistré sur la bande – on n'en verrait, on n'en entendrait jamais davantage sur eux.

Juste une poignée de directeurs ou d'anciens directeurs auxquels elle se fiait – Nancy, Cricket, Steve, Smoke. Puis, ceux qui ne s'étaient pas spécialisés dans les infiltrations d'élevage, mais dans des missions ponctuelles – se faisant passer pour un conducteur de camion, un livreur de pizzas, un client. Pas vraiment des enquêteurs, mais des personnes assez aguerries et sûres. Il y en avait vingt-trois.

Lorsqu'un scandale éclatait au grand jour, les attachées de presse prenaient le relais : télé-conférence de presse, page web, vidéo sur YouTube, appel à démission, contact avec le bureau du procureur, pétition en ligne, collecte de dons. L'enquêteur disparaissait. Tom prenait un congé pour faire de la randonnée. Ula se planquait dans un motel et regardait la télé. Jackson allait voir sa mère. Ils attendaient la prochaine mission, le nouveau point de chute.

Les attachées de presse étaient surnommées la « brigade de charme ». Le webmaster était « l'araignée ».

Carol. Elle était devenue un peu bizarre – un peu plus bizarre (elle l'était déjà pas mal au départ). Sa copine avait pris ses distances. Elle avait été arrêtée pour conduite en état d'ivresse et on lui avait retiré son permis de conduire. Quand elle vit qui c'était, elle songea : « Quoi, encore ? »

Donnie. C'était lui qui avait lancé cette mode de la vasectomie – qui s'était propagée parmi les enquêteurs comme une maladie. Heather s'était même fait ligaturer les trompes, une procédure bien plus invasive.

Ray. Il reçut son appel en fin de journée, alors qu'il sortait du hangar et se dirigeait vers sa voiture, en bougonnant. Après les bennes à ordures, les champs rasés, le soleil qui s'y couchait, embrasant les bâtiments de l'autre côté de la petite route. La dernière fois qu'il avait vu Annabelle, il avait balancé une chaise contre le mur et s'était barré. Mais il répondit.

Ron. C'était la vieille garde. Les petits jeunes l'énervaient. Les bobos écolos étaient des pleurnichards, la génération Internet des flemmards.

Les enquêteurs, leurs troubles nerveux et leurs coups de cafard contrôlables, se manifestant selon un cycle prévisible. Arnoldo, Sahara, Sam, Vince, Rocket, Fred.

Les longues histoires de leur disparition.

Lorsqu'ils finissaient par arrêter et se tirer, comme ils le faisaient presque tous (sauf quand ils étaient virés, comme Dill), ils n'avaient rien : des années blanches sur leur CV, puisqu'ils avaient agi dans la clandestinité, sans autre métier que celui qu'ils avaient exercé justement dans le but de le supprimer. Ils s'étaient coupés de leur famille, souffraient en permanence du dos. Zack avait des tremblements, Mark un stress post-traumatique, Liz la crainte persistante d'être arrêtée. Lorsque Sinan fermait les yeux pour dormir, il voyait encore des hangars, des milliers et des milliers de hangars, une hydre qui s'étendait tout autour de la planète.

Rainey. Elle pleurait, prostrée dans sa baignoire, quand le téléphone sonna.

Accroupi sur le toit, Bobby fumait un joint. La sonnerie de son portable était le cocorico d'un coq matinal.

Elle les appela tous. Hank, Pal, Byrd, Mike. Ham, Hal, Cat, Frond. Tous ceux qui avaient démissionné, tous ceux qu'elle avait virés, tous ceux qui étaient restés. Mel, Annie, Rake, Sol. Storm, Paz, Hop, Mic. Tous ceux qui s'étaient éloignés peu à peu, disant qu'ils reviendraient, mais qui n'étaient pas revenus.

Et Zee. Il avait à son actif trente et une missions dans douze États en six ans. Il avait changé de voiture cinq fois, de barbe continuellement, changé d'accent, changé légalement de nom à deux reprises, et de prénoms trop souvent pour s'en souvenir.

Un jour, il épouserait Janey Flores, même si, quand il reçut l'appel téléphonique, il ignorait encore jusqu'à son existence. Son prénom d'origine, il l'avait abandonné en cours de route depuis longtemps. À présent, c'était Zee (pour Zorro). Et tandis qu'il écoutait le message d'Annabelle, son portable se remit à biper. C'était un texto de Trish (née Francine) qui disait : *Devine qui vient d'appeler ?* Et bientôt d'autres messages affluèrent car Zee connaissait beaucoup de ces enquêteurs, même s'il ne s'était jamais senti tout à fait à l'aise avec eux. L'an passé, il avait démissionné en jurant de ne jamais revenir. Un an qu'il n'avait pas bossé sur une enquête.

On planifie une action. On a besoin de ton aide.
Le monde court à sa perte, mais on peut résister.

Venez avec une cagoule. On n'est jamais trop prudent, même entre nous.

Ils ignoraient ce qu'elle leur voulait, mais quelques jours plus tard, ils y allèrent. Ils lâchèrent leurs outils, bouclèrent leurs enquêtes, ou dessoûlèrent. Ils firent le plein, prirent un vol, montèrent dans un car. Ils s'étaient mis en chemin. Procession biblique, mythologique, légendaire. Ils avaient disparu de chez eux comme par enchantement, mais ils étaient si peu nombreux, et si solitaires, que leur absence passa quasiment inaperçue. Une armée grossissante formée de réservistes. Dans quel but, ils l'ignoraient encore, mais ils croyaient en leur cause et, en dépit de tout, ils avaient attendu cette convocation.

Sept ans avant que Cleveland n'embarque la poule, Dill prenait pied sur les terres du banquier pour la première fois, avec l'impression que sa vie pourrait être délicieuse. Il ne connaissait Dev – c'était encore Dev, à ce moment-là – que depuis la veille.

Début juillet, saison des longues journées et des brèves rencontres. Pour lui-même : douceur estivale, réussite professionnelle et là, maintenant, la perspective d'une coucherie avec un inconnu. Ils s'étaient rencontrés lors d'une fête en pleine rue où Dill avait été prié de parler, et ils avaient fini par se retrouver serrés parmi une foule de danseurs. Dill avait bien aimé ses longs cils, son petit gabarit, sa peau mate, et même sa qualité de banquier – il trouvait ça mignon. Dev l'avait invité chez lui. Une petite aventure, un trajet de quarante minutes jusqu'à ce patelin où ils n'attendraient certainement qu'une poignée de secondes avant de s'arracher leurs vêtements.

Mais il avait été surpris par ce qu'il découvrait. Il ne s'attendait pas à ce carrousel d'arbres, cette longue allée de gravillons poussiéreuse qui menait à cette fermette bancale, avec la grange qui se profilait derrière. Dill, qui n'était pas encore amoureux, s'était imaginé que ce jeune type était le fils de braves immigrés (il était d'origine indienne). Il s'attendait à un rez-de-chaussée étriqué avec son bout de gazon en dalles, des appareils électroménagers compacts cachés derrière des portes coulissantes – pas à cette baraque croulante.

Dev sortit sur le porche. Dill ferma sa portière. L'espace était criblé d'insectes, de pollen, de gouttes de rosée. Le ciel était si bleu qu'il en semblait factice. Dev était jeune, il se dandinait sur place, décalé dans tout cet espace, et quel *beau mec.* Il respirait l'optimisme, la volupté et l'innocence.

À l'époque, Dill travaillait déjà depuis deux années avec Annabelle – il était directeur des enquêtes du plus rebelle des groupes de protection des animaux aux États-Unis. « Une unité d'enquête », pour reprendre la formule de la presse. Il marchait dans la vie avec un brouillard devant les yeux, si absorbé dans ses pensées qu'il en avait la vue troublée, mais Dev, lui, se détachait nettement dans ce décor. Que foutait-il dans cette énorme propriété ? S'était-il retrouvé là par erreur et était-il parvenu à s'adapter à ce que le sort lui avait réservé ? Ou était-ce volontaire ? Avait-il eu les yeux plus gros que le ventre ? Dill le rejoignit.

« Je n'étais pas certain que tu viendrais.

— Moi non plus. »

Il lui fit faire le tour, gesticulant et babillant, d'abord la vaste longère, puis l'extérieur. De l'herbe jusqu'aux chevilles, ils se dirigèrent vers la grange. Dev désignait la cabane à outils, le vieux pneu en guise de balançoire, ses arbres préférés.

Alors qu'ils s'attardaient sur le seuil de la grange, la silhouette de Dev se para d'un éclat mystérieux. Qui était donc ce gamin, ce *banquier* ? Serait-il de taille à l'assumer, lui ? (Parce que, ne nous voilons pas la face, si on considérait que les enquêteurs étaient tous des caractériels…)

Naturellement, on ne s'éprend pas d'une personne pour ce qu'elle est, mais pour ce qu'elle vous permet d'être. Quel reflet flatteur de lui-même ce banquier voyait-il dans les yeux de Dill ?

Dill n'en savait rien, mais il était partant.

Ce jour-là – ils ne se connaissaient que depuis quelques heures (et Dill pensait déjà « le banquier », peut-être le signe néfaste qu'il avait besoin de créer de la distance, au moment même où il baissait la garde) –, ils étaient toujours plantés au seuil de la grange (cette même grange vers laquelle, sept ans après, Dill se dirigeait à présent, suivant le fantôme du banquier) quand il prit le visage du banquier dans ses mains, chuchotant : « Qu'est-ce qu'on va bien pouvoir faire de toi ? » entre deux long baisers. « Tu vois déjà quelqu'un ? Je veux savoir », le mettant au défi de faire ce choix terrible.

Une semaine plus tard, il emménageait.

Mon Dieu, comme il aimait le banquier de l'aimer ! Il avait toujours deviné qu'un jour ou l'autre, ce dernier changerait d'avis, se raviserait, dégoûté (comme ai-je pu aimer *ça* ?), mais il s'était cru capable de gérer.

Ce jour-là était arrivé.

Bon, c'était une manière un peu spéciale de « gérer » cela, mais qu'est-ce qu'il croyait, le banquier ? Comme on fait son lit, on se couche, dit le proverbe.

Aujourd'hui, sept ans après sa première balade à travers le pré, Dill se dirigeait de nouveau vers la grange. Il se sentait surveillé depuis la fenêtre de la longère par Annabelle et Cleveland. Dans la grange, une centaine d'enquêteurs affublés de passe-montagnes l'attendaient. Cette docilité l'étonna. L'ordre émanait d'Annabelle – ceci afin de préserver leur identité tant qu'on n'aurait pas l'accord de tout le monde – mais pour avoir travaillé dix ans avec ces gens-là, il savait bien qu'il ne suffisait pas de commander pour être obéi. Rebelles, irascibles. Il n'avait jamais été capable de faire tellement plus que négocier avec eux, et si ça ne suffisait pas, de les engueuler, et si ça ne suffisait pas, de les menacer (supplier, jamais). Sur les sites des opérations, c'étaient des pros, mais dès qu'ils en sortaient, chacun redevenait un Napoléon au petit pied, un tyranneau. C'était à tomber fou – ils démissionnaient, pleuraient, brisaient le matériel, boxaient les murs dans un accès de colère, se disputaient ou tombaient amoureux les uns des autres, disparaissaient, réapparaissaient pour vous lancer d'énièmes sarcasmes ou inepties paranoïaques. Le banquier en avait supporté, de ces conneries, sur sa propriété. Rien d'étonnant s'il s'était lassé.

Et pourtant, ils étaient là, une centaine d'enquêteurs passés et présents comme ressuscités au jour du Jugement Dernier pour la pesée des âmes, tandis que le banquier avait mis plusieurs océans entre eux deux, vouant enfin Dill aux gémonies au bout de toutes ces années.

Il y allait seul pour présenter la chose – autant garder Annabelle pour la fin. Si personne n'acceptait (et en réalité, un oui *unanime* était indispensable) le projet serait enterré. Il comptait sur eux pour faire ce choix terrible. Ils en seraient bien capables, surtout après le discours séducteur qu'il s'apprêtait à leur délivrer. C'était sa spécialité.

Il poussa la porte et entra.

Ces cagoules, la centaine d'enquêteurs s'en seraient bien passés. Mais le moment venu, ils en avaient enfilé une pour se protéger les uns des autres, et aussi d'eux-mêmes. Puis, laissant leurs voitures dans le pré, ils étaient entrés à la file indienne dans cette même grange où beaucoup s'étaient entraînés, s'asseyant sur les bancs ou par terre, s'adossant au mur, les bras croisés, muets et soupçonneux. Ils attendaient.

Dill apparut. À visage découvert. À sa vue, ils s'agitèrent, se souvenant de ses nombreux défauts, mais il ne leur laissa pas le temps de se scandaliser. Campé au fond de la salle, il prit la parole.

Il ne fallait pas compter sur lui pour les influencer, déclara-t-il d'entrée de jeu. La décision leur appartenait. Les modalités du projet, oui. Le plan, bien entendu. La stratégie de sortie, comment déguerpir si jamais ça tournait mal – tout cela serait passé en revue et, oui, il y avait un expert dans l'équipe. Mais Annabelle et lui ne souhaitaient ni s'expliquer, ni entamer un débat moral, ni examiner si l'affaire était « viable » autrement que d'un point de vue technique, concret. Il ne fallait pas envisager cette opération – l'exfiltration de neuf cent mille poules (c'était la première fois qu'ils entendaient ce chiffre et un chœur de soupirs, suivi de jurons et de protestations, l'obligea à s'interrompre, avant de reprendre plus lentement) –, il ne fallait pas l'envisager comme un coup de pub pour attirer l'attention sur la maltraitance animale. Ce n'était pas de la pub, pas une menace ni un manifeste. On n'allait pas copiner par la suite. Pas former une organisation. On n'*organiserait* rien. S'ils ne parvenaient pas à l'admettre, autant partir tout de suite. Quant à la motivation d'Annabelle, cela ne les concernait pas. Elle les invitait à participer à l'aspect purement matériel de cette opération, dans le seul intérêt de chacune des poules qui en bénéficierait. Chaque enquêteur avait été sélectionné par elle, personnellement. Elle les avait *choisis*. Mais ils n'avaient pas à avoir leurs propres motivations. Les têtes masquées de l'hypothétique bande de comploteurs suivaient les allées et venues de Dill. Enfin, il se figea. On leur demandait de revenir chacun avec deux autres personnes – fiables, solides au physique comme au moral – dans deux jours, samedi matin. Aujourd'hui, ils étaient une centaine, et il faudrait au moins trois cents bonnes volontés pour rendre la chose possible.

Des mains se levaient, tentant de l'interrompre, mais il éluda, plaça une feuille de papier et un stylo sur la table. « Mettez une croix si vous êtes des nôtres. » Il déposa aussi un minuteur de cuisine. « Vous avez une heure pour vous décider. Ceux qui préfèrent s'abstenir, nous savons que vous ne nous trahirez pas. Vous êtes tous des pros. » Il traversa la salle et sortit en refermant la porte. Les têtes se retournèrent.

S'ensuivit un long silence.

Tous prirent un moment pour se féliciter. Annabelle les avait choisis. Un sujet de fierté.

Ils prirent aussi un moment pour s'interroger : connaissaient-ils deux autres candidats ? Sans doute. Chacun avait une poignée de zigotos dans sa manche. Les enquêteurs ont leurs fans.

Puis, ils prirent un autre instant pour revenir à la raison. Quelle idée farfelue ! Et les doutes commencèrent à s'exprimer à voix haute. À quoi bon cette opération ? Que voulait donc dire Dill, en affirmant qu'elle n'était pas censée attirer l'attention ? Comment une intervention de cette envergure, surpassant par son ampleur tout ce qu'on avait jamais imaginé, pourrait-elle manquer d'attirer l'attention ? Comment enlever un million de volatiles sans attirer l'attention ?

Une voix déclara : « C'est impossible. Infaisable. » Ils y réfléchirent et admirent, à contrecœur, que c'était vrai. Du seul point de vue logistique. C'était irréalisable. Cette constatation les fâcha un peu. Quoi, être venu jusqu'ici – et tout ce cinéma ! – juste pour s'en retourner chez eux ? À quoi bon les avoir dérangés ? Ils étaient un peu tristes car ils s'étaient crus destinés à accomplir une action héroïque, non à subir les caprices des plus délirants de leurs contemporains.

Une autre voix déclara : « Dix minutes » – le temps qui s'était écoulé. Déjà ? Mon Dieu. Alors, ira… ira pas ? Ils regardaient autour d'eux, à travers leurs cagoules.

De plus, à la réflexion, ce n'était pas le genre d'action sanctionnée par une nuit en prison et une présentation au juge le lendemain. On pouvait écoper de plusieurs années de taule. De nos jours, cela portait le nom de « terrorisme ».

Bon, en l'occurrence, la présence de certains en devenait logique : ils avaient souvent été arrêtés. Quelques-uns avaient fait de la prison, purgeant des peines pour des actes bien moins graves, des résultats bien plus humbles. Mais avaient-ils envie de recommencer ? La plupart étaient désormais en semi-retraite et ils ne faisaient guère que participer aux journées anti-plumes, distribuer des tracts devant les cafétérias, sonner aux portes pour faire la quête, animer des journées de sensibilisation dans les refuges. Les autres ne participaient à des actions que sur leur lieu de travail – c'était strictement légal, enfin sûrement. Et de toute façon, plus personne – ou *presque* personne, apparemment – ne pratiquait l'action directe. Il y avait bien ceux qui s'introduisaient dans les animaleries afin de libérer des perroquets, une poignée d'extrémistes qui lâchaient ces oiseaux exotiques dans nos régions où le climat leur était fatal (nul doute que ces imbéciles étaient là, parmi eux, le visage bien masqué) mais même *eux* n'auraient jamais sorti une telle foutaise.

Certes, Dill avait affirmé qu'il avait un expert sous le coude, que tout était prévu. Il avait prétendu qu'à chaque étape, il y aurait au moins deux issues de secours, mais c'est toujours la même histoire, non ? La première de ces « issues », c'est souvent la portière d'une voiture de flics ; la seconde, la grille d'une cellule.

« Combien d'entre nous pourraient-ils enfermer, en définitive ?

— Un bon nombre.

— Pas tout le monde ?

— Tout le monde. Bien sûr qu'ils pourraient tous nous arrêter. Pourquoi pas ? »

Le jeu en valait-il la chandelle ?

Ce point fut débattu. Très vite. Vingt minutes s'étaient écoulées. Quelqu'un déclara : « Ne sommes-nous pas déjà complices ? Coupables du fait même de notre présence ici ? Admettons qu'elle disjoncte et fasse son coup sans nous – on pourrait quand même aller en prison ? »

Oui, mais ils en étaient conscients quand ils avaient emprunté leurs divers moyens de transport pour venir, les plus malins en tout cas, et ils étaient quand même venus, preuve qu'ils n'étaient éventuellement pas si malins. Ils étaient tous identifiables, répréhensibles. Ils étaient déjà dans le collimateur, pris au piège.

Ah, quel malheur. Pourquoi être venus ? se lamentaient-ils. Sous leurs cagoules ils faisaient la moue. Quels idiots. Certains d'entre eux étaient en liberté conditionnelle.

« Au moins, on ne pourra pas se dénoncer les uns les autres.

— Tu rigoles ? Je t'ai déjà reconnu ! dit l'un en s'esclaffant.

— Ah oui ? fit un autre, en se levant. C'est une menace ? »

Les esprits commençaient à s'échauffer.

« Annabelle a eu cette idée, intervint un troisième. C'est qu'elle a ses raisons. »

Ah ! Bien sûr qu'elle avait ses raisons. Ça aussi, ils en avaient assez. Ils avaient effectué des dizaines d'enquêtes. Traîné des éleveurs en justice, provoqué des référendums, acculé à la faillite des exploitations – tout seuls. Ils avaient aussi bousillé leur dos, leur vie de couple, leur équilibre mental, leur avenir – et pour quel résultat ? Ces bâtiments étaient toujours là – il n'y en avait même jamais eu autant.

« Le monde se couvre de hangars. Le mal s'étend.

— Depuis ma dernière enquête, ils en ont *rajouté deux*. Tout ce que je peux faire, c'est cracher dessus quand je passe en voiture.

— J'ai bénéficié d'un non-lieu. Le juge a dit que les poules n'avaient pas la personnalité juridique.

— J'en ai fini avec ces sales cons du siège, à Los Angeles, avec leurs beaux bureaux, leurs beaux costards, leurs petits-fours…

— Leurs bouquins où ils s'autocongratulent, avec leur gueule sur la couverture.

— Leurs levées de fonds animées par des putains de célébrités.

— Leurs vacances en Inde.

— "À but non lucratif", mon œil !

— Ils se sucrent sur notre dos.

— Annabelle a toujours été une militante à l'ancienne.

— Pas de demi-mesure, pas de compromis.

— Jusqu'au jour où elle a arrêté.

— Elle n'a pas arrêté. Elle s'est retranchée.

— Vivre libre ou mourir. »

Puis, l'un d'eux déclara : « Moi, j'en suis. » Il se leva, traça un X sur la feuille de papier. Il la jouait cool, mais il espérait sûrement qu'un autre allait bondir en disant : « Moi aussi », et devenir le numéro 2. Seul, t'es un homme-sandwich. À deux, la valse peut commencer. Et à quatre, l'orchestre se met à jouer. Il prit la porte. « Attends, fit quelqu'un, je viens ! » Le reste de l'assistance les regarda sortir, jaloux. Ils s'étaient fait souffler la place de premier. Parce qu'ils avaient bien eu l'intention de participer depuis le début, non ? D'autres en firent autant. Ils ajoutaient leur petite croix et s'en allaient, seuls ou par groupe de trois. Certains, qui se connaissaient à l'évidence depuis des années, se tapaient dans la main et s'empressaient de sortir comme si un match les attendait. D'autres, plus pondérés, apposaient leur marque et s'en allaient d'un pas détaché.

L'heure s'écoula et la grange se vida au point de ne plus héberger que deux individus. Une fille à droite, un garçon à gauche. Ils restaient assis là, à fixer le plancher qui présentait ce genre de combinaison de lignes et d'angles droits qui fournit à l'être humain le juste degré de consolation dont il a besoin. C'est forcément le cas, car sinon on ne verrait pas ce schéma partout où le regard se porte. Cette obsession humaine pour le rectangle. Tout angle à 90° fera l'affaire, mais un beau rectangle bien net, c'est tout ce que nous espérons dans la vie : être entouré de rectangles, les compter, y répartir nos biens, les donner à nos petits-enfants, être couché dans l'un d'eux à notre mort.

C'est une très mauvaise idée, songeait Zee, le jeune homme à gauche.

Mais il avait croisé tant de mauvaises idées dans sa vie. Toute son existence était le fruit d'une suite de choix malencontreux, souvent, comme ici, le fait d'autrui. Pourtant il s'en était tiré. Il avait décroché, pris un boulot dans une société de déménagement à Chicago, il avait une copine (si l'on veut), un appartement. Il passait, non sans mal, pour une personne normale et nul n'aurait pu deviner à quel point c'était dur. Mais chaque jour, il se sentait un peu plus convaincant dans son rôle, car ce n'était pas un rôle, pas tout à fait, et lui-même était de plus en plus convaincu. Il avait eu tort de venir, sauf qu'il ne l'avait pas fait pour Annabelle, mais pour Dill qu'il ne voulait pas laisser tomber.

Et il croyait à cela, tout cela.

Si seulement il pouvait éviter la prison.

« Annabelle n'avait jamais eu une idée aussi pourrie », dit-il à haute voix à la jeune fille. Il se leva, traça un Z, et s'en alla. Il ne restait plus qu'elle.

La dernière, Janey l'auditrice, enleva sa cagoule, la mine renfrognée. Ce n'était pas l'idée pourrie d'Annabelle, c'était la sienne.

Mais sa contrariété ne dura pas. Une douce chaleur gagnait ses membres depuis son ventre. La chose était lancée, ou pouvait très bien l'être, c'était de l'ordre du réalisable. Fermant les yeux, elle se laissa envahir par sa vision : les poules s'envolant tout autour d'elle, les cages tombant avec fracas par terre comme des nids tombent de l'arbre, la voix de sa mère au milieu des battements d'ailes. Elle rouvrit les yeux et quitta la grange.

On pourrait aisément supposer que Dev, en Égypte, se sentait libre et résolu, après tout ce que Dill lui avait fait subir. Mais ce n'était pas le cas.

Malgré les milliers de kilomètres qui les séparaient (10 443), il se lavait les mains au bout d'un long couloir, préservé du sol brûlant par dix-huit étages. Il avait lu quelque part que se laver les mains « aide à tenir ses bonnes résolutions », aussi chaque fois que lui venait l'envie de lui écrire, il bondissait de son bureau pour traverser le couloir de Pan Egypte Intervest et aller se planter devant le lavabo de marbre. En fait, comme Dill l'avait imaginé, Dev avait bien été élevé par une première génération d'immigrés au rez-de-chaussée d'une maison divisée en appartements, avec un jardinet devant. Il avait hérité de cette fermette, avec la grange et les champs attenants, d'un grand-oncle qui l'avait pris sous son aile. Cet oncle avait été le premier à quitter l'Inde pour l'Amérique, où il avait vécu dans cette maison pendant vingt-six ans, « colocataire » d'un petit fermier bio. Il avait aidé sa nièce et l'époux de celle-ci à émigrer, connaissait Dev depuis le jour de sa naissance, avait compris ce qu'il était avant que Dev lui-même ne s'en doute et, se rappelant ce que sa propre existence avait été (les temps étaient différents), il lui avait légué la baraque, la grange, les terres, tout ce qui allait avec.

Et Dev avait hérité de Dill et de *tout ce qui allait avec*, car il était passionnément amoureux, prêt à réaliser des choses extraordinaires, à supporter l'extraordinaire. Il mourait d'envie de supporter l'extraordinaire Dill. Mais il était jeune alors et, en sept ans, il avait grandi. Il était las d'avoir à se battre avec un *sauvage* – son environnement naturel ne lui donnait pas trop de mal en comparaison. Mais aujourd'hui qu'il dominait la terre égyptienne du haut de son dix-huitième étage (oui oui, envoie le basané – *bien entendu* ils ne voyaient pas de différence entre l'Égypte et l'Inde), un nouveau genre de nervosité s'infiltrait dans son cœur. Sans Dill, qui était-il ? Il retourna dare-dare dans le couloir pour se laver les mains une fois de plus.

S'il avait pu voir les alentours de sa ferme, deux jours plus tard, sa colère en aurait été ravivée et il aurait découvert que la colère, la rage, est bien plus efficace pour tenir ses résolutions que l'eau du robinet.

Jonathan Jarman Junior avait conçu un plan pour 303 enquêteurs. S'il ne s'en pointait pas autant, ce serait irréalisable. La veille de l'opération, il avait bien expliqué cela à Dill, Annabelle et aux autres. Il avait une liasse de 303 feuillets d'instructions imprimées, chacun correspondant à une mission précise avec son propre itinéraire, hangar, tâche, plan de fuite, et cetera. On lui avait commandé un plan pour moins de trois cents personnes, mais les chiffres et les tableurs étaient formels. En se tuant à la tâche, 303, insistait-il, ou sinon personne. Jusqu'au moment où Dill lui avait lancé : « Oh, ta gueule ! »

Sa main reposait sur les feuillets. Deux doigts pianotaient avec impatience. D'accord, du moment qu'ils avaient compris. C'était 303 ou ce serait sans lui.

En vérité, ils auraient eu besoin de quelques dizaines de paires de bras supplémentaires, et il avait imprimé cela, cinquante « extras » classés par ordre de priorité et glissés dans des enveloppes distinctes, juste au cas où ces personnes débarqueraient, ce qui ne se produirait pas – mais si elles débarquaient, il serait prêt.

C'était le vendredi, il était tard. Son corps avait gardé la forme d'une grimace sceptique toute la journée. Il s'étira sur le divan, sortit son téléphone portable pour envoyer un message à Joy (car bien sûr il avait gardé son téléphone sur lui), mais à ce moment-là il releva les yeux et Annabelle était là. Elle avait posé sa main sur la sienne, et lui-même touchait son long corps à elle, svelte, qu'il n'avait pas tenu depuis très longtemps. Il l'attira dans ses bras. Son oiseau chanteur, son tigre, son épouse en fuite.

Lorsqu'il se réveilla, Annabelle lovée contre lui, les enquêteurs avaient déjà commencé à arriver.

Ils débarquèrent à l'aube, même si Dill avait dit : dix heures. Lui-même était le seul à être réveillé.

Annabelle et Jonathan dormaient sur le divan, Janey dans le lit du banquier. Soumise à la force d'attraction gravitationnelle de son mariage, Cleveland était retournée chez elle avec l'intention de revenir à huit heures. Dill avait dormi d'un sommeil agité dans un fauteuil et il s'était levé alors qu'il faisait encore nuit. Enfilant son blouson, il avait fait sortir les chiens et marché jusqu'à la grange à travers une mosaïque d'ombres qui se retiraient et de lueurs roses, pour nourrir les poules. Puis il s'était installé sur la galerie, cette même galerie où Janey s'était faufilée avec son carton à peine six semaines plus tôt. L'herbe était désormais bien plus verte, la température bien plus douce, le soleil se levait plus tôt, rayonnant. Il contempla en cillant le disque qui s'élevait sur ce printemps ordinaire, extraordinaire. Le mois de mai en Amérique.

Même si personne ne vient, songea-t-il, ce sera une journée splendide.

Un véhicule s'engagea dans l'allée.

À l'autre bout de la ville, le mari de Cleveland s'étira dans son sommeil, sentit un poids, le corps de son épouse couchée à son côté – ah, tout de même rentrée ! – après quoi il retomba dans un trouble silence aquatique.

Jonathan rêvait d'Annabelle – comment l'atteindre à travers ces nuées de mouettes ? – alors qu'elle était auprès de lui.

Un vieux dragster brun, juste un joujou au bout du chemin, mais grossissant à vue d'œil. Dill mit sa main en visière, trop détendu pour se lever. Mais dès qu'il vit qui c'était, il bondit sur ses pieds. La voiture de course vint se ranger devant la longère, un engin d'un autre temps, peu performant et écaillé. La portière s'ouvrit lourdement.

« Zee, c'est pas vrai ! » Dill l'empoigna.

Trois autres guerriers s'extirpèrent du véhicule.

« J'en ai amené un de plus », fit Zee, tout sourire.

La voiture avait réveillé Janey. Elle sortit en clignant des yeux, avec sa magnifique chevelure emmêlée. À sa vue, Zee manqua s'étrangler.

Le père de Janey avait passé la nuit devant des rediffusions de films policiers. Il savait que Janey tramait quelque chose, mais sans savoir quoi. Elle avait découché – rien de très exceptionnel – toutefois, lorsqu'elle était sortie la veille, ce n'était pas avec une expression tendre mais plutôt un visage déterminé. Donc, de quoi s'agissait-il ? « Je veux le voir, ce monsieur Personne », avait-il maugréé au moment où elle prenait la porte. Elle avait rigolé.

Sa crainte, c'était les drogues. Et si celui qu'elle fréquentait l'avait entraînée là-dedans ? Ou si elle était enceinte ? Était-elle allée se faire avorter ?

Pas un jour ne passait sans qu'il pense que sa mère se serait mieux débrouillée. Une riche idée qu'elle avait eue, de mourir. Il jeta un regard noir à l'écran de la télé. *Bang Bang*. Fallait-il se lancer à sa recherche ? Il invoqua l'esprit de sa mère. Elle a presque vingt et un ans, plaida-t-il. Ce n'est pas assez grand pour se débrouiller ? Bon, entendu. À son retour, je lui parlerai. Je lui dirai : « Je ne sais pas ce que tu mijotes, mais tu peux compter sur moi. » (Je tuerai ce salaud, je lui passerai la corde au cou.)

Naturellement, il avait tout faux. De toute façon, il aurait gaspillé sa salive : Janey n'aurait jamais écouté, en aucun cas. Et elle savait pouvoir compter sur lui.

Ils arrivaient. Des bleus, des gris, des rouges, comme des bourgeons au bout de l'allée qui fleurissaient progressivement. Des enquêteurs en sortaient, s'étiraient. « Quelle balade ! On a roulé toute la nuit ! » Dill les accueillait avec des poignées de main sophistiquées, leur lançait d'affectueuses insultes. Annabelle se leva du divan et vint saluer de loin les nouveaux venus, en se coiffant avec les doigts. Au boulot, disait son visage.

Jonathan se réveilla, dans le cirage, des mouettes volant vers les recoins de son esprit. Annabelle se levait. « Hé, où tu vas ? » Il bâilla, puis se rappela. Quoi, ils n'allaient pas être obligés de le faire pour de bon, si ? Plaisantait-elle ? Il entendait des éclats de voix.

C'était précisément la raison pour laquelle il ne s'était pas opposé au divorce.

À l'heure où Cleveland rejoignit ses camarades, le champ semblait grouiller.

À neuf heures du matin, le mari de celle-ci se réveilla. Et *maintenant*, où était-elle passée, un samedi ? Avait-il rêvé sa présence à son côté ? Où allait-elle, depuis des semaines ? Avait-il raté quelque chose ? Étaient-ils fâchés ? Elle aurait pu laisser au moins un mot – un mari a quand même bien le droit de savoir où a filé sa moitié.

Joy, au même moment, se trouvait au rayon des détergents et des céréales, poussant dans le chariot à la fois ses deux filles et un rouleau de sacs-poubelle. Les fillettes chantonnaient sans raison, à l'unisson, comme un mantra. Elle s'arrêta pour consulter son portable. Deux journées sans nouvelles de lui.

Janey paniquait. Elle était censée orienter les véhicules, mais tout le monde s'en fichait. Ils bondissaient comme des gazelles, laissaient leurs bagnoles n'importe où. Cleveland n'était pas encore là. Où était-elle passée ? Enfin, elle vit sa voiture remonter l'allée et se précipita. Cleveland en sortit, lui désigna la foule : « Montrons-leur, Janey, de quoi deux nanas sont capables ! »

Sa mère utilisait aussi cette même expression, non ?

Cleveland la toisa. « Et ton uniforme, alors ? »

Janey se fendit d'un grand sourire.

Les poules, elles, étaient debout depuis des heures. À la Ferme Heureuse des Green, les lumières s'allumaient à quatre heures pile. Elles restaient plantées là. Certaines pondaient. D'autres, prises dans les fils métalliques, agonisaient. Quelques-unes étaient déjà mortes.

À dix heures, une procession de camionnettes, berlines et motos encombrait le chemin et allait se garer sur l'herbe en files désordonnées. Des dizaines de personnes s'extirpaient et l'endroit grouillait de monde – en jeans, blousons, jeunes ou vieux, traînant des sacs à dos, tirant sur des joints, se congratulant, chahutant. Un cirque, un concert des Grateful Dead. Quelqu'un avait apporté un radio-cassettes et une poignée d'enquêteurs se trémoussaient, bientôt rejoints par d'autres.

Dill s'efforçait de garder son sérieux, mais il avait bien du mal à contenir un sourire. Il se frayait un passage dans la foule, s'accordant un moment pour accueillir certaines personnes – quoi, un bébé ? Il s'arrêta de danser. Me dites pas que c'est un bébé. Il se remit à jouer des coudes. Cette foldingue de Penelope avait amené un bébé. Il aperçut Jarman qui, planté sur le porche, dénombrait les têtes avec un compteur manuel, le front soucieux. Quelques-uns s'étaient introduits dans le poulailler pour… quoi, piquer des poules ? Incroyable. Ensuite, l'œil attiré par quelque chose, il pivota pour voir, non, un *fauteuil roulant* ? Comment allaient-ils faire ? Certains enquêteurs scandaient : « Dill, Dill, Dill, regarde-nous, regarde ! » Une bande de gamins à la maternelle. Ils dansaient sur un rythme disco, faisant les mêmes pas tous ensemble, une vieille blague. Bon, soit : roulant des épaules, il esquissa quelques pas de danse, puisque, n'est-ce pas, ils étaient bien revenus en amenant les plus givrés et plus proches amis, des amis qu'ils avaient rencontrés dans des refuges pour animaux, des manifs, les tirant de leurs chambrettes chez leurs parents, de squats ou de centres d'hébergement. Ils étaient engagés, déterminés, végans du premier jusqu'au dernier. (En fait, les seuls non-végans étaient Cleveland et Jonathan. Janey l'était depuis quatre jours.) Sous un arbre, Annabelle, élégante, volubile, enveloppée d'une robe longue, cheveux lâchés dans le dos, embrassait untel ou untel.

Jarman était toujours sur le porche, à compter les nouveaux. Dill tâcha de déchiffrer son expression – combien, jusqu'à présent ? – et se rapprocha de lui.

Combien ? Il éprouva un sentiment d'incertitude : ce visage était celui de la désillusion. Pas assez de monde ? Dill avait cessé de compter les voitures depuis longtemps. Jarman semblait effrayé, indéniablement. Rendant le bambin à Penelope (qui lui avait fourré cette horreur dans les bras ?), Dill se ménagea un chemin dans la foule, bondit sur le porche.

« Et voilà, notre plan est fichu, disait Jarman, irrité. Tout est à refaire. J'ai calculé pour 303 personnes. J'avais bien dit 303.

— Il en manque combien ?

— Tu me bouches la vue. Dégage. Une nouvelle voiture arrive.

— Jarman, on est combien ?

— Avec ces trois-là… (il cliqua sur son compteur) 421. »

Dill répéta. « Quatre cent v… » Pendant quelques instants, il ne réalisa pas, puis la lumière se fit.

Pourquoi étaient-ils venus ? Le goût de l'aventure, bien sûr, mais il y avait d'autres raisons. Certains, comme Zee, étaient là pour Dill. Car malgré tous ses défauts (nombreux), ce mec était loyal. Nul ne pouvait dire qu'il n'était pas là pour les siens, y compris les chiens, les poules, ou tout autre animal ayant d'une façon ou d'une autre échoué à sa porte. Les enquêteurs en étaient bien conscients. Tout comme Annabelle, Jonathan, Dev, ou même ces satanés chiens, ce qui expliquait peut-être pourquoi ils étaient si nombreux à l'avoir soutenu aussi longtemps. La loyauté est une denrée rare, digne d'être récompensée.

D'autres étaient venus pour Annabelle, la connaissant de longue date. Certains l'avaient même connue enfant, ils avaient assisté à son mariage avec leurs parents, avaient déserté l'exploitation familiale à son exemple, l'avaient suivie tout au long de ces années – habitude, admiration, ou idolâtrie –, jusqu'au jour où elle avait disparu, et ils avaient même alors compris pourquoi. Ils savaient qu'elle n'était pas idiote. Et Dill avait l'esprit vif quand il ne se droguait pas – il était sobre en ce moment, visiblement. Et puis, ils étaient rassurés par la présence de Jonathan. Celui-là ne se serait pas lancé dans l'aventure si ça n'avait pas été faisable. Aussi incroyable que cela paraisse, il avait procédé à ses calculs et validé ce projet.

Mais la plupart étaient venus pour les animaux, naturellement. Ils étaient devenus des militants dès l'âge de quatre ans, quand, apprenant que le poulet qu'on leur servait était le frère de ceux qu'ils voyaient à la ferme, le jour de la sortie scolaire, ils avaient repoussé leur assiette, devenant végétariens sur-le-champ. Ou au lycée, après avoir vu des vidéos de dindes de Thanksgiving, pendues vivantes à la chaîne d'abattage. Ou ils avaient eu des chiens. Zee avait eu un frère, à présent mort, qui lui avait appris à respecter toutes les formes de vie, à commencer par celles qui garnissaient son assiette, puis celles qui composaient son blouson de cuir, puis celles qui formaient des ruches dans les murs, jusqu'au jour où il avait juré de ne plus nuire à aucune race.

De toutes les manières, leurs expériences dans les exploitations géantes avaient renforcé leurs convictions. Ils avaient passé douze heures par jour à insérer un tendre bec de poussin dans une sorte de guillotine incandescente, sectionnant la pointe avec la lame brûlante, tandis que le petit se débattait et que sa figure fumait.

Les poules. Ces mignonnes boules de plumes ébouriffées. L'aventure exaltante de les sauver : qui n'aurait pas voulu participer ? Qui ? Le moment était venu de dire *stop.*

L'Adversaire.

Les voici, barricadés dans leurs fermes en béton. Ils sont planqués et se tiennent prêts – bien qu'ils ne sachent rien de ce qui va se passer. Ils guettent l'ennemi derrière des remparts d'excréments séchés, des ventilateurs de deux mètres de haut. Les gens de la ferme, ou le peu qu'il en reste dans la prairie, les irréductibles.

Lui, c'est le responsable d'élevage. Regardez-le remonter le zip de son blouson du côté des silos, piloter sa voiturette de golf. Il a des outils et des dispositifs de communication accrochés à sa ceinture tel un capitaine dans *Star Trek*. Il plastronne, mâchonne. Il crie plus fort que les machines en anglais ou en espagnol.

Voyez le petit personnel, ceux qui réparent les tapis roulants, qui effectuent les inspections quotidiennes. Cinq ou six d'entre eux quittent leur combinaison, s'éclipsant de bonne heure car c'est samedi. (Un espion se glisse parfois parmi eux, mais pas aujourd'hui ; ils sont tous occupés ailleurs.)

Les camionneurs, les mécaniciens. L'équipe de peuplement et de dépeuplement. Aucun d'eux n'est présent aujourd'hui, ni la plupart du temps. La petite bande là-bas, dans l'ombre, c'est la brigade de dératisation – on sent leur poison mais on voit rarement leurs personnes, seulement leurs marques : leur écriture manuscrite, leurs pièges, leurs appâts, leurs sprays. Et les signes tangibles de leurs échecs.

Là, ces dames face aux ordinateurs, quelques-unes par exploitation. Voyez-les pianoter sur leur clavier en surveillant des données. Dos à une cloison de vinyle, elles se penchent en avant sur des fauteuils réglables. Elles portent un uniforme : corsages beiges, pulls beiges, cheveux beiges. Leur visage se « beigifie » avec l'âge, mais c'est sans doute leur force. Leurs boucles d'oreilles fantaisie oscillent. Une forêt de stylos déborde de leurs mugs. Elles ont punaisé derrière elles des messages divins. Sur l'appui de fenêtre, le genre de plante verte increvable. Ce samedi-là, jour de l'exfiltration, il n'y en a qu'une, et elle va bientôt rentrer à la maison. Pressant une touche, elle dit que ce sera l'affaire d'un instant.

Eux, ce sont les familles. L'arrière-garde, les troupes de soutien. Ils ne s'approchent pas du site. S'amassent lors des vacances et mangent du jambon, du céleri, des œufs durs. On peut voir leurs têtes sur des écrans de smartphone, observer les gadgets qu'ils se sont offerts, lire leurs messages envoyés.

Le territoire. La majesté des grands espaces, l'horizon illimité, ses coordonnées, ses petites routes perdues qui traversent des villes grandes comme la main, plates et rectilignes. Cette bataille ne se livrera pas dans la partie vallonnée de l'Iowa.

Et voici les bâtiments. Tapis roulants, volailles, passerelles, un éclairage de dix lux et les 8 % de pente d'un sol de cage. Vu d'avion, on dirait un alignement de chewing-gums dans leurs petits papiers. Des milliers de tonnes d'aliments, des centaines d'hectares d'acier courbé, et recourbé, et encore recourbé pour former un labyrinthe d'angles droits. Les visiteurs sont priés de passer par les bacs de désinfection avant d'entrer, comme on s'essuie les pieds sur un paillasson.

Voici les brochures, les registres d'élevage, les programmes lumineux, le protocole relatif à l'épointage. La quantité de dioxyde de carbone utilisée pour l'extermination de masse.

Voici les fermiers. Une espèce en danger, dont la population décline un peu plus chaque année, tandis que les campagnes se dépeuplent lentement (et que la quantité d'œufs ne cesse d'augmenter). Des hommes bâtis en armoires à glace, chaussés de tennis très blanches. Ils arborent des alliances toutes simples, des jeans remontés jusque-là. Des conservateurs, des Blancs de la vieille école, qui fréquentent l'église. Toujours courtois quand ils donnent des ordres, ils dégagent un flegme étudié. On peut les apercevoir, quittant la salle de conférence, s'arrêtant à la réception.

Aucun d'eux n'a choisi cette voie par haine des poules, voyons. Que croyez-vous ? La question est celle des œufs, et encore des œufs, et il s'en produit tant – qui sait ce qui arriverait s'ils ne venaient pas travailler ? Jadis, on n'en consommait qu'épisodiquement dans l'année, alors qu'aujourd'hui il y en a partout, sortant des exploitations américaines à une cadence alarmante, soixante-quinze milliards par an. Le citoyen doit en consommer le plus possible. C'est notre devoir patriotique. Il faut en mettre à tous nos menus, dans tous nos pains, pâtisseries, sauces et pâtes à tartiner, tous nos petits déjeuners, sous ou sur notre steak haché, à l'intérieur de nos sandwiches, dans la totalité de nos en-cas d'une façon ou d'une autre, dans nos tablettes de chocolat et autres barres énergétiques. Et même ainsi, ça ne suffira pas. Il en sort toujours plus, qui débordent des tapis roulants, quittent les fermes-usines, s'entassent dans les rayons des supermarchés, les réfrigérateurs, encore, encore, encore. Nous devons nous mobiliser, trouver d'autres moyens d'en consommer. En mettre sur notre figure, dans nos cheveux. Réduire les coquilles en poudre et en faire du dentifrice. Construire des fusées pour envoyer les jaunes dans l'espace, des petits soleils, les faire exploser et en barbouiller un ciel d'azur.

Voici un fermier. Il sort du plus éloigné des hangars à la fin de la journée. Il est plus jeune, plus vif que la plupart. Il parle au téléphone, au milieu de ces bâtiments.

Ce samedi-là, Rob (« Robbie Junior ») Green s'apprêtait à partir, mais il n'y avait déjà plus personne à saluer sur le chemin du parking. Le samedi, l'équipe était réduite au strict minimum. Dès seize heures, l'établissement était désert. Le veilleur de nuit n'arriverait pas avant dix-neuf heures. Il boucla le secrétariat, sans se douter que cette journée ne serait ni parfaitement normale ni parfaitement ennuyeuse. Rob Junior (il n'aimait pas « Robbie », mais n'était pas encore prêt à se faire appeler « Monsieur Green »), le frère d'Annabelle Green Jarman, était maintenant un homme (peu ou prou, il avait vingt-huit ans). Il avait une femme et un enfant en bas âge à protéger – et l'usine, bien sûr. C'était lui le patron, maintenant, même s'il n'avait pas prévu que sa vie prendrait cette tournure-là. Il monta en voiture, souleva ses tennis bien blanches au-dessus du sol gravillonné, et s'en alla.

En jeu : l'objet du litige, neuf cent mille poules Leghorn blanches, leurs aïeules importées d'Italie au milieu du XIXe siècle et sélectionnées avec frénésie depuis lors. Biens ou personnes ? Telle était la question à trancher.

C'est dans cette ferme, ne l'oublions pas, que Cleveland avait piqué Bwwaauk, trois mois plus tôt, quand celle-ci était tombée de sa cage et s'en était allée sur la route à la recherche d'une vie meilleure.

Elle n'avait pas connu d'autre environnement depuis l'époque où elle n'était qu'une poulette.

On pourrait croire qu'aujourd'hui, à l'issue de toutes ces manipulations génétiques, privations sensorielles et consanguinité, et ce, depuis cent cinquante ans – on pourrait croire que ces poules n'ont pratiquement plus de cervelle, que les touches de leur esprit ne recueillent plus que des parasites, un faible ronron, les vibrations d'un réfrigérateur. On pourrait les croire lobotomisées, des animaux-machines. Et oui, certaines à la Ferme Heureuse des Green étaient abruties, mais ce n'était pas la majorité. Toutes renfermaient en elles l'ADN, quoique pas dans son expression la plus complète, de l'intelligence primitive des oiseaux. Ces gènes robustes s'expriment de toutes les manières possibles, si bien que la plupart de ces poules ont encore dans l'œil cette lueur venue du fond des âges, ce besoin instinctif du *Gallus* de se rassembler en cheptel, déambuler, s'organiser selon des hiérarchies, s'accoupler, élever ses petits, nouer des amitiés, suivre la bande, effectuer ses vols brefs et maladroits, prendre des bains de poussière et lisser ses plumes.

Ces centaines de milliers d'intelligences, à la Ferme Heureuse, s'étiolaient dans ces sinistres bâtiments, entassées dans des boîtes minuscules (ou plus grandes, ces deux « volières » surpeuplées), à moitié asphyxiées et pourrissant vivantes dans cette atmosphère accablante, guère capables d'écarter leurs ailes, de voir au-dessus d'elles autre chose que de l'acier, des tapis roulants, des ampoules de faible puissance, écrasées par des inconnues, le bec amputé de moitié, les pattes déformées par le treillis métallique sur lequel elles devaient se tenir nuit et jour.

Bwwaauk avait grandi dans le Bâtiment 8, une structure traditionnelle en A où les cages étaient empilées en quinconce selon une inclinaison telle que, si des fientes tombaient à travers le grillage, elles manquaient (le plus souvent) les poules des gradins inférieurs. Bwwaauk se trouvait au niveau le plus bas, la pire des places dans ce genre d'installation parce qu'on vous chie dessus (le système n'est pas parfait). Tout ce machin était situé au premier niveau, avec une large ouverture au-dessous. Les excréments tombaient par les mailles du grillage dans une fosse immense.

Le Bâtiment 8 était le plus vieux, il datait de 1990. Ses cages étaient rouillées. Par endroits, le grillage s'était corrodé et présentait des trous – des trous de la taille d'une poule. Dans la plupart des cas, quand l'une d'elles passait au travers, elle atterrissait simplement dans une autre cage. Ses congénères lui donnaient alors des coups de bec jusqu'à ce que mort s'ensuive, avant de se jucher sur l'intruse morte ou agonisante afin de soulager leurs pattes du contact du fil de fer. Seulement, dans le cas de Bwwaauk, quand l'ammoniac rongea la rouille, le trou qui s'ouvrit était au niveau le plus bas, et lorsqu'elle tomba, ce fut sur une montagne de merde.

Le choc fut rude. Elle leva les yeux vers la cage qu'elle venait de quitter. Les autres se penchèrent pour la regarder et évaluer la situation.

En liberté, les gallinacés s'expriment par des sons complexes et ont des voix distinctes. Ils parlent entre eux, avant même l'éclosion. La poule glousse et chantonne à l'adresse de ses œufs, et les petits répondent à travers leur coquille avec des pépiements, des gazouillis et autres vocalisations. Les adultes disposent de plus de trente « phrases-types » et d'un langage corporel très riche. Les gallinacés papotent, s'interpellent, jouent, draguent, s'instruisent, s'alertent, se lamentent, se disputent, se félicitent, ou se font des promesses.

Et c'est ceci, la *promesse*, qui nous concerne.

En cage, une poule n'a que rarement l'usage de ces types de conversation. Son vocabulaire s'atrophie ou ne se développe pas pleinement – mais tout est là, au sein de son cerveau (qui stocke et traite l'information autrement que le cerveau humain – celui des oiseaux est plutôt comme une puce placée à l'intérieur du cortex, comparé au gros moteur humain), et refera surface si nécessaire.

C'est donc à l'instant où Bwwaauk leva la tête vers ses congénères et où elle s'efforça de communiquer, que son esprit s'activa. S'éclaira d'un seul coup.

Il existe un son précis, isolé par les chercheurs spécialisés dans l'étude du *Gallus gallus*. Ce son, ajouté à la fin d'une vocalisation, peut se traduire par : « Ça vient. » Par exemple, une mère criera à sa progéniture : « Vite, par ici ! Un danger menace ! » Ou, si un coq parade devant une femelle et qu'il ajoute ce *tchip* à la fin de son chant, cela peut vouloir dire : « passion, nourriture, bébés, protection – tu peux compter là-dessus, ma poule ! » En d'autres termes, ce *tchip* fait office d'indicatif futur. Cette poule, celle que Cleveland avait embarquée, dont le cerveau s'allumait, démarrait, fonctionnait, tandis qu'elle levait les yeux vers ses copines dans la cage (les poules peuvent éprouver des amitiés durables et distinguer plus d'une centaine d'autres poules, même au bout de plusieurs mois de séparation, et elles identifient aussi les visages humains), son cerveau tâchait de transmettre cette idée complexe : *Je reviendrai vous chercher, promis.* Ce qui n'est pas un message dont les poules ont un usage fréquent – enfermées dans une cage ou pas –, dans la mesure où elles aiment rester ensemble, même en liberté. Et donc ce *tchip* particulier lui vint.

Elle émit le son de son propre nom – Bwwaauk – et le *tchip* « bientôt ». Puis elle glissa au bas du tas de merde et s'en alla d'un bon pas.

Pour ne plus revenir, mais elle envoya quelqu'un les chercher.

Jonathan n'avait pas cru qu'ils viendraient. Ou, en tout cas, qu'ils viendraient en si grand nombre. Mais maintenant qu'il était réveillé et qu'il avait suivi Annabelle à contrecœur avec son compteur manuel, il devait bien reconnaître qu'il avait toujours *su* qu'ils viendraient (sans y croire, car ce paradoxe existe : admettre des faits tout en exprimant son incrédulité) parce que c'était elle qui leur avait demandé.

D'où tirait-elle cette force de conviction ? Lui-même n'avait jamais vendu la moindre cage. Ces cages enrichies ? C'était elle qui avait convaincu les fermiers. Et quand elle avait décrété qu'il fallait supprimer les cages, tout le secteur avait pris ce virage. Puis, quand elle avait décidé que ce n'était pas assez, que c'était l'élevage intensif le problème, ses fidèles lui avaient emboîté le pas.

Des enquêteurs arrivaient encore. Et encore, même s'ils ne pouvaient pas tous avoir été officiellement enquêteurs. Il n'y en avait jamais eu autant sur la planète. Ils remontaient l'allée, plantant leurs tas de ferraille sur l'herbe, certains débouchant sur des motos pétaradantes (typique), quelques-uns à pied, passant entre les arbres. Il en reconnaissait certains parce que c'étaient des vieux de la vieille (ainsi, voilà où ils étaient passés – nulle part) et là-bas il voyait les dernières conquêtes d'Annabelle, les auditrices, côte à côte, à l'écart des autres, avec leur visage invariablement fermé.

Son téléphone bourdonna. Joy. Il ne répondit pas.

Annabelle était là-bas, en train de parler à un type à la figure couverte de tatouages. Oui, elle avait un don. Le genre de don qui convainc les gens d'adhérer à une secte, de déclarer des guerres. On appelle ça du charisme. Et Dill – qui montait justement sur le porche – avait ça aussi, Jonathan le reconnaissait de mauvaise grâce. La classe.

« On est encore loin du compte, Jarman ? »

Annabelle. Se détournant un instant du gugus auquel elle parlait, elle le cherchait justement du regard, les joues roses.

« Jarman, on est combien ?

— Dégage, Dill. Avec ces trois-là, 421. »

Son téléphone vibra pour lui signaler un message.

À la fin, le décompte final donna 507 – 507 putains de frimeurs d'enquêteurs – et Jonathan avait déjà une migraine carabinée.

« Super, n'arrêtait pas de dire la jolie auditrice. Fantastique.

— Non, ce n'est pas fantastique, protesta Jonathan. C'est 204 de trop. 204 individus dont le seul rôle possible dans cette affaire est de tout faire capoter. »

Oui, à présent ils avaient l'aide souhaitée, mais aussi un risque accru. Tout cela pouvait sombrer dans le chaos plus facilement. Il pouvait y avoir des dissidents, des bluffeurs, ou des dégonflés de dernière minute. Ou bien des éléments non identifiés parmi eux, capables de causer leur perte (effectivement, il y en avait), mais c'était trop tard, à présent. Tout le monde devrait participer.

Leur seul espoir, c'était le manque de temps : ils passeraient à l'action le soir même. Cette foule d'imbéciles n'aurait ainsi pas le loisir de mettre sur pied le moyen de tout faire capoter.

« Je ne vois pas comment toutes ces bonnes volontés pourraient poser problème », disait la contrôleuse.

Dill approuvait de la tête. « Ça ne peut être qu'un atout.

— Mouais, fit Jonathan. Attendez de voir… »

Avec une heure d'avance, Annabelle et Dill partirent les premiers.

« Hé, où vous allez ?

— On va s'occuper du vigile, lança Annabelle, marchant à reculons.

— Quel vigile ? dit Jonathan. T'avais dit que Ricardo était en congé.

— L'intérimaire.

— L'intérimaire ? »

3.

Nuit, femme, homme. Une petite route allant de ferme en ferme.

Mais il y en avait une troisième, de ferme, dans toute cette histoire.

La première : celle où ils se rendaient. Huit bâtiments. Une capacité d'un million deux cent mille volatiles, le grondement des machines, la puanteur.

La deuxième : celle dont ils venaient. Léguée au banquier par son oncle, sur son lit de mort. Trente-cinq hectares, principalement des herbages à ce moment-là. Une grange, une cabane, une maison. Une ferme qui ne fonctionnait plus guère que comme un point d'eau pour l'oiseau migrateur, le chien errant, le vagabond.

La troisième : l'originale. Fondée par Grand-Père Green juste après la Seconde Guerre mondiale. Surgie à la faveur de la seconde vague du poulailler moderne américain. À l'époque, Grand-Père Green n'était encore que Leo Green. Revenu de la guerre avec des médailles, du dynamisme et un prêt hypothécaire avantageux obtenu grâce au statut d'ancien combattant, il acheta un terrain agricole à six kilomètres de son village natal, à côté d'une forêt tranquille où serpentait un ruisseau, guère intéressante pour la chasse, sauf celle aux écureuils et aux oiseaux, mais paisible. Il ne construisit pas de maison sur cette terre, ce n'était plus la mode : à la place il bâtit un hangar gigantesque. Dix ans plus tôt, un bâtiment pour plus de dix mille poules, on n'en avait encore jamais vu. Mais c'était l'avènement des autoroutes, de la télévision, des banlieues, et de l'élevage hors-sol. Les États-Unis – et bientôt le monde entier – ne seraient plus jamais pareils (mais qu'est-ce que ça signifie, au fond ? À chaque instant, rien n'est plus pareil).

Le premier hangar de Leo Green contenait trente mille poules.

Au fil des décennies, il réaménagea le bâtiment, une fois avant la guerre du Vietnam, une autre fois après, avec un tout nouvel équipement. Celui-ci pouvait contenir d'abord cinquante mille, puis soixante-dix mille volailles. Ensuite, il démolit le tout pour le remplacer par ce que les années 80 avaient de plus moderne : un bâtiment avec des batteries de cages pour cent dix mille poules. Le pays en était à l'ère des centres commerciaux, des villes défigurées, des campagnes désertées et de l'incarcération de masse. Leo Green obtint l'autorisation de construire deux autres bâtiments dans un délai de trois ans.

Au lieu de quoi, il fut coupé dans son élan en 1986 par un cadeau-surprise hérité de la guerre froide. Une manufacture d'armes, qui à l'époque employait un tiers des habitants du village, avait accidentellement (quoique ce terme implique inadvertance et ignorance) écoulé, déversé, largué dans le cours d'eau des produits chimiques très toxiques. Tout le monde dut déguerpir. Du jour au lendemain. Contact cutané, inhalation de vapeurs, contamination du sol et de la nappe phréatique : autant de risques potentiels. Aussi, toute la petite ville et ses environs sur des kilomètres, y compris Leo Green et sa ferme, prit-elle ses indemnités avant de décamper (des paiements supplémentaires devaient s'échelonner sur dix ans, mais les versements furent interrompus au bout de quatre années de procédure, les juges s'étant lassés), laissant vide le hangar flambant neuf. Leo créa une nouvelle ferme à cent cinquante kilomètres de là et y implanta trois bâtiments en trois ans, conformément au calendrier.

Mais le hangar originel, depuis longtemps privé de ses machines, débarrassé de ses cages, tenait encore debout. Une enveloppe, une coquille, qui n'avait pas détenu de gallinacés en trente ans.

Le jour déclinait, le soleil rasait l'horizon. Les insectes disparaissent de la surface de la terre mais ce soir-là, ils étaient bien présents. Tout autour du hangar vide, ils raclaient leurs instruments, s'accordant, jouant les préludes aux milliers d'airs que l'oreille humaine perçoit comme un plain-chant anonyme, un obscur chœur de lamentations, alors qu'en réalité le chant d'un grillon comporte des variations qui le rendent unique.

Une centaine d'hirondelles, qui se rendaient quelque part, posèrent leurs pattes délicates sur le toit de ce hangar. Elles consultèrent leur carte intérieure universelle, avant de reprendre la route.

Une femme et un homme, allant de ferme en ferme, quittèrent l'autoroute et passèrent devant un petit chemin. S'ils l'avaient emprunté, traversant trente-huit kilomètres de terres contaminées et une rivière qui l'était tout autant, jusqu'aux vestiges d'un village contaminé et abandonné tout près d'une usine désaffectée, s'ils avaient encore parcouru cinq kilomètres jusqu'à l'orée d'une forêt, ils seraient arrivés là-bas. En passant, la femme tourna la tête dans cette direction.

R : Dill et moi, on a toujours été comme les deux doigts de la main. Du jour où on s'est rencontrés, on s'est compris. On s'est lancés ensemble dans une entreprise complexe et clandestine, qui a fini par nous dépasser. Et on en paie les pots cassés, depuis.

Le jour où j'ai quitté l'organisation, je n'ai dit qu'à lui seul où j'allais. J'ai pris deux ou trois bricoles et je me suis rendue là-bas sans m'inquiéter des panneaux d'avertissement et des barrières. DÉFENSE D'ENTRER. ACCÈS INTERDIT. SITE CONTAMINÉ. DANGERS PHYSIQUES ET CHIMIQUES. HORS-PISTE INTERDIT. Et cetera. Les barbelés étaient rouillés, effondrés par endroits, tordus et courant au ras du sol. Je me souviens qu'il avait été question de concevoir des totems pour décourager les intrus pendant des milliers d'années, mais l'argent ne s'était pas matérialisé. L'avenir devra se défendre tout seul, je suppose. Ce n'est pas la pire des petites surprises que nous laisserons sur place.

Je suis allée dans le village d'origine, qui avait été abandonné quand j'avais un an. J'ai fouillé dans les décombres, les maisons, l'usine. La nature avait ravagé les lieux en représailles. Les panneaux d'évacuation gisaient, face contre terre, dans les mauvaises herbes, tels des soldats tombés au combat. Je suis descendue au bord de l'eau. Tout l'affluent était pollué, mais à quelques kilomètres en amont, près de l'ancienne ferme, dans le parc forestier, la qualité de l'eau était censée être correcte. Je pourrais m'y ravitailler. J'ai décidé de m'installer ici, au cœur de la « civilisation » et ses merveilles.

Dill et moi, nous disions que ce qu'il fallait créer, c'était des zones où l'être humain se retirerait, des territoires que les populations quitteraient volontairement pour ne plus jamais y revenir. Mais aujourd'hui, je sais que c'est une utopie. L'être humain ne fait jamais rien volontairement, à part détruire. Il faudra le chasser. Et personne n'y parviendra – aucun autre animal, pas même la nature. Pourtant, ce ne sera pas nécessaire. Car il s'expulsera lui-même.

Et le jour où ça se produira ? Ce sera une chance à saisir.

La nuit où ils allèrent chercher les poules sonnait le début du printemps, et l'odeur de merde stagnait dans les champs. Une cohorte de soixante-dix véhicules commença à quitter la ferme du banquier, par petits groupes. Ils roulèrent sur l'autoroute vers le nord, la quittèrent, une succession de clignotants tel un code Morse dans le crépuscule. Ils traversèrent des bourgades parsemées de chapelles, longeant des trottoirs pâles, de grandes pelouses, des petites maisons, des réverbères qui s'allumaient. Ils passèrent devant des pâturages, des bouquets d'arbres, un Walmart posé sur l'horizon obscurci. Enfin, ils arrivèrent, des centaines d'enquêteurs (mais pas seulement – il y avait aussi ceux qui travaillaient dans des refuges, des artistes tatoueurs, des plongeurs de restaurants végans, des petits frères). De l'autre côté du champ, des silos argentés se découpaient au-dessus d'un ensemble d'entrepôts aveugles, comme un abri antiatomique pour toute une cité, une vision industrielle du château du magicien d'Oz.

Les véhicules stoppèrent aux coins des champs pour que leurs passagers puissent descendre dans les buissons. Ils s'échappèrent des voitures, sautèrent des plateformes des camions, coururent le long du rideau d'arbres. Ils s'accroupirent au bout de la merde, une étendue de fientes d'un kilomètre de long qui s'étalait entre la pointe de leurs chaussures et l'énorme manufacture à merde : les poulaillers.

Ils guettaient. Dans leurs petits sacs à dos, des sandwiches, des bouteilles d'eau, des gants. Ils avaient limé leurs semelles, à l'exemple d'Annabelle. Leur parvenait la rumeur des machines, ce son pur, le chant de l'Amérique bâillonnée. À quatre kilomètres de là, dans des quartiers résidentiels, les chauffeurs abandonnaient leurs véhicules, deux par rue maximum, avant de rejoindre leurs camarades d'un pas nonchalant, tandis que, bien plus loin, soixante camions, à cinq relais routiers différents, patientaient.

Sur place, les enquêteurs attendaient le signal, leurs yeux s'habituant à l'obscurité, aux aguets. Chacun ordonnait son esprit de façon à former une belle pile de pensées, esprit qui par nature est si petit et si mal organisé comparé aux grandes fermes-usines. En haut de cette pile, ils placèrent ce qu'il y avait de plus difficile : le calme nécessaire pour aller de l'avant – pas une mince affaire, même pour qui avait de l'entraînement.

Juste au-dessous se trouvait l'équipe de montage, qui révisait les étapes, la façon dont tout ceci allait se dérouler, heure par heure – leurs jambes les portant jusqu'à leur poste, leurs mains effectuant les gestes nécessaires, le plan pour s'échapper, l'autre plan pour s'échapper –, repassant tout par le menu.

Plus bas encore, fourrée là-dessous, une autre strate, l'enquiquinant pragmatisme : *Aucune chance que ça marche.*

Et encore plus bas, le philosophe : *Et d'abord, qu'est-ce que ça veut dire, « marcher » ? Quelle est la finalité de cette action ?*

Et toujours plus bas, une autre strate : l'équipe de démontage. Qui démolissait les étapes. Tout ce qui pouvait mal tourner. Le plan gisant en morceaux sur un parking boueux à l'intérieur de leur esprit.

Et là-dessous, il y avait cet individu qui secouait ses chaînes, hurlait à travers toutes ces strates, *Combien de trucs avez-vous foirés dans votre vie, et ça recommence ?*, et dont la voix devait être étouffée sous les cliquetis et les piétinements des autres.

Strate après strate, on descendait ainsi jusqu'à ce qui sous-tend le tout, le lieu où le cerveau humain devient inaccessible à lui-même et où l'on dépasse les désirs inconsistants ainsi que les vagues terreurs primitives, le chatouilleux territoire des instincts, pour toucher le fond et s'y fixer, le noyau dur formé par ce désir sans fin qui nous unit (ou nous divise).

Mais le jour où ils allèrent chercher les poules (ils parlaient d'« exfiltration », au grand dam des contrôleuses qui tenaient à « enlèvement »), les enquêteurs savaient qu'eux-mêmes étaient l'aspect le moins intéressant de l'affaire. Les poules, leur nombre, une quantité affolante, catastrophique au niveau mondial, c'étaient *elles* le sujet. Les enquêteurs (et les militants de la cause animale de tous poils qui poireautaient, les deux pieds dans la merde fraîche, debout ou accroupis) devaient s'accorder sur ce point, sous peine d'échouer. Ils devaient affirmer vigoureusement (leur présence au bord du champ n'était encore qu'une simple suggestion, le « vigoureusement » restait à venir) que les poules, et d'ailleurs toutes les créatures, y compris les arrogants et ignorants humains, n'étaient ni moches, ni stupides, ni juste bonnes à être exploitées. Ils devaient s'en tenir à ce principe, ne pas le perdre de vue (cette idée-ci, et non celle qu'ils étaient susceptibles de finir en prison, ou d'y retourner pour certains d'entre eux).

Ils attendaient.

Au même moment, des éléments invisibles étaient à l'affût. Le futur aimantait le présent. Même ce qui semblait n'avoir aucun rapport participait (les particules flottantes, la brise vagabonde qui berçait les feuillages des arbres, les excréments qui s'enfonçaient sous leurs talons, l'esprit des poules qui s'éveillait au fond de leurs cages, les jeunes enfants grimpant dans leurs lits, à trois kilomètres de là, leurs parents enfin tranquilles, pouvant laisser libre cours à leurs pensées, des pensées vagabondes quoique régulées et encadrées par leurs écrans) parce que *tout* est lié, *tout* progresse ensemble.

Au signal, Zee, qu'un jour Janey épouserait, se releva et fit un geste. Les autres se redressèrent et, formant trois colonnes, le suivirent dans le champ.

Quinze heures plus tard, Janey se retrouverait assise par terre à côté de lui. Elle serait menottée et son coude effleurerait la hanche de ce garçon. Il se tournerait pour lui parler. Elle ignorerait son nom, mais reconnaîtrait sa voix, se souviendrait que c'était lui qui était resté en dernier, avec elle, dans la grange du banquier. Lui qui avait critiqué l'idée « pourrie » d'Annabelle. Il ferait une réflexion similaire à ce moment-là. Et elle en serait de nouveau contrariée.

Mais dix minutes plus tard, il la ferait sourire.

Ne faites jamais *shhhhut* à un volatile. S'il faut absolument émettre un son, roucoulez. *Shhh,* c'est le sifflement du serpent ; et les oiseaux, tous les oiseaux, même les dégénérés en cage, savent reconnaître ce son et ils paniqueront. Ne laissez jamais une poule dans le froid. Sa crête gèlera. Celle-ci lui sert en effet à réguler sa température, mais aussi à séduire l'autre sexe, et une poule à la crête gelée n'est *jamais* sexy. Ne mettez pas une poule la tête en bas. Ne la balancez pas par les pattes. Pour la soulever, placez une main sous le bréchet et saisissez délicatement les deux pattes. Elle repliera ses ailes et sera rassurée.

Si vous laissez des poules s'ébattre en liberté dans la nature, elles retourneront peu à peu au mode de vie de leurs ancêtres.

Les enquêteurs se dressèrent dans les champs et avancèrent vers les bâtiments à travers l'obscurité. Leurs semelles ne laissaient pour toute trace que de la terre lisse. Les premiers camions commencèrent à arriver, boîtes de vitesse grinçantes, leurs phares projetant des ombres. Quelqu'un se tenait sur la route pour les guider avec son drapeau, même s'ils savaient déjà où aller. Ils avaient étudié la carte, et il n'y aurait rien d'extraordinaire à ce que des équipes de ramasseurs se pointent à cette heure-là avec leur semi-remorque. Tout fermier sait qu'il vaut mieux ramasser les volailles la nuit, quand elles sont encore endormies.

Ils se déployèrent, chacun gagnant le bâtiment qu'on lui avait assigné sans faire d'histoires (c'étaient des pros). Zee ouvrit la porte du Bâtiment 2, celui que Jarman lui avait attribué. À peine eut-il posé le pied dans la place qu'il retrouva l'ambiance, cette foutue ambiance avec le vacarme, la lumière tamisée et la puanteur. Il n'avait rien oublié, ce n'était pas si vieux, n'empêche que ce fut tout de même un choc.

Ces couloirs de cages, si longs qu'on n'en voyait pas la fin, le glouglou des poules, comme cent mille kazous, et la pulsation grave des ventilateurs – tout cela, son cerveau l'enregistrait. Une musique d'une densité extrême, un concert, un long morceau. La crasse recouvrait les cages et il en pendait comme des stalactites. Il faillit s'autoriser à penser « C'est pas possible, ce truc », mais il se ravisa et rigola. Bon, à nous. Déverrouillant la première cage d'une main gantée, il tâtonna à l'intérieur.

Cleveland se trouvait également dans le Bâtiment 2. Elle laissa Janey dans la travée, se faufilant derrière les grands chariots métalliques de transport, passant en vitesse devant les enquêteurs, courant parce qu'elle se sentait l'obligation morale d'assister au chargement des premières pondeuses. Elle avait sauvé la première, celle qui était à l'origine de toute cette aventure, après tout (où était cette poule, à présent ?).

Elle s'arrêta. Hé oui, des enquêteurs hissaient bien des caisses sur le camion à la force des bras, puisque les deux chariots élévateurs étaient dans les Bâtiments 1 et 3. Incapable de résister, elle brandit son smartphone et prit une photo (photo qui par la suite serait produite comme pièce à conviction, avec toutes les autres et les vidéos qu'elle avait prises au fil des mois), alors même que Dill et Annabelle l'avaient formellement interdit et que personne d'autre ne se le permettait. Les participants se montraient plus professionnels, apparemment, que l'auditrice de métier.

La photo n'était pas trop mal – des pros avec des gants de travail, l'air concentré, agissant dans le calme. Nul n'aurait cru qu'elle-même et la fille d'Olivia Flores seraient capables de ça. Et pourtant, elles avaient réussi.

Une fois les caisses calées sur la plateforme, les enquêteurs applaudirent. Tous ne pouvaient pas voir la scène. Ils s'étaient éparpillés à l'intérieur du hangar, vidant les cages, poussant des chariots, mais ils entendirent les applaudissements, savaient ce que cela signifiait et eux aussi se réjouirent (hourra !), leurs cris se joignant aux caquètements des poules. Et Cleveland éleva la voix, elle aussi, l'auditrice hurla sa joie. Puis, elle tourna les talons et revint auprès de Janey.

Dans l'imaginaire collectif, ce fut comme si on avait donné le top départ avec un pistolet. Un, deux, trois – partez !

Pour sa part, Jonathan n'envisageait pas avoir pu « rater » quelque chose quand l'exfiltration commença. Il ne prit pas la peine d'assister au premier chargement. Il était occupé. Et il n'avait toujours pas de mauvais pressentiment deux heures plus tard, alors que tout se déroulait à merveille. Les camions allaient et venaient, la nuit était douce, ici et là il y avait des travées complètement vides, le boucan s'atténuait. C'était mieux que ce qu'il avait imaginé. Des petits loupés, bien sûr, mais si faciles à corriger que sans eux le plan n'eût pas été parfait, car la perfection ne serait pas la perfection sans des ombres pour en accuser les contours.

Le plus beau, c'était l'architecture de son plan. Les volailles étaient évacuées à une cadence moyenne de 21 666 poules par heure et par bâtiment, soit environ 130 000 pour l'ensemble des six hangars, les enquêteurs œuvrant à un rythme de 410 sujets par heure chacun, ce qui est environ trois ou quatre fois plus lent qu'un dépeuplement ordinaire, pas si mal. Et quand les premiers camions s'en allèrent à neuf heures, juste à temps, les échanges de cris lui firent l'effet d'une douce pluie d'été.

La frénésie était à l'intérieur, bien entendu. Il avait six équipes de cinquante-cinq enquêteurs, chacune affectée à un bâtiment qu'elle vidait de ses occupants, tous se devant de donner le meilleur d'eux-mêmes, être rapides, concentrés, bosser sans trêve pendant des heures, ne prendre que de courtes pauses pour souffler, et seulement si nécessaire. Beaucoup (pas lui) avaient fait l'expérience de la manutention par le passé. Mais ce n'était pas la majorité. Et pourtant, la première heure ne s'était pas écoulée qu'on n'aurait pas pu les distinguer. Certains poussaient des chariots vides, d'autres des chariots chargés de centaines de poules, aux trois quarts remplis, ce qui était le maximum qu'il avait obtenu d'Annabelle (en arguant que, s'il y avait trop d'espace, elles se cogneraient et se blesseraient au cours du transport « à moins que tu ne veuilles installer neuf cent mille ceintures de sécurité ? »). Il remarqua le modèle de cage de son invention dans les Bâtiments 2 et 3. Et les hangars hors-cage avaient des volières dernier cri. Impressionnant.

Naturellement, les poules n'étaient pas disposées à se tenir tranquilles et à se laisser capturer rapidement, sans bruit. Endormies, elles sont plongées dans une sorte de torpeur, mais elles finissent toujours par se réveiller et à présent elles couraient et hurlaient comme si on venait de tirer les rideaux. Elles les agressaient de leur mieux, visant les bras, le cou, les yeux. Ce n'était une partie de plaisir ni pour elles ni pour eux – mais l'important était qu'elles arrivent saines et sauves aux refuges. Les poules seraient alors déposées dans la paille avec douceur et sans précipitation, et à partir de là Jonathan serait tiré d'affaire. (Et il pourrait se barrer et retourner auprès de Joy, car pas question de revoir jamais Annabelle, oh non. Ce qui s'était passé entre eux, l'autre nuit, c'était de l'enfantillage.)

Son rôle à lui, c'était de créer les conditions idoines pour qu'elles parviennent vivantes à destination, pas de voir arriver des camions pleins de volailles mortes. Pourtant, des mortes, il y en aurait. L'opération ne se ferait pas sans d'énormes pertes. On tendait la main à l'intérieur d'une cage et on tombait sur une dépouille, piétinée par ses colocataires au point d'être incrustée dans le treillis métallique. Les caillebotis en étaient jonchés. Ni Annabelle ni Jonathan ne souhaitaient laisser un monceau de cadavres derrière eux ; aussi quelqu'un fut-il chargé de parcourir les hangars pour ramasser les victimes qui seraient emportées dans de gros sacs (et finalement brûlées, sur l'instance de la sentimentale Annabelle, leurs cendres dispersées au-dessus d'un champ plus convivial).

On aurait cru à des scènes de pillage, et c'en étaient.

Mais à condition de prendre un peu de hauteur par rapport aux dures réalités de la vie, une situation frisant (mais frisant seulement) l'incontrôlable, on pouvait commencer à discerner une forme. Cette masse inextricable d'êtres vivants, génétiquement abâtardis et concentrés par millions dans une rangée de bâtiments sombres, se divisaient désormais en grappes, s'éloignaient de cette ferme dans toutes les directions – pensez rayonnement stellaire, éclatement solaire, feu d'artifice, explosion – se dispersaient à travers un paysage lunaire. Inspire, expire, un lâcher d'oiseaux à travers le pays.

Cette vieille sensation, permanente, électrisante – le désir de plaire à Annabelle – sortait des profondeurs et refaisait surface. Il était tombé amoureux dans ces mêmes bâtiments (elle n'avait que dix-huit ans !), en les arpentant, brandissant son stylo dans les airs. Les poules, c'était l'œuvre de sa vie, l'amélioration de leurs conditions de détention. Annabelle l'avait aimé pour cela.

Et voilà, ça revenait, cette sensation d'un *manque*. Cette part de lui-même lui manquait.

Si on pouvait voir cela (et Jonathan le pouvait), alors on pouvait voir d'autres choses qui lui manquaient ou qu'il avait manquées, comme dans : « C'était visible comme le nez au milieu de la figure, et pourtant tu n'as rien vu, tu l'as manqué. » Et manquer aussi comme dans : « Tu as manqué l'occasion de devenir celui que tu serais devenu en persévérant dans cette voie. » Et manquer aussi au sens où il se souvenait d'elle de façon physique, viscérale (cette nuit !) et il changea d'avis (une fois de plus) après avoir été dans le déni. Il ressentait la souffrance de la séparation (la plaie s'était rouverte, bon sang).

Quelques heures plus tard, alors que le plan ne se déroulait plus du tout à merveille, que les enquêteurs cavalaient dans les champs, que tous ses plans d'évacuation avaient été réduits à néant, que la fumée envahissait le ciel, il eut de nouveau cette pensée, mais cette fois avec un sens encore différent. Il sprintait de hangar en hangar, criant son nom et espérant qu'il n'avait pas mal interprété ses propos, qu'elle n'était pas partie, ou plus probablement, qu'elle n'était pas allée faire une folie (si, mais pas celle qu'il croyait), rompant sa promesse. Elle était bien quelque part. Il allait à contre-courant, se cognant au raz de marée des fuyards, l'appelant, hurlant : « Personne n'a vu Annabelle ? » dans l'indifférence générale.

Mais ça, ce ne serait pas avant des heures.

Janey voyait les poules déménager à une vitesse incroyable, les chariots filer dans les travées, les caisses s'entasser dans les camions, les volatiles attendre la suite des opérations dans le froid et l'obscurité.

Alors, pourquoi ce pincement au cœur, ce sombre pressentiment ?

Ça n'aurait pas dû se passer ainsi. Ça ne correspondait pas à sa vision : les poules s'extirpant de leurs cages, le toit s'escamotant, les étoiles. Le toit était toujours là. Les poules quittaient des cages pour se retrouver dans d'autres cages encore plus exiguës, contre d'autres cages, et pas si doucement que cela. Certains n'étaient pas doués et se montraient brutaux. Et même si les caisses de transport n'étaient pas pleines, cela faisait quand même beaucoup de volatiles par caisse. Un certain nombre seraient blessées, mortes avant d'arriver. De plus, au bout de trois heures de travail seulement, quelques enquêteurs étaient déjà fatigués. Et c'était loin d'être terminé.

Elle se demanda si elle ne s'était pas trompée. Et si sa vision n'était qu'un fantasme (oui, justement) ? Elle s'efforça de la ressusciter : des poules avec une énergie inédite, s'envolant dans la nuit. Elle se demanda fugitivement (l'idée l'effleura avec la vivacité d'une hirondelle) ce que l'autre Janey pouvait bien faire au même moment.

Cleveland était si occupée à capturer les poules convenablement (plus dur qu'il y paraissait, surtout celles au fond de la cage) qu'elle ne vit pas Janey bayer aux corneilles.

Zee repéra cette fille plantée au fond d'une travée, les bras ballants, immobile. Quoi, au boulot ! Était-ce le moment de coincer la bulle ? Il alla dans sa direction. En sa qualité de leader, c'était son job de l'engueuler, mais il finit par la reconnaître – c'était celle de ce matin, celle qui s'était matérialisée sur le porche avec sa chevelure emmêlée. Il s'arrêta, tout ému. Puis, il fit demi-tour et galopa dans l'autre direction.

Sept ans plus tard, Dill était au téléphone. Malgré une mauvaise connexion, la voix de Zee passait. Il était en train de dire :

« Elle ne sort pas de sa chambre. »

Oui, ils appelaient toujours Dill. Il les avait formés à un âge assez tendre pour qu'ils s'attachent à lui comme des poussins, ces enquêteurs. Une dizaine d'entre eux, en tout cas. Ils étaient toujours végans, et dans les moments de détresse c'était d'abord à lui qu'ils pensaient.

« Je ne sais pas quoi faire… »

Dill se détourna de son écran et se renversa dans son fauteuil, levant les yeux au plafond.

« Laisse-lui le temps.

— Son père me déteste.

— Eh bien, ne le laisse pas entrer. Quelle importance, ce qu'il peut penser ?

— Non, c'est *lui* qui me laisse pas entrer. C'est son appartement. Elle est retournée chez lui.

— Quoi, elle est rentrée au bercail ?

— Non, elle a *quitté* le bercail. *Notre* maison, notre bercail. Elle l'adore, cette maison. Et elle s'est enfermée dans son ancienne chambre, dans l'appart minable de son père. Elle refuse d'en sortir. Une semaine que ça dure.

— Ça craint…

— Je te le fais pas dire. Elle est en vrac. Je ne sais pas quoi faire. J'en perds la tête. Tout seul dans cette baraque. C'est plein de peluches. On se croirait dans un magasin de jouets. J'avais même construit une cabane dans le jardin.

— Il n'y aurait pas grimpé avant des années.

— Je sais. J'avais envie d'en construire une.

— C'était brûler les étapes.

— Pas tant que ça. Il était sorti de son ventre, bien vivant. Il avait presque trois mois.

— Presque… c'est presque.

— C'est beaucoup. Tu sais qu'elle n'avait jamais vécu dans une maison, jusque-là ? Elle en rêvait. C'était son idée. Et aujourd'hui, elle ne sort même plus de cette maudite chambre.

— Elle est en deuil.

— C'était mon enfant aussi, putain ! (Il pleurait.) Elle dit que je me comporte comme si de rien n'était.

— Ça ne m'étonnerait pas de ta part.

— Et toi, alors ! Depuis le premier jour, c'est exactement ce que tu fais – agir comme si de rien n'était. »

La plupart d'entre eux avaient quitté le mouvement ou en avaient été évincés. Ils avaient repris leurs études, devenant avocats, journalistes ou camionneurs, renversé leur vasectomie, fondé une famille. D'autres enquêteurs avaient pris leur place, même si les industriels américains savaient désormais fort bien se préserver, et des unités d'enquête existaient désormais dans le monde entier – Mexique, Inde, Nouvelle-Zélande. Mais Dill ne faisait plus ce genre de travail.

« Nous étions tout près de réussir, dit-il. Sans le Bâtiment 8… »

Zee renifla. « Je l'emmerde, le Bâtiment 8.

— On aurait pu faire autrement.

— Non, Dill, on n'aurait pas pu faire autrement. Il faut que tu t'ôtes ça de la tête.

— On aurait pu.

— Recommence pas, dit Zee. Je vais me tuer, tu sais. Je suis un mec fini. »

Dill soupira. Zee avait trente-deux ans, Janey vingt-huit. La vie est longue, si longue. Dill avait été démoli par le banquier, dévasté, et pourtant il était encore là, sept ans plus tard, amoureux d'un autre. On croit toujours que c'est fini pour nous – et *c'est* fini ! – et puis on recommence. La réincarnation au sein de cette vie-ci.

Quant à Zee et Janey… Ils pourraient certainement s'en sortir.

« Écoute, tu veux la récupérer par tous les moyens, ta femme ?

— C'est ce que je me tue à te dire !

— Eh bien, voici ce que tu vas faire… » Dill se pencha en avant et le fauteuil grinça. « Tu appelles la compagnie d'électricité pour qu'on coupe le courant.

— Pour la faire sortir ? Son père me tuera.

— Pas chez *lui*, crétin. Chez *vous* !

— Va faire vachement sombre là-dedans.

— Tu résilies l'abonnement au journal.

— On n'en reçoit pas. Ça contribue à la déforestation.

— Tu fais transférer ton courrier chez son père.

— Il ne va pas apprécier.

— Tu boucles une valise. Non, deux. De quoi tenir un certain temps. Tu te pointes là-bas. Avec ces deux valises.

— À condition qu'il me laisse entrer.

— Tu vas dans sa chambre. Tu ne la quittes pas. Tu restes là. Toute la journée. Tu dors.

— Mon patron ne m'accordera pas de congés.

— Démissionne. C'est un boulot de con. Tu en retrouveras un autre tout aussi con, ou encore plus con, plus tard. Tu la rejoins dans cette chambre et tu attends qu'elle soit prête à en sortir.

— Nous deux, là-dedans… ?

— Oui. Et tu y restes, à tout prix. Pendant des semaines, s'il le faut. Des mois. Dis-lui : "Nous deux, c'est pas le Bâtiment 8, compris ?" Il n'y a pas de Bâtiment 8 entre nous. Tu lui dis ça. Rien ne vous détruira.

— D'accord.

— Et maintenant, fais ta valise.

— Pas de Bâtiment 8 entre nous.

— C'est ça. Bonne chance, bonhomme. »

Il raccrocha et repivota vers son bureau.

Mais Dill avait tort. Ils n'auraient pas réussi, même sans le Bâtiment 8. Avec ou sans le Bâtiment 8, c'était impossible. Il n'y avait pas d'endroit pour recueillir toutes ces poules.

Ils étaient submergés. Littéralement submergés. C'était comme si un raz de marée s'était abattu sur eux, sans se retirer, et les engloutissait. Le niveau montait, montait au-dessus de leurs têtes, une marée de poules, un courant puissant.

L'opération s'était déroulée mieux que prévu jusqu'à trois heures du matin environ. Et puis, ils avaient commencé à accumuler du retard. À l'extérieur du Bâtiment 1, Dill faisait circuler des sachets de noix et de graines à grignoter, mais de toute évidence l'équipe s'essoufflait. Coup de pompe collectif. Des poules s'étaient échappées et se flanquaient dans leurs jambes. Certaines caisses ne tenaient pas sur l'un des camions (était-ce le 1-5 ? Le 1-6 ? Ah, ce Jonathan et sa numérotation alambiquée) et le temps que les enquêteurs déchargent la moitié de la cargaison pour tâcher de comprendre leur erreur, tout s'en trouvait ralenti. Des piles de caisses traînaient à terre. Un autre camion (3-9 ? 4-6 ?) grondait dans l'allée, attendant de pouvoir entrer. Il bloquait la sortie d'un autre (?). Deux gars le guidaient dans des directions opposées, et le bip du recul qui couvrait le rugissement des ventilateurs était si fort, si insistant, qu'il risquait d'attirer l'attention. À la gauche de Dill, trois mecs tournaient en rond derrière un chariot de caisses destinées au camion 2-8, qui n'était pas encore arrivé, ce qui n'était pas normal, et qui s'était peut-être perdu.

Annabelle s'approcha de lui. Son visage était maculé de sueur et de saletés, ses cheveux pleins d'électricité statique, mais elle était calme.

« Dill, rends-moi service. Laisse ça. »

Il lâcha son sac d'en-cas.

« Il faut aller inspecter tous les bâtiments. Voir où nous en sommes.

— Entendu.

— Je me charge des trois premiers. Occupe-toi du reste. »

Il traversa le champ en direction des Bâtiments 4, 5 et 6, en s'enfonçant dans la terre et les fientes.

La fiente de poule. Dans ce secteur, c'était jadis une denrée précieuse. Vendue comme engrais dans un univers concurrentiel, un petit bonus pour les ouvriers – phosphore, azote, potassium, tout le monde s'y retrouvait. Mais le nombre de poules augmenta de façon exponentielle à l'échelle du continent, et les fientes en proportion. Depuis des décennies l'offre excède la demande. Cent cinquante mille poules produisent deux mille tonnes de lisier par an. Sur une telle exploitation, l'éleveur est confronté à seize mille tonnes de fientes avant Noël. Parallèlement, les engrais chimiques sont devenus bon marché, et bien plus faciles d'emploi que des milliers de tonnes de lisier à trimballer. Les patrons paient pour se débarrasser de ces déjections qui sont mises à la décharge. Une certaine quantité se retrouve dans nos cours d'eau. Une autre quantité est épandue dans les champs qui entourent les élevages, qu'elle surfertilise. Ces excréments mettent des années à s'enfoncer sous terre et, pendant ce temps, on continue à en épandre par-dessus, tassant les couches inférieures qui forment une croûte épaisse et permanente.

Dill venait justement d'écraser une motte sous son talon. Celle-ci, un peu plus dense que les autres, s'enfonça en doublant les autres grâce aux mystères de la biologie. Elle continua à descendre, petit à petit, parmi les autres excréments, pendant des jours, des mois et des années, et finit par atteindre un humus pré-Ferme Heureuse. À partir de là, son poids relatif entama une lente et historique – puis post-historique – chute. Tandis que la Terre accomplissait sa révolution, que les planètes poursuivaient leur course dans le ciel, que les civilisations prospéraient ou déclinaient, l'excrément progressait toujours un peu plus sous la surface de la planète, centième de millimètre par centième de millimètre, aspiré par la gravité, avant de se détacher et de passer dans la caverne du niveau phréatique. Là, il dériva à travers la boue molle, atterrit au fond et continua son voyage, filtré par des couches tertiaires, craie, carbone. Jusqu'au jour où ce remarquable bout de merde adhéra solidement à l'ère paléozoïque, sa structure cellulaire rejoignant ses ancêtres pour laisser son empreinte fossile dans la roche.

Très loin de la fange, dans le ciel changeant, les étoiles étaient les seuls objets que les humains pouvaient voir sans les détruire. Ils pouvaient seulement en ternir l'éclat, et ne s'en privaient pas. Une à une, les étoiles s'éteignaient un peu partout sur la planète, occultées par l'activité humaine. Mais les enquêteurs pouvaient encore lever la tête et en voir quelques-unes – comme Dill le fit, avant d'entrer dans le Bâtiment 4.

Le Bâtiment 4 avait des cages enrichies. Dill le traversa. C'était comme un palais des glaces, des cages à perte de vue, une mise en abyme qui se redoublait en hauteur sur un second niveau identique. Les premières travées étaient vides et dégoûtantes, cages grandes ouvertes, crasse flottant dans l'air comme les retombées d'un holocauste nucléaire, tandis que les tapis roulants continuaient à défiler en grinçant à un train d'enfer. C'était comme errer dans les décombres d'une cité abandonnée ou sortir d'un volcan fumant : l'air prêt à vous tuer avec ce qu'inspiraient vos poumons. Au fond, les gars emballaient les dernières poules. Ils étaient couverts d'excréments et de squames, toussaient, chemises déchirées, saignant du cou et des bras. Les rescapés d'une catastrophe.

« Fini ? lui demanda l'un d'eux, les yeux cernés.

— Presque », répondit Dill.

Il lui tapota l'épaule et lui fourgua un sachet de cacahuètes. Puis il parcourut le couloir en courant vers le Bâtiment 5.

Et Bwwaauk ? Où était-elle pendant tout ce temps ? Elle s'était barrée. Quelques heures plus tôt, chez le banquier, les enquêteurs avaient laissé ouverte la porte du poulailler, mais elle seule avait été assez brave, ou assez inconsciente, ou assez délurée, pour partir à l'aventure avant la tombée de la nuit, tandis que les autres se blottissaient, ébahies. Elle sauta sur la clôture, puis de l'autre côté, se retrouva chez le voisin et s'en alla en trottinant. À l'heure où le soleil se couchait, elle dormait dans un arbre.

Dill entra dans le Bâtiment 5, un hors-cage. Là, c'était le chaos. Un empilement de caisses renversées, des poules sûrement blessées, des enquêteurs qui braillaient, une bagarre sur le point d'éclater. Le milieu du gigantesque bâtiment était curieusement inondé et les gars se déplaçaient en marchant pardessus les volières. Ils chantaient, sautaient à terre et pataugeaient d'îlot en îlot comme dans une comédie musicale. Au fond il en vit un qui, bandeau sur l'œil, roulait le long d'une travée sur un chariot, en agitant une chemise noire en guise de drapeau. « C'est moi le chef ! » hurlait-il.

Dill s'avança vers lui. « Alors, où en est-on ? »

L'autre leva les bras et fit mine de s'envoler. « Ça roule, ma poule ! » Son chariot s'éloigna.

« Descends de là ! » lui cria Dill.

Le dernier bâtiment, le 6, était également un hors-cage. Des poules s'étaient sauvées et couraient çà et là sur les caillebotis. Ici, les enquêteurs avaient subi les pires attaques. Leurs bras et leurs cous étaient constellés de plaies, et, avec ces peintures de guerre sur la figure et ces chiffons sur leurs têtes, on aurait dit les adeptes d'un culte primitif. Tout autour d'eux des volatiles battaient des ailes parmi les ombres projetées par les lumières tamisées.

« Qui commande, ici ? » demanda Dill.

Courbé comme un vieillard, un participant pointa le doigt en l'air, opinant gravement.

Dill leva les yeux, perplexe. « Le plafond ? »

L'autre fit non de la tête.

« Dieu ? »

Le type recula, horrifié.

« Alors, qui ? »

L'enquêteur, suffoquant, la voix rauque : « Le ciel. »

Mais le lendemain, Bwwaauk se sentit seule. Les poules sont des êtres grégaires. Cheminant au hasard des rues, elle tomba sur des congénères, un petit groupe de ces prétendues « poules de basse-cour » (appelées ainsi, comme toujours, en fonction de leur rapport aux humains). Plantée devant la clôture, elle les regardait sans pouvoir les rejoindre. La propriétaire (bien qu'on ne puisse pas vraiment « posséder » un être vivant) sortit – « Tiens, qui voilà ? » – et l'attira avec une feuille de laitue et des grains de maïs. Bwwaauk, plastronnant, tendant le cou – pas dupe, mais tentée par cette belle laitue –, la suivit à l'intérieur.

Dill ressortit et s'apprêtait à rejoindre Annabelle, quand il se figea. De l'autre côté de la petite route coupant l'exploitation, se dressait le Bâtiment 7, isolé et plus ancien. Le 7 et le 8 avaient été dépeuplés la semaine dernière et ils étaient vides – Cleveland avait vu cela dans ses dossiers et Annabelle l'avait confirmé – mais… il hésita. On est un pro ou on ne l'est pas. Il courut sur le gazon tondu à ras, traversa la route plongée dans la pénombre jusqu'au Bâtiment 7 et ouvrit la porte. Au silence qui régnait, il comprit aussitôt. C'était un hangar à l'ancienne, avec des cages en batterie. Les machines étaient muettes, les tapis roulants étaient à l'arrêt, les ventilateurs éteints, les cages ouvertes et nettoyées, mais rouillées. Le calme de la geôle après l'exécution. Il rebroussa chemin.

Derrière le 7, il y avait le 8 – il semblait encore plus vieux, une antiquité. Inutile de perdre du temps. Mais…

Il s'élança à travers la pelouse et ouvrit la porte. Il aurait juré entendre des machines. Et puis, de grâce, *non* ! Ces gloussements. Il vacilla, sidéré, comme un condamné à mort. Un hangar plein. Le bourdonnement des mouches, la crasse assez épaisse pour former des stalagmites, des poules de réforme effondrées dans leurs cages, à moitié déplumées, leurs crêtes dépassant des barreaux.

Quelqu'un avait merdé. Qui ? Cela n'avait pas d'importance, puisqu'elles étaient bien là. Cent mille et quelques poules qui restaient en rade, au moment même où leurs sœurs étaient exfiltrées.

Et alors ? me direz-vous. C'est seulement une bande de poules à la con.

En vérité, les poules n'ont pas toujours eu cette réputation d'être sales, moches et idiotes, un peu comme leurs congénères les pigeons. C'est une vue de l'esprit qui appartient exclusivement à l'époque moderne. Il y a peu, les gallinacés inspiraient le respect. Les coqs, bien sûr : des guerriers et des chefs depuis les premières images qui les représentent, peints sur les murs des pyramides d'Égypte. En Inde, en Chine, dans les pays méditerranéens, les poules étaient des mères dévouées, les gardiennes du foyer, des éducatrices.

Selon un mythe africain, c'est une poule qui, grattant le sable céleste répandu à la surface de la mer, créa la terre ferme.

La poule, protectrice de l'univers. Son œuf, symbole de vie, de la résurrection. Indispensable, mais fragile.

Tout au long du Moyen Âge et de la Renaissance, la poule est toujours adulée – sa loyauté, sa vigilance, son amour. Les protestants louent ses vertus ménagères – économe, ordonnée, laborieuse, pieuse. Observez comme elle exploite la moindre brindille, la moindre bribe de nourriture dans la basse-cour ou dans les bois pour construire son nid et soigner ses petits ! Admirez l'œuf compact qui contient tout ce qu'il faut pour le développement du poussin !

Dans l'Angleterre victorienne, un engouement se déclara dans la noblesse pour les poules de collection, et cette vogue se répandit jusqu'aux États-Unis. Ces races faisaient fureur. Leur beauté, leur plumage, leur superbe vanité. Lors de la première édition de l'Exposition avicole de Boston, en 1849, dix mille amateurs payèrent quatre *cents* l'entrée pour flâner dans le jardin public et admirer un millier de poules de toutes races, de toutes tailles, rassemblées sous des tentes géantes. Ces expositions remportèrent un franc succès pendant des décennies, en Amérique comme ailleurs, et ce jusqu'à la Première Guerre mondiale.

C'est seulement ensuite, lorsque l'industrie prit le relais, que leur prestige commença à pâlir – au moment même où l'on entreprenait de les enfermer dans des cages, à l'abri des regards.

Zee n'oublierait jamais ce moment où Dill avait rappliqué à toutes jambes. Il était en train de charger des poules dans le camion 2-9 (un jeu d'enfant, vraiment, ce système de numérotation), lorsqu'il l'avait vu accourir.

Il y repenserait pendant des années, alors qu'il s'efforcerait de trouver un emploi quelconque (quelle absurdité que ses seules compétences fussent dans une industrie qu'il méprisait au point d'y avoir sacrifié sa vie pour l'éliminer). Il y avait camionneur. Gardien de motel. Paysagiste. Au loin, Dill apparaissait.

Il y repenserait pendant qu'il attendrait que Janey sorte de prison. Il lui avait fait la cour à travers les barreaux parce que, du jour où il l'avait vue, il avait su qu'aucune autre n'aurait fait l'affaire (partager des Oreo au distributeur, aux heures de visite, et rigoler). Il s'en souviendrait, de cette image, au fil des longs trajets pour aller à la prison, chaque samedi, et quand on lui refuserait la libération conditionnelle et qu'il faudrait attendre quatre mois de plus : Dill sprintant, sa silhouette grossissant à vue d'œil. Dans les moments difficiles, face à un défi écrasant, c'est à ça qu'il pensait : Dill en train de cavaler.

C'est ainsi que, sept ans plus tard, obéissant à l'ordre de son ancien chef (il restait un pro), il débarqua chez le père de Janey, l'appartement où elle s'était retranchée dans sa chambre d'ado, frappa à la porte d'entrée et lança : « Je viens chercher ma femme. »

Dill, qui coupait par les gravillons, virait dans sa direction, se rapprochait, et enfin là, devant lui. Il s'arrêta, hors d'haleine, posa une main pesante sur son épaule et dit : « Le Bâtiment 8 est plein ! », avant de repartir en courant.

Ça, c'était une urgence, songeait à présent Zee en traînant sa valise à roulettes devant le père de Janey (il avait dû en acheter une – il n'avait jamais possédé ces trucs-là). *Ça*, c'était une catastrophe. C'était de la folie pure et c'était sans doute pour cela qu'il avait ri. *Ceci*, ce n'était rien – sa femme enfermée dans une chambre, son père en rogne, qui guettait ce qu'allait faire son gendre, et il avait intérêt à réussir son coup car Zee avait accepté d'assumer cela, il avait juré devant Dieu et plein d'enquêteurs-témoins de ne pas la laisser choir, sous aucun prétexte (quoique l'expression « laisser choir » n'eût pas été prononcée au cours de la cérémonie, car ça n'aurait pas été correct). *Ceci*, qu'est-ce que c'était, à côté de *ça* : un bâtiment supplémentaire à évacuer ! En plus d'évacuer neuf cent mille poules, le plan d'origine (mais franchement, quelle idée pourrie) !

Sept ans après la découverte du Bâtiment 8 – une peine de prison, une ribambelle de boulots affligeants, un mariage, une naissance, un décès, et tellement plus derrière eux (et tellement plus devant) – Zee agrippa la poignée de sa valise, pencha la tête vers la porte de cette chambre, y plaça une main délicate, touchant le battant juste du bout des doigts, comme s'il avait touché sa joue. (Où était donc Cleveland, au fait, quand ils avaient eu besoin d'elle ?)

« Janey, c'est moi… »

Il garda son calme quand elle s'écria : « Casse-toi ! J'veux plus te voir ! » et son père vint rôder derrière lui en pantoufles.

Mais ils avaient réussi à sortir les autres poules, oui ou non ? Ils les avaient toutes sauvées. Presque.

Enfin, *presque*, ça ne fait pas le compte.

Mais *presque*, c'est parfois si près. Parfois, on n'a pas besoin d'autre chose pour aller de l'avant. Se jeter dans la bataille, demander plus, le dire encore, *J'en veux plus*, l'exiger. Sa main se referma sur la poignée de porte (il pria). « Janey, j'ouvre », dit-il, et il entra en traînant sa valise.

En attendant, M. Rob (« Robbie Junior ») Green n'en fut informé que le lendemain matin. Oui, parfaitement, il avait dormi pendant tout ce fiasco – dans son lit, avec sa femme, et le bébé dans la chambre voisine, parce qu'il y avait un vigile expérimenté sur place, en plus d'un système d'alarme coûteux et compliqué, et qu'il ignorait encore qu'il aurait fallu être là-bas, *littéralement*, vingt-quatre heures sur vingt-quatre. Il avait cru que douze heures suffiraient amplement, ce qui était le temps qu'il consacrait au travail, le maximum supportable depuis que son père avait pris une prétendue semi-retraite à la suite de son AVC, et étant donné que son cousin était un monument d'incompétence.

Son cousin Jack, revenu de Los Angeles, rappelé de la côte Ouest comme un appareil électroménager défectueux, ici pour « aider », depuis la maladie de Robert Senior. Depuis qu'il était là, Jack avait tout fait de travers. La liste des tâches que Rob avait dressée pour lui se raccourcissait chaque semaine en proportion inverse de la liste de ses lacunes que Rob découvrait.

Un exemple. Le matin du samedi, jour de l'invasion (il ignorait qu'il y aurait une invasion, qu'on lui pardonne d'avoir cru qu'il pourrait s'absenter quelques heures sans qu'une armée d'illuminés débarque pour tout saccager), Rob se réveilla le cœur lourd parce que, alors qu'il avait prévu de prendre tout son samedi et son dimanche, il se savait devoir faire le point avec son cousin. Lui-même s'était rendu à un colloque avicole à Des Moines le mercredi et le jeudi, et il avait à peine vu son cousin le vendredi – incompatible avec l'idée que Jack se faisait des vendredis décontractés : longue pause-déjeuner et départ de bonne heure. Décrochant le téléphone, il l'appela.

« Jack, qu'est-ce qui se passe avec les Bâtiments 7 et 8 ?

— Comment je saurais ?

— Pourquoi j'ai reçu un message du personnel d'entretien, hier soir, disant qu'ils avaient fini avec le 7 et attendaient mes instructions pour le 8 ?

— Je ne suis pas Dieu le Père, Robbie ! Je ne suis pas censé résoudre les mystères de l'univers. Je suis très occupé.

— Ils ont bien été dépeuplés tous les deux, exact ? L'ordinateur dit que oui. Tu n'as pas signé la paperasse ? J'ai vu "dépeuplement du 7, mardi". Ils sont bien revenus mercredi pour le 8 ? Tu les as vus ? Tu as vérifié ?

— Oui, j'ai vérifié. »

Rob sentit à son ton qu'il ne l'avait pas fait.

« Écoute, dit Jack, je tourne aujourd'hui les plans d'ouverture de ce documentaire pour vous. »

Un documentaire.

« La vidéo promotionnelle, tu veux dire ?

— Je suis en plein boulot. »

Rob soupira. « Où es-tu ? »

Son cousin d'Hollywood tournait un petit film pour le site Internet de l'entreprise, un exercice de communication destiné à contrecarrer le mauvais effet produit par l'une de ses plus grosses gaffes : il avait permis à une journaliste de pénétrer dans l'enceinte de l'exploitation le mois dernier, sans en référer d'abord à Rob, qui lui avait pourtant défendu d'ouvrir leur porte à cette engeance. Chasse-les avec un gourdin au besoin. Une carabine. Appelle la police. Ne l'avait-on pas mis en garde ? Ignorait-il que leur activité était vilipendée par la presse de gauche ? Mais voilà : pendant que Rob visitait un élevage de poulettes, Jack avait laissé venir la journaliste. M. Hollywood, pas fichu de résister à un reporter, surtout si c'est une femme. Le résultat, c'était ce magazine ouvert sur le bureau de Rob, cet ignoble « reportage sur la filière de l'œuf » et plus précisément sur la Ferme Heureuse des Green. Jack avait lu l'article, bouche bée, avant de dire enfin, à propos de la journaliste : « Mais elle était si *gentille*. »

Pis encore, un « célèbre écrivain » (dont Rob n'avait jamais entendu parler) avait « tweeté » l'article à l'intention de ses lecteurs – fort heureusement, une espèce quasi éteinte, mais retenant néanmoins l'attention d'une « célèbre guide spirituelle » (si célèbre que Rob n'avait jamais entendu parler d'elle *ni* de sa religion), qui avait alors posté un lien vers cet article que ses « suiveurs » avaient partagé 186 512 fois, appelant au boycott de tout établissement utilisant les œufs de l'usine (ce qui, par chance, était extrêmement difficile à déterminer pour qui n'était pas de la maison). C'était horriblement injuste dans la mesure où la Ferme Heureuse était une entreprise à visage humain – six bâtiments sur huit avaient moins d'une décennie d'existence, dans deux d'entre eux il n'y avait pas de cages, et des conversions ultérieures étaient programmées –, pas l'une de ces fermes-usines de trente bâtiments. Chez eux, c'était quasiment comme la petite ferme familiale.

Tout cela s'était tassé au bout d'une semaine (les gens ne vont pas cesser de consommer des œufs, après tout, ni s'intéresser à leur provenance), mais Jack tenait à son film promotionnel. Jack, qui avait passé six ans à Hollywood sans tellement réussir comme commercial, avait insisté pour « ne pas gaspiller l'argent de la société » et le réaliser lui-même. À cette fin, il avait recruté un (ruineux) caméraman et offert à ses voisines – une femme et sa fille – une centaine de dollars chacune pour participer.

C'est ainsi que, le samedi matin, quelques heures seulement avant l'invasion de la ferme par des centaines de psychopathes, Rob s'était habillé et, au lieu de passer la matinée au lit avec sa splendide épouse, à regarder avec attendrissement leur adorable gamine serrer et desserrer ses petits poings, il les avait embrassées toutes deux et il était sorti.

Lorsqu'il s'était pointé chez la voisine de Jack, celui-ci dirigeait son « équipe » (un mec avec une caméra vidéo). La femme et sa fille discutaient pour savoir qui était la star du « film ».

« De la vidéo promotionnelle », les corrigea Rob.

Il essaya de deviner avec laquelle des deux son cousin cherchait à coucher.

Jack plaça les micros, installa ses vedettes dans leur propre salon, parmi les bibelots et les petits napperons, et demanda à la mère : « Qu'est-ce qu'on verra, d'après vous, à la ferme aujourd'hui ? »

Comme Rob devait le dire à sa femme par la suite, si l'idée était de se faire filmer lors de la visite d'un élevage moderne, n'eût-il pas été judicieux de prendre cinq minutes pour voir sur Internet à quoi ressemblait une exploitation moderne ? Histoire de ne pas passer pour une crétine intégrale ?

Prise 1 : « Eh bien, je sais que je vais voir gambader un tas de poules. » Grand sourire.

Rob fit signe au caméraman de couper. « Ah bon ? dit-il. Des poules qui gambadent ? N'oubliez pas que nous pouvons en accueillir un million deux cent mille. »

Ces têtes de linotte échangèrent des regards effrayés.

« Elles seront peut-être à l'intérieur », ajouta-t-il charitablement.

Que ce soit clair : Rob avait clairement désapprouvé cette idée. Il ne voulait pas de personnes étrangères à la société. Il avait recommandé de prendre la responsable commerciale, Mary. Mary avait deux filles et elles auraient été super. Il avait dit qu'il aurait mieux valu oublier les humains et opter pour un dessin animé où une cocotte bat des ailes et montre son logis.

« Ça tourne », dit Jack.

Rob avait-il choisi cette profession ? Ce n'était pas la première sur sa liste. Tout jeune, il avait détesté cette idée. Il aurait voulu être une star du football. Ensuite, il avait pensé à devenir pompier – conduire le camion, se précipiter dans les flammes (il avait douze ans quand les Tours Jumelles s'étaient écroulées). Après le départ d'Annabelle, détective. C'était un garçon imaginatif, mais pas très motivé. Au final, il avait fait une école de commerce et travaillait pour son père depuis l'âge de vingt-deux ans.

C'est à cela qu'il songeait tandis que les deux femmes évoquaient le fermier qui jette du grain sur le sol du poulailler, les *tchip-tchip* des poussins, alors même qu'il n'y avait pas de poules élevant leurs poussins *dans une ferme de poules pondeuses.* Il jeta un coup d'œil au caméraman.

Puis Rob s'en alla et se rendit sur l'exploitation. Jack avait eu une seule tâche à organiser, cette semaine-là. Piloter le dépeuplement des Bâtiments 7 et 8 : faire venir l'équipe, un peu de paperasserie, quelques mails et coups de fil, une brève apparition au cours de l'opération – une par jour, pendant deux jours –, une visite sur place à la fin, un brin de causette avec l'équipe de nettoyage.

Une fois là-bas, il gagna le Bâtiment 8 et les vit, cent cinquante mille poules de réforme. Déprimant. Il appela Jack.

« Ils sont venus, dit Jack. Puis ils sont repartis.

— Ils ont oublié quelque chose. » Rob raccrocha pour ne pas réentendre la voix exaspérante de son cousin.

Donc, non seulement il devait se consacrer à la société douze heures par jour, du lundi au vendredi, mais une partie du samedi aussi – toutefois, il ignorait alors que cela aurait dû inclure le milieu de la nuit. Ainsi, ce soir-là, tandis qu'un régiment de détraqués mené par sa sœur se rassemblait pour déferler sur le pays en direction de sa ferme, il passa deux heures et vingt minutes avec son adorable petite fille avant qu'elle n'aille au lit – au lieu de la journée entière comme prévu. Ensuite, il avala sa portion de légumes au tofu (sa femme lui servait de moins en moins de viande, depuis l'AVC de Robert Senior et depuis que lui-même avait une tension trop élevée) et alla se coucher sans se douter que des centaines de fous criminels étaient en train de faire une razzia chez lui, jusqu'au moment où le responsable d'élevage arriva, le lendemain, à six heures quarante-cinq, tandis qu'il prenait son petit déjeuner à côté de sa mignonne fillette qui balançait ses céréales du haut de sa chaise bébé. Le responsable entra, un policier derrière lui, et déclara : « Ils ont kidnappé les poulettes. » Sa première pensée fut *Annabelle*.

C'est avec le Bâtiment 8 que la situation dégénéra véritablement. Plus tard, tout le monde serait de cet avis. Cette faute marquerait les mémoires. Elle resterait comme l'erreur colossale qui avait assuré la défaite du plus grand hold-up animalier de toute l'histoire. Des politiciens y feraient allusion, des humoristes en feraient des sketches. Le Bâtiment 8, ce qui s'y était passé, ceux qui avaient tout gâché.

Cette nuit-là, ou tôt le lendemain matin, alors que le soleil n'avait pas encore daigné se lever, la nouvelle se répandit à travers les hangars : « Le Bâtiment 8 est plein de poules ! » On l'avait lancée d'un bout à l'autre des travées, criée aux conducteurs des camions juchés dans leurs cabines, transmise le long des chaînes d'enquêteurs, depuis ceux qui animaient les manifs anti-plumes jusqu'à ceux qui avaient grandi à Cuba, ceux qui avaient d'habitude affaire à des vaches et qui secrètement n'en menaient pas large. Tous avaient leurs propres raisons d'être là, raisons qui étaient honorables (selon eux) ou exaspérantes (selon leurs parents) ou criminelles (selon les éleveurs) ou hilarantes (les banlieusards qui en entendirent parler le lundi à la radio, en allant travailler).

Mais en réalité ces motivations n'étaient pas toutes aussi simples. La respectabilité résiste rarement à un examen approfondi. Des motivations plus sombres ou plus complexes se bousculent toujours sous la surface. Oui, les enquêteurs sont exaspérants, mais seulement entre eux et vis-à-vis de qui tente de les mener comme un troupeau. Les gens exaspérants ont tendance à être stupides et à se faire remarquer, tandis qu'en public les enquêteurs sont des individus intelligents et attentifs, entraînés. Vous pourriez les regarder en face, leur parler tous les jours et ignorer qui ils sont (peut-être est-ce le cas). Presque aucun d'eux n'était fou, contrairement à ce que pensait Robbie (sauf les rares fois où ils pétaient un plomb), ou criminel (ils se flattaient de respecter la loi, à l'exception des « lois-bâillons » jugées anticonstitutionnelles, une violation du Premier Amendement). Et rien de tout cela ne les faisait rire.

Cependant, cette nuit-là, un groupe s'était infiltré parmi eux –, qui lui était *réellement* criminel, et quelques-uns de ses membres étaient vraisemblablement fous. Ces gens-là n'étaient pas de véritables enquêteurs. Ils s'étaient formés à des méthodes que n'approuvait aucune des principales unités d'enquête (ils avaient fait sécession au cours des luttes intestines de 2013). Ce groupe se sentait un peu mis à l'écart, ce soir-là, il avait l'impression que son savoir-faire était dédaigné (c'était presque toujours leur état d'esprit). Tandis que l'aube s'annonçait, tandis que des centaines d'enquêteurs s'affairaient en pestant à propos du Bâtiment 8, ce petit groupe restait silencieux.

Les enquêteurs, qui en étaient toujours à charger les volailles, à vider les dernières travées, à sortir les derniers camions, bougonnaient. C'était impossible d'évacuer *encore* cent mille poules et quelque. Ils n'avaient pas assez de camions, pas assez de temps, et d'ailleurs la faute à qui ? Qui dirigeait les opérations ? Annabelle et Dill ? De toute façon, *bien entendu*, c'était raté, un vrai gâchis. Quelle naïveté de les avoir crus capables d'organiser un sauvetage aussi simple. Un gros coup, d'accord, mais élémentaire dans sa conception. Ces deux-là avaient, au fond, abandonné le mouvement depuis des mois, des années, sans parler du type en costard, Jarman, tandis qu'eux-mêmes avaient persévéré. On n'avait qu'à laisser ce bâtiment-ci. Peut-être qu'on pourrait revenir chercher le reste dans une semaine, au moment où la Ferme Heureuse des Green s'y attendrait le moins.

Oh ! disaient d'autres. Dans une semaine, ils seraient tous sous les verrous !

Pendant ce temps, l'autre groupe, celui qui gardait le silence, les seuls véritables criminels parmi eux – même les anarchistes s'en méfiaient – prirent une décision de leur propre chef : on ne laisse personne sur place. Ce petit groupe marginal n'aurait pas dû être invité, pour commencer, ce qui met en relief les faiblesses plus graves, plus profondes, plus sérieuses du plan, un plan qui était apparu comme (passablement) réalisable sous la direction de Jonathan Jarman, mais qui s'était transformé en carriole amochée avançant cahin-caha avec une roue cassée, criblée de balles, perdant ses boulons sur les caillebotis, semant ses poules au passage, et qui allait fatalement s'effondrer.

Ces extrémistes têtus eurent au moins la décence d'attendre que les six hangars fussent en principe vides et les enquêteurs rassemblés par groupes, pour râler et jurer. Et maintenant, que faire ? Partir, attendre, ou quoi ? C'est alors que ces rebelles marginaux, revêtant leurs masques, trottinèrent en file indienne à travers la ferme dans les premières lueurs de l'aube qui commençaient à peine à éclairer leurs silhouettes ; et, en habiles incendiaires, mirent le feu au Bâtiment 8.

À partir de là, il ne resta plus qu'à assister au désastre. Le hangar flamba rapidement.

À une certaine époque, ç'avait été un bâtiment modèle, au nom bucolique, doté de cages reluisantes et pouvant accueillir plus de poules que tout autre type d'installation. En 1990, Leo Green y avait amené un reporter local et, levant les bras en l'air, il avait prophétisé : « Voici l'avenir ! » Mais des décennies avaient passé. Tout autour, des hangars avaient été montés, puis démontés, d'autres avaient été ajoutés, la technologie avait progressé. Vingt-six ans plus tard, c'était le numéro 8, placé au fond de l'exploitation, crasseux et fétide, une honte, promis à la démolition au bout d'un dernier cycle de ponte. Il était si vieux qu'il avait des chevrons en bois, des passerelles en contreplaqué, sans parler des poules, des boules de plumes miteuses et de peau à vif. Pour l'embraser, il fallut tout simplement mettre le feu aux tapis roulants, à la fosse à fientes, aux passerelles. Peu de chose, car les poules étaient si entassées qu'une fois les plumes enflammées, le feu se propagea à tout le bâtiment et fit bientôt rage. Des tourbillons de fumée sortaient par les ventilateurs, traversaient le toit. Le panache progressait dans le ciel comme celui d'une locomotive.

Merci beaucoup, Bwwaauk.

À ce moment-là, la petite bande de rebelles – une meneuse plus ou moins charismatique, sa copine d'enfance et les cinq jeunes gens qui les vénéraient – avait disparu.

Sur les soixante camions, cinquante-cinq étaient partis ou étaient sur le départ à l'heure où les flammes atteignirent les poules, mais des centaines d'enquêteurs étaient encore sur place.

Certaines des alarmes incendie étaient hors service, mais pas toutes. Lorsque certaines se déclenchèrent, les participants, toujours rouspétant, entendirent autre chose que les ventilateurs, les camions, les poules ou leurs propres voix. Des sirènes. Ils levèrent la tête, bouche bée, et virent de la fumée dans le ciel. Collectivement, ils marquèrent alors une pause, observant ce champignon gris de plus en plus gros, puis ils laissèrent tout en plan pour s'égailler dans la nature. Le dernier camion s'en alla, lourdement chargé, laissant quelques caisses sur le pavé.

Seize minutes plus tard – quatre de plus qu'à l'exercice –, l'unique véhicule incendie de la ville rappliquait dans un miaulement. Et les pompiers virent, stupéfaits, tous ces individus détaler sous le haut panache gris qui s'élevait devant un soleil écarlate.

Pendant ce temps, les poules du Bâtiment 8 étaient en train de brûler vives – certains diraient de « cuire », d'abord grillées, puis carbonisées. Mais les pompiers qui sautaient de leur camion étaient plus soucieux d'empêcher la propagation de l'incendie aux autres hangars (vides) que de sauver un tas de volatiles de l'espèce la plus stupide (qui étaient censés être sauvés par Annabelle, ou du moins enlevés).

Comme l'alarme incendie était réglée pour déclencher un coup de fil au vieux et malade Robert Green Senior, et *non* à Robbie Junior, ce dernier ne fut informé qu'une heure plus tard.

Peut-être valait-il mieux mourir que passer un moment de plus dans ces cages. Par la suite, la communauté des défenseurs des droits des animaux leur rendit hommage avec des bougies, des chansons et un site Internet. Pour cinq dollars, on pouvait donner un nom à une défunte – autre que les gloussements personnalisés par lesquels elles s'identifiaient de leur vivant – et six cent mille dollars furent collectés au profit des refuges à travers les États-Unis.

Pour sa part, l'entreprise annonça sur *son* site *à elle* que l'incendie n'avait fait ni morts ni blessés – humains, cela va sans dire.

En réalité, presque toutes périrent, environ un million. La police pourchassa les camions et en força quelques-uns à s'arrêter au bord de la route. Les fuyards sautaient à terre et prenaient leurs jambes à leur cou, les clés encore sur le contact. Certains se rangeaient de leur propre gré, levaient les mains en signe de reddition.

D'autres, ceux qui étaient partis plus tôt dans la soirée, parvinrent à destination – les refuges éparpillés à travers les États voisins. Des bénévoles perplexes déchargeaient les caisses quand la police les rattrapait. Cela prenait un peu de temps, car il n'y avait tout simplement pas assez de moyens pour faire la chasse à toutes ces poules. Il aurait fallu des dizaines de véhicules dans un patelin qui comptait en tout et pour tout quatre officiers, deux voitures de patrouille et un vélo. Les forces de l'ordre campaient à l'entrée des refuges, dans les sorties de garage. Cachés aux toilettes, des bénévoles guettaient par la fenêtre, prévenaient par téléphone les conducteurs : « Ne venez pas ! Ne venez pas ! » et ces derniers poursuivaient leur route sans autre destination que le soleil levant, jusqu'au moment où ils se faisaient arrêter, eux aussi. Tous ces véhicules furent raflés et regroupés, avec les poules, à quelques kilomètres de là, sur le vaste parking d'une église évangélique qui était par hasard vide ce dimanche-là – tous les paroissiens, douze mille fidèles, s'étant rendus à Washington DC pour manifester contre la politique de santé du gouvernement, trop généreuse avec les pauvres, et l'église avait sa propre caravane de cars qui serpentait à travers les collines. Les camions pleins furent conduits sur ce parking, rejoints d'heure en heure par de nouveaux, et laissés là, formant toutes sortes de triangles sur le bitume. L'idée était de les décharger dès qu'on aurait trouvé assez de bras, ainsi que des lieux d'accueil – on ne pouvait quand même pas les ramener sur le site d'une enquête criminelle aux cendres encore fumantes, non ? Mais sinon, où donc ? Les poules pouvaient bien rester quelques heures ainsi, en attendant qu'on trouve une solution.

Mais, comme Rob Junior le savait bien, elles ne pouvaient pas rester ainsi. Il le cria sans cesse au téléphone depuis la ferme, qui était envahie par la police, les journalistes, les photographes et les curieux, puis il recommença en personne au commissariat. On ne peut pas laisser ces bêtes dans des caisses non ventilées. Les camions doivent être en mouvement, avec l'air qui passe, sinon elles crèvent. Et en effet, en ce dimanche ensoleillé, sur le parking du Bon Dieu, elles succombèrent à l'asphyxie ; conformément, sans doute, au grand dessein divin.

Mais deux camions poursuivaient leur route. Les 2-5 et 1-4 : rutilants, éclatants, scintillants. Flammes peintes sur les portières, silhouettes de palmier sur les bavettes de roue. Des autocollants T'AIMES MA FAÇON DE CONDUIRE ? collés à l'arrière, comme une boutade. Les 2-5 et 1-4 s'étaient éloignés du naufrage des heures avant que ce fût un naufrage. Ils étaient partis à minuit, tandis que l'évacuation se déroulait toujours comme prévu, que les autres camions partaient encore avec les sauveurs à l'avant et les sauvées à l'arrière. Ils s'en allaient sous les acclamations. Avec l'écho de ces vivats qui résonnaient dans leurs têtes, mêlés aux gloussements et aux roucoulements des poules, ces héros allaient de l'avant au cœur des ténèbres, suivant un itinéraire moins évident que les autres. Quittant l'autoroute, ils empruntèrent une petite voie secondaire qui n'était pas destinée à des véhicules de cette taille, se fiant aux indications d'Annabelle. Des panneaux apparaissaient brièvement sous leurs phares – DANGER. DÉFENSE d'entrer. Site contaminé. Ils franchirent les barbelés, le second ensemble de pancartes, l'unique totem qui avait été érigé à titre d'échantillon, sans le voir en raison de l'obscurité. La route se divisa en deux : l'une de terre, l'autre de gravier, puis se subdivisa et se resubdivisa. Bientôt les héros se perdirent dans la nuit, puisqu'on leur avait interdit d'utiliser leur GPS. Ils tournèrent en rond indéfiniment, les hauts semi-remorques vacillant sur les petits chemins cahoteux. De temps en temps, ils s'arrêtaient et l'un des conducteurs sautait d'un camion pour courir vers l'autre, pestant et désignant une direction du doigt. Enfin, au terme de ces péripéties dont ils se seraient bien passés, ils se hissèrent au sommet d'une longue côte et découvrirent sous leurs phares la destination convenue : le bâtiment primitif du Grand-Père Green, désaffecté depuis trente ans.

Ils tentèrent d'envoyer à Dill le message codé qui confirmait leur arrivée, mais le réseau était faible dans ces parages et leur message ne passa pas. Donc, non seulement ils n'étaient pas en mesure de signaler leur succès – on a enfin dégoté ce foutu endroit – mais ils restèrent dans l'ignorance de ce qui se passait à la Ferme Heureuse des Green. Ils étaient arrivés en pleine nuit, ces quatre enquêteurs, troublant le silence avec leur cargaison de trente-huit mille poules.

Endoloris, affamés, épuisés, ronchonnant, ils savaient mieux que la police qu'elles ne pouvaient pas rester dans ces caisses. Aussi, malgré leur lassitude, ils commencèrent à décharger.

Dès qu'il avait vu le panache de fumée s'élever au-dessus du Bâtiment 8, dès qu'il avait entendu les alarmes qui déclencheraient l'arrivée en fanfare des pompiers, Dill pensa *essence.* Où ces abrutis en avaient-ils déniché ? En avaient-ils apporté, était-ce leur plan à l'origine ou s'étaient-ils ramenés par hasard avec un coffre plein de jerricans ? (En réalité, rien de tout cela. Ils en avaient trouvé en forçant la porte d'une remise.)

Les alarmes miaulaient dans le crépuscule naissant et les participants se figèrent un peu partout sur le site. Ils étaient désormais à l'extérieur, puisque les hangars étaient vides (les abrutis avaient au moins eu la décence d'attendre). Ils relevèrent la tête, tendirent l'oreille, humèrent l'air comme des chiens. L'instant d'après, ils déguerpissaient tous jusqu'au dernier.

Ils sautaient par-dessus du matériel, ou trébuchaient dessus, s'enfuyaient par le champ d'épandage, galopaient sur la route. Dill, pour sa part, chercha Annabelle. Zee et elle venaient de charger une pile de caisses sur le dernier camion, mais quand il les rejoignit, elle avait les mains sur les hanches et observait la colonne de fumée dans le ciel, au milieu de la débandade générale.

« Il y a une solution temporaire », dit-elle en hochant la tête.

Parlait-elle des fuyards, de l'incendie, de l'opération elle-même, voire de son implication dans la défense des animaux et de l'environnement ? Elle s'avança vers la cabine du dernier camion. « Allons-y. » Dill, qui s'apprêtait à piquer la plus grosse colère de sa vie – *ces putains de connards d'enquêteurs de mes deux* –, baissa les bras et la suivit.

À présent que plus rien ne se déroulait à merveille – la fumée qui envahissait le ciel, les enquêteurs qui se répandaient à travers champs –, Jonathan repensa à cette idée d'avoir *manqué* quelque chose. Il se hâtait du côté des hangars en espérant qu'il n'avait pas *loupé le coche*, qu'elle n'était pas en train de faire une tentative ridicule, comme aller dans le Bâtiment 8 pour sauver les poules ou Dieu sait quoi. Il la vit grimper dans un camion avec Dill et quelqu'un d'autre. Il l'appela, s'élança vers elle, mais elle claqua sa portière et détourna les yeux. Pourquoi ? C'était rageant. Comment la protéger si elle se dérobait toujours ?

Et là, il réalisa une chose si évidente qu'il se demanda pourquoi il avait été si long à comprendre : c'était elle qui le protégeait, pas l'inverse. Chaque fois qu'elle s'en allait, chaque fois qu'elle refusait de se laisser suivre par lui, c'était ce qu'elle faisait, et à chaque fois c'était dur à avaler. Et maintenant qu'elle partait avec Dill, voilà que ça recommençait : elle protégeait Jonathan, car nul doute que le plus gros problème était encore à venir et lui-même avait fait le nécessaire pour se protéger, se ménager une issue de secours, mais sans pouvoir l'entraîner à sa suite. À la place, elle avait choisi Dill. Elle acceptait qu'il la protège. Dill dans le véhicule de fuite, Dill escaladant la clôture, Dill bousillant l'ordinateur. C'était lui qui se sacrifiait. Elle comptait sur lui pour ça, il en avait énormément pâti, et lui, Jonathan avait laissé faire.

Pourquoi ne lui permettait-il pas de la protéger ? Le seul fait d'y penser le mettait en colère.

Un mois plus tard, Jonathan vint au procès de Dill quand ce dernier comparut pour incendie criminel (les Green devaient absolument poursuivre *quelqu'un* en justice pour toucher l'indemnité d'assurance, même si Jonathan savait qu'il n'était pas coupable). Il déposa à la barre comme témoin de moralité. Il songeait : « Dill n'a pas fait son boulot. Pourquoi ne pas l'avoir protégée, après avoir filé avec elle à bord du dernier camion ? » (Bien entendu, c'était mal raisonner : elle avait choisi Dill non pas pour qu'il la protège, elle, mais pour protéger les animaux. Le fait qu'il ignorât cela était l'une des raisons pour lesquelles elle l'avait quitté, à l'origine.)

Jonathan l'examina à la table de la défense, dans ce costume minable, des bleus à la figure de s'être battu en cellule avec Dieu sait qui. Beau mec ce Dill, malgré tout. Un dangereux romantique. Et voyez où ça l'avait mené. Jonathan le détestait de tout son cœur. Sa place était en prison. Mais cela, Jonathan ne le dit ni au grand jury, ni au juge, parce qu'il savait que Dill n'était pas coupable. Il n'avait pas mis le feu, pas son style, lui c'était plutôt un pacifiste pur et dur. Il n'aurait jamais tué toutes ces poules. Ses empreintes n'étaient ni sur les jerricans d'essence, ni dans la remise. On n'avait pas l'ombre d'une preuve contre lui.

D'ailleurs, Annabelle eût-elle été là, elle ne le lui aurait jamais pardonné s'il n'avait rien fait pour Dill. Aussi avait-il engagé un avocat – une pointure –, et lui-même s'exprima à la barre avec conviction. Et Dill, un peu meurtri, recouvra la liberté.

À l'intérieur du Bâtiment 8, tandis que la fumée asphyxiait les poules et que l'incendie faisait rage autour d'elles, l'âme de chacune se manifesta. Elle s'ébrouait et ébouriffait ses plumes – dont celles qui avaient disparu, arrachées par ses congénères sous l'effet du confinement extrême, et qui repoussaient comme par miracle. Une à une, les cent vingt mille poules (trente mille étaient déjà mortes dans leurs cages) s'avançaient au milieu du hangar et faisaient la révérence, sous les acclamations et battements d'ailes des autres. Dans un dernier salut, chacune levait les yeux à travers la fumée, les cendres et les flammes. On aurait dit une forêt là-haut, une forêt tropicale, avec ses feuillages frémissants, ses branches tentaculaires, le cycle des saisons, le bruissement des insectes. Et lorsque le toit s'effondra, les âmes de cent vingt mille poules se délestèrent de leurs cages comme de nids de brindilles pour s'élever dans le ciel.

Si vous trouvez que cela ressemble fort à la vision de Janey dans le hangar – peut-être même à l'accomplissement de cette vision ? – vous n'auriez pas tort. Car tel est ce qui, dans l'esprit des poules, arrive quand on meurt, telle est leur croyance collective : le cheptel se rassemble, fait ses adieux, la trépassée exécute un dernier pas de danse country et une révérence, tandis que les arbres de la forêt primitive repoussent tout autour d'elles. Puis, elle crie son propre nom et s'envole dans le ciel pour son ultime voyage. Tandis que les humains voient la lumière au bout d'un tunnel et les tortues un nébuleux courant sous-marin les entraîner délicatement loin de la faune et des gueules familières, les poules voient ceci. La vision que Janey avait eue dans ce hangar six semaines plus tôt, en effectuant ses « audits nocturnes » dans diverses fermes de l'Iowa, et qui lui avait inspiré tout ce qu'elle avait entrepris par la suite, c'était celle de la pulsion de mort collective des sept millions de poules qui se trouvaient dans cette ferme-là. Celles-ci souhaitaient par-dessus tout mourir. Elles le souhaitaient si fort (priant, pourrait-on dire) que Janey était en quelque sorte entrée dans ce rêve. Elle en avait eu un aperçu, avait vu ce qu'elles voyaient, et avait pourtant interprété ce désir de travers.

Toutes ces âmes se sont-elles réellement envolées ? Les poules avaient peut-être raison et l'envol gracieux que l'évolution leur refusait de leur vivant leur fut accordé à leur mort, ou bien elles se trompaient. J'ai beau être incollable sur toutes ces personnes et sur ces animaux, figurez-vous que j'ignore moi-même ce que les poules deviennent après leur mort.

Cleveland et Janey ? Pendant ce temps, où étaient-elles ? Elles avaient couru. Ou plutôt, elles trottinaient sur la route après avoir beaucoup couru. Le dernier camion les doubla et Janey le salua de la main.

« En quoi c'est drôle ? répétait Cleveland. Arrête. C'est pas drôle. »

Elles marchaient à présent sur le bas-côté, tandis que Janey se calmait. Le soleil se levait, éclairant les remises, les clôtures, les piquets, les habitations au loin.

Un véhicule de police arriva tout doucement à leur hauteur. « Bonjour, mesdames. Vous voulez bien vous arrêter et lever les mains en l'air ? »

Janey se remit à rire.

Ayant écopé d'une peine plus légère (d'aucuns disaient, grâce à son physique), Janey attendit cinq ans – le temps que Cleveland passa en prison – pour retourner sur les lieux. Un après-midi, elles allèrent se promener autour des hangars désaffectés. Cleveland n'était libre que depuis quelques semaines – désormais divorcée, avec un emploi dans une épicerie (trois ans plus tard elle en serait la gérante adjointe, son talent d'organisatrice primant sur son casier judiciaire). Les pieds dans l'herbe folle que plus personne ne venait arracher, elles considérèrent les bâtiments, y compris le huitième qu'on n'avait ni démoli ni reconstruit. Il était carbonisé, le toit s'était effondré. Une brise fraîche caressait les graminées. Le ciel semblait plus lointain que jamais.

« Je vais l'épouser, déclara-t-elle à Cleveland. Et je compte sur ta présence au mariage. » Elle avait attendu que Cleveland soit libérée pour dire oui.

Elles continuèrent à marcher.

Même à présent, des traces de son rêve éveillé lui revenaient. Elle le voyait rôder aux franges de son champ de vision. Réminiscence ou prémonition ? Souvenir ou espoir ?

Elles retournèrent vers les bâtiments, vides et désolés. Cleveland prit quelques photos. « On a réussi », marmonna-t-elle, alors qu'il était flagrant que non. Une seule des poules était-elle parvenue à bon port ? Et quel était ce « port » ? Certaines d'entre elles étaient-elles « libres » ? Janey avait désormais l'expérience de l'emprisonnement. Elle crut voir un mouvement, une silhouette, et se retourna vivement, mais sans rien voir. Peut-être juste sa vision. Elles rejoignirent la voiture et montèrent à bord.

4.

Price Securities
Affectation : La Ferme Heureuse de la Famille Green
Agent de Sécurité : 063507
Carnet de bord : 26/06/2028, dernière entrée

Elle était venue, le deuxième soir. Je l'avais vue.

Si ça s'est pas su, c'est que je l'ai dit à personne. Je l'ai pas consigné dans ce registre, j'ai pas contacté le numéro d'urgence scotché sur le bureau, je l'ai pas signalé au responsable d'élevage mal embouché, parce que j'avais pas cru nécessaire de rapporter que j'avais aperçu une personne, qui était clairement un membre de la famille, dans une entreprise familiale. Par la suite, je l'ai rapporté à aucune des diverses autorités compétentes, parce que : primo, mon anglais n'était pas – et n'est toujours pas – fameux et, secundo, comment savoir que cette femme était une terroriste ? Est-ce outrepasser mes fonctions de suggérer que si l'entreprise craignait qu'un membre de la famille, animé d'intentions criminelles, s'introduise sur place pour préparer son action, envahir, piller et enfin brûler les lieux, la direction aurait pu afficher un avis de recherche au lieu d'une jolie photo de groupe montrant la coupable à quinze ans, tout sourire, le propriétaire l'entourant d'un bras protecteur, au-dessus de la légende *Notre Ferme Heureuse*, calligraphiée avec soin.

La première nuit, j'avais examiné cette photo de mon petit bureau, notant sans surprise la blancheur aveuglante du teint des membres de cette famille, qui contraste si fort avec le mien et celui des travailleurs que j'avais rencontrés sur place. Difficile de pas l'examiner, puisqu'elle était scotchée à trois mètres de ma figure.

Au cours de la deuxième nuit, j'ai effectué une ronde à quatre heures (non requise par le client, mais recommandée par Price Securities). J'ai parcouru le périmètre, avant de marcher entre chaque long et bruyant hangar dans l'obscurité, une expérience perturbante, même pour un vigile expérimenté. C'est en tournant à l'angle d'un bâtiment que le faisceau de ma torche a éclairé une silhouette, une femme en robe brune, à vingt mètres de moi. Ça a duré qu'un instant. Elle m'a fait face. J'étais tellement surpris de voir une femme ici, en pleine nuit, que sur le moment j'ai rien fait. Elle en a profité pour disparaître. Je me suis lancé à ses trousses. J'ai couru tout le long du bâtiment, et, croyant la voir, j'ai balayé l'espace avec ma torche. Un léger brouillard était descendu et le faisceau lumineux ne captait qu'un halo glaçant. Rien. Tournant les talons, je suis allé de l'autre côté. Rien. Je suis revenu sur mes pas. J'avais toujours en tête sa silhouette et cette figure blafarde, sa robe brillant dans la lumière de ma torche. J'ai fait le tour du bâtiment suivant en courant et agitant ma torche. Et j'ai continué.

C'est que bien plus tard, une fois revenu à mon poste, en nage, que je me suis rendu compte que c'était la fille de la photo. L'avais-je réellement vue dehors, ou était-ce un mirage ? Un fantôme, un esprit ? Ou l'avais-je inventée, à force de contempler fixement le portrait de groupe ?

J'ai hésité à noter cela dans le carnet de bord. Ou bien elle était là, ou bien elle y était pas. Et si elle était là, c'était bien son droit, non ? Un peu bizarre de venir à cette heure-là, mais bon… Si j'avais rêvé, eh bien, j'avais pas envie de parler de fantômes dans le carnet, fantômes auxquels je ne crois pas, dès ma seconde nuit à mon poste.

J'ai donc choisi de m'abstenir.

Le surlendemain, samedi, une demi-heure après le début de mon service, elle débarquait carrément dans mon local. J'ai failli en tomber de ma chaise. C'était la femme qui m'avait échappé. Mais je suis resté muet car, étant du Nicaragua, je sais ce que c'est, la noblesse et les subtilités des rapports hiérarchiques, et j'admets que même chez des éleveurs de poules, la fille du patron n'a pas toujours envie de noter l'existence des employés. Mais elle s'est placée à côté de la photo et, gentiment : « Ricardo n'est pas là ?

— Non, madame.

— Et vous, vous êtes… ?
— Le vigile envoyé par Price Securities. »
Je vois aujourd'hui ce qu'elle voulait faire – me permettre de vérifier que j'avais bien affaire à la personne sur la photo.
« Ah, c'est vrai. Il est en congé.
— Oui, je suis l'intérimaire. »
Elle a secoué la tête. « Quel gaspillage. Les veilleurs de nuit en chair et en os, vous savez. Alors que le système d'alarme est toujours désactivé. » Je me suis raidi. Ce n'était pas très gentil de me traiter de gaspillage, et d'ailleurs notre titre c'est : agent de sécurité, pas veilleur de nuit. Elle s'est accoudée au bureau d'un air indolent, charmeur – une ruse, en réalité, son intention étant de jeter un œil au tableau qui se trouvait à côté de moi. « Vous voyez ? Désactivé. » Les voyants verts brillaient faiblement. J'avais reçu l'ordre de ne pas y toucher.
« Personne d'autre, dans les parages ?
— Je suis tout seul, madame.
— Seul avec les poules…
— Pardon ?
— Les poules ! Un million de poules.
— Oui, madame. Seul avec un million de poules. »
Elle s'est redressée. « Dans ce cas, vous pouvez me donner un coup de main ? »
N'ayant pas trop le choix, je me suis levé pour la suivre, elle, la fille rebelle, la coupable, la terroriste – même si j'ignorais tout ça, à l'époque. Je me revois, marchant à sa suite. Je sentais bien que c'était louche,

mais j'y suis allé quand même. Non, n'y va pas ! me soufflait ma voix intérieure, que j'écoute jamais.

« Je n'arrête pas de leur dire qu'il faudrait un escabeau, ici… » Elle a ouvert la porte, pointé le doigt. C'est arrivé très vite. « Vous pouvez m'attraper cette boîte ? Celle-ci ? » sans dire ni ce que c'était, ni quel besoin elle pouvait en avoir un samedi soir. J'ai fait un pas en avant, cherchant à atteindre la tablette du haut. C'est là que j'ai été poussé brutalement par-derrière et que j'ai trébuché. Elle, ou l'un de ses complices, a claqué la porte et la lumière s'est éteinte. J'ai crié et cherché à enfoncer le battant au moment même où j'entendais le clac d'un verrou. J'ai donné des coups d'épaule, une fois, deux fois, et encore plusieurs fois, terrorisé. Il faisait tout noir. Un homme m'a lancé : « Laisse tomber, amigo. On ne te fera aucun mal. »

Oh, je *déteste* qu'on m'appelle amigo. Un amigo, ça s'enferme dans un débarras ? Chaque fois qu'on vous traite d'amigo dans ce pays, ouvrez l'œil. J'ai hurlé, flanqué mon pied dans la porte. Elle était sacrément solide. À tâtons, j'ai essayé de prendre les mesures de ma prison. J'avais été idiot, oui, mais elle bénéficiait aussi d'un concours de circonstances. Comme j'étais nouveau, j'avais laissé mon téléphone dans ma voiture. « Pas de téléphone sur le site », avait dit le responsable d'élevage. Elle avait misé sur le fait que je respecterais les règles. Je peux vous garantir que ça m'est plus jamais arrivé.

J'ai cherché de quoi m'aider à m'échapper. J'y ai passé beaucoup de temps, démontant ce qui s'est avéré être des rouleaux de papier toilette, des rames de papier. J'ai encore shooté dans la porte, pour finir par m'asseoir par terre. Il y avait plus aucun bruit. J'ai bien cru entendre des camions, mais je pouvais pas en être sûr. J'ai attendu.

C'est pas me dénigrer que d'avouer que je me suis endormi. Saviez-vous qu'il faut souvent réveiller les otages quand on les retrouve ? C'est vrai. En prison, cela fait partie de la formation. J'ai été surveillant de prison avant d'être vigile, et le manuel précise : *Si vous êtes pris en otage, restez calme. Restez positif. Concentrez-vous sur une image réconfortante – une plage, une forêt paisible, un être cher. Tâchez de dormir.*

Je me suis pelotonné sur le sol et j'ai rêvé de ma compagne. Respectueux du règlement jusque dans mon sommeil.

Je me suis réveillé la face contre le lino, à un mètre de la porte ouverte, aux cris d'un homme qui se tenait sur le seuil – le responsable d'élevage. « Où sont passées ces putains de poules, Smirnoff ? »

À cette heure-là, il y en avait plus une seule de vivante sur le site.

Si on m'appelle Smirnoff, c'est que le premier jour j'avais pris une bouteille d'eau. « Pas d'alcool sur le site », avait dit le responsable d'élevage en rigolant. Le lendemain, il m'avait surnommé Vodka, et le surlendemain Smirnoff. Personne n'a jamais prononcé mon véritable nom, qui est Muñoz. Prénom : Alejandro.

La police, le FBI, les pompiers, les reporters, ils étaient tous là quand j'ai repris conscience en clignant des yeux à la lumière. On avait apporté un poste de télévision qui montrait des vues aériennes et le frère de la coupable faisant une déclaration. Ils m'ont demandé à tour de rôle comment j'avais pu dormir pendant tout ça. Il fallait être vraiment très fatigué pour roupiller pendant que des malfaiteurs réduisaient l'endroit en cendres. Quel effet ça fait d'avoir perdu un million de poules ? Et moi, avec mon anglais pas fameux, je répondais à chaque fois : « Mais j'étais dans le placard. »

Personne m'a dit de partir. Alors, je suis revenu le lendemain soir.

Je m'imaginais que le prochain lot de poulettes arriverait à la fin de la semaine, mais le site était maintenant l'objet d'une « enquête criminelle » ; comme ils disaient. Poulettes interdites. Les travailleurs ont été renvoyés chez eux en attendant le procès. Quant à moi, j'attendais les instructions de Price Securities. J'ai rien reçu. Les semaines ont passé. Je continuais à venir – j'étais du service de nuit, ce qui explique sans doute pourquoi personne m'a remarqué. Ma paie arrivait sur mon compte tous les lundis. J'ai écrit à Price Securities sans obtenir de réponse. J'ai réécrit, pour les informer que j'avais pris l'initiative de me muter au service de jour, puisque techniquement parlant il était peu utile de protéger les poules la nuit, surtout qu'il y en avait plus.

Au cours du deuxième mois, j'ai demandé à ma fiancée de m'épouser – on fait la part des choses, après avoir été enfermé dans un placard. J'ai jamais été plus heureux, plus confiant en l'avenir que le jour où elle a dit oui.

Le frère, c'était lui le responsable. Il se pointait de temps en temps, arpentait les hangars, marmonnait et hochait la tête. Un jour, il s'est retourné pour me dire : « Encore là ? » J'ai ouvert la bouche pour répondre mais il s'était déjà éloigné comme s'il m'avait aussitôt oublié.

Pourquoi n'a-t-il pas fait venir d'autres poules ? Des gens en parlaient avec lui. Ils allaient et venaient dans les travées, faisaient le tour des bâtiments, s'asseyaient dans le bureau, les pieds en l'air. Je me tenais tout près, dans la pièce voisine ou à quelques mètres d'eux, pour montrer que j'étais bien éveillé et au travail, pas endormi, cette fois ! Quand les poules arriveraient, je serais prêt. Ils semblaient ignorer totalement qui j'étais, en dépit de mon uniforme. Une fois, l'un d'eux est remonté dans sa voiture en me filant un *pourboire*. Puis, des gars sont venus emporter le matériel qui pouvait encore servir, laissant beaucoup de choses sur place. Il en reste encore.

Ce fut un mariage modeste mais joyeux. J'ai porté ma chérie dans l'escalier jusqu'à notre appartement. Nos amis avaient rempli les placards de la cuisine de chocolats, de coupes de champagne, de confettis.

Depuis quelques années, mon travail est devenu ennuyeux. J'essaie de pas le montrer. Il y a un an, j'ai balancé le dernier bouquin que je lisais sans l'avoir terminé. J'envoie des mails, des demandes de réaffectation, mais j'ai l'impression de m'adresser à un robot automatisé, il n'y a personne au bout.

Je pense à la fille du patron : l'avais-je réellement vue ce soir-là, ou était-ce un fantôme ? Si je l'avais signalé, peut-être que rien ne serait arrivé.

Mais c'est arrivé. Elle est venue enlever les poules, et tout s'est effondré derrière, comme lorsqu'on tire l'extrémité d'une nappe et que tout dégringole. La ferme en ruine, la pourriture dans les champs, les cendres, les hangars pleins d'échos. Le naufrage de ce pays magnifique. Même l'extinction de masse dans le monde semble avoir choisi ce moment pour se manifester sérieusement. La chute – nous l'avions tous anticipée et maintenant c'était là, pour de bon. Comme si cette femme avait été un trou noir, et que tout était tombé en elle pour être détruit. Il ne restait que le vent qui soufflait sur ces champs uniformes et ces hangars caverneux, les fissures si bien colmatées selon les directives du ministère de l'Agriculture que même les rongeurs ne parviennent pas à y pénétrer au bout de toutes ces années.

Le seul à avoir survécu à cette fin, c'est moi, l'agent de sécurité solitaire, curieusement épargné, marchant à pas feutrés dans les allées, regardant à travers les grilles métalliques vers le second niveau. Le silence est si oppressant qu'il me serre les tempes.

La seconde année, l'électricité a été coupée. Plusieurs mois s'écoulèrent sans que personne débarque en voiture. La troisième année, seul le frère venait, de temps en temps. Assis dans sa voiture, il fixait un point à travers le pare-brise et repartait avant la nuit. Il ne s'étonnait plus de me voir, parce qu'il ne me voyait pas. Je restais caché, à l'observer.

Aussi, quand ces deux-là sont arrivées, elles ne se doutaient pas de ma présence.

Mais elles sont venues, il y a quelques années, les deux contrôleuses qui avaient fait de la prison. J'effectuais ma dernière ronde de la journée et m'apprêtais à partir. J'avais pris l'habitude de partir un peu plus tôt afin d'aller chercher mon fils à la crèche. Ma femme travaille jusqu'à seize heures.

Je faisais le tour des silos quand la voiture est arrivée et je me suis planqué derrière un hangar. Elles ont passé un moment à se dégourdir les jambes, à s'étirer. Au début, j'ai pensé : « Hum, des acheteuses potentielles ? » Puis, je me suis souvenu les avoir vues aux infos, quelques années plus tôt. L'aînée prenait des photos avec son téléphone. En se retournant, elle m'a même photographié, je crois bien, même si j'avais tenté de me dérober. Elles marchaient, s'arrêtaient, la plus jolie levant les yeux sur les bâtiments, l'autre regardant les champs. Elles bavardaient, riaient, mais progressivement, elles devenaient plus graves, et même sombres.

Enfin, la plus âgée croisa les bras et parla dans le vide. L'autre tourna la tête dans sa direction. Et elles s'en allèrent.

Parfois, je viens de bonne heure. J'essaie de ne pas réveiller mon épouse quand je me glisse dehors alors qu'il fait encore nuit et que les chauves-souris chassent encore. À l'aube, toute la vallée s'anime. Quelques grillons commencent à chanter juste au moment où le soleil effleure l'horizon. Les oiseaux se mettent à virevolter, moins nombreux qu'avant, mais quand même nombreux. Ils s'interpellent, volent en cercles et s'éloignent.

C'est un bon emploi. Mais les intérimaires n'ont pas d'avantages sociaux, ce qui est un inconvénient quand on a une famille. Ma femme voudrait quitter cette terre stérile, se rapprocher de ses frères et sœurs, vivre dans un endroit plus vaste, plus bruyant, plus froid, plus coûteux. Moi, je souhaite que mon fils ait toutes les chances de son côté. J'ai donc envoyé ma lettre de démission à Price Securities, qui prendra effet vendredi. J'espère qu'on m'aura bien noté. Nous ne clôturerons pas ce compte en banque, au cas où des primes viendraient récompenser ma constance pendant toutes ces années.

Annabelle, songea Rob, avant de répéter à haute voix, lorsque le responsable d'élevage se matérialisa dans la cuisine en compagnie d'un agent de police. Il était penché sur son bol de melon et de céréales froides (sa femme lui rationnait les œufs, ces temps-ci, vu que son père avait failli mourir d'une crise cardiaque à soixante-quatre ans). Il était sept heures moins le quart. La petite s'était réveillée à six heures.

Avant même qu'ils ne parlent, le prénom s'était imposé à son esprit en accord avec leur mine affligée, car les seules fois où il était confronté à ce genre d'expression, c'était quand il avait des nouvelles de sa sœur.

Annabelle. Ses souvenirs les plus anciens, c'était quand elle le portait sur son dos ou sous le bras, tel un encombrant bagage, ou quand elle le réveillait en pleine nuit pour une petite aventure dans le jardin, comme construire un château-fort ou chercher des chauves-souris.

« Vous avez été envahis », déclara le flic. Son imposant gabarit avait quelque chose d'inquiétant dans cette quiétude pastel.

« Ils ont kidnappé les poulettes », ajouta le responsable d'élevage.

Rob laissa sa cuillère dans son lait (lait d'amande, son épouse certifiant que le lait causait le diabète) et se leva de table. Il embrassa sa femme et la petite à la porte.

La ferme n'était qu'à quelques minutes en voiture, un trajet qu'il connaissait depuis toujours pour l'avoir effectué d'abord sur la banquette arrière avec sa sœur, plus tard sur le siège passager à côté de son père, et ensuite seul depuis son propre domicile qui était à deux pas de sa maison natale (bien qu'il n'ait pas prévu que ça tournerait ainsi). Il écoutait ses compagnons d'une oreille distraite, son attention se concentrant sur le panache de fumée qu'on pouvait voir, même à cette distance : Annabelle tout crachée. Ses empreintes digitales dans le ciel. Le véhicule traversa les champs dans le jour naissant.

Il ouvrit sa portière avant l'arrêt complet de la voiture, derrière la file de véhicules de secours. Il se fraya un chemin avec une politesse excessive – « Excusez-moi » et « Puis-je passer ? » – à travers reporters, pompiers et civils, jusqu'au barrage de ruban jaune et de cônes orange installé par la police pour tenir le public à l'écart du Bâtiment 8, toujours partiellement en feu et fumant. Un policier, qui semblait être le responsable, lui tapa sur le bras : « Venez voir les autres hangars. » Rob le suivit.

À l'entrée du Bâtiment 4, un flic voulut l'arrêter, mais le responsable déclara « C'est le fils », et tous s'écartèrent. Rob était certain d'avoir entendu ricaner dans son dos.

Annabelle s'était toujours montrée plus maligne que lui, et il l'adorait. Quel gosse n'admire pas sa sœur, surtout si elle est belle et rebelle ? Il tenait le jour où Jonathan Jarman Junior était arrivé chez eux comme celui où il l'avait perdue. Auparavant, il était le seul « bénéficiaire » de ses farces, à titre de cible ou de comparse. Du jour où Jonathan était apparu, il avait été exclu. En l'espace de vingt-quatre heures, il était devenu un indésirable. Tout ce qui était arrivé ensuite semblait être le prolongement de cela, elle s'éloignant graduellement tandis qu'il restait sur la touche. Apparemment, c'était le destin de quiconque aimait Annabelle que d'être forcé de rester en retrait, à se laisser trahir et abandonner. C'était sa caractéristique la plus frappante – en dehors du reste.

Alors, comment expliquer ça ? Il se figea à l'entrée du Bâtiment 4. Les ventilateurs étaient éteints, les tapis roulants à l'arrêt. Il n'entendait plus rien. En chemin, on lui avait dit que les volailles avaient été enlevées, mais qu'est-ce que ça veut dire, « enlevées » ? Il traversa le hall d'entrée pour gagner la zone d'élevage. Pas un gloussement, pas un *cot-cot*. Silence. *Toutes* ? Il s'engagea dans une aile, vit les linéaires de cages vides (*comment as-tu pu, Annie ?*). Il passa à grandes enjambées devant d'autres. Rien. Là il s'arrêta, oscilla sur ses talons, poussa un sifflement. En fait, il se sentait heureux.

« Et c'est partout comme ça, déclarait le responsable d'élevage, à ses côtés. Enfin, à l'exception du Bâtiment 8.

— Je vois.

— On est en train de retrouver les camions, ajouta le policier responsable. On est en train de les rassembler. C'est beaucoup de boulot. On cherche toujours le vigile. » Rob sentait que l'autre était trop poli pour prononcer le nom d'Annabelle mais tout le monde connaissait l'histoire familiale. Enfin, le policier inclina la tête d'un air complice. « Vous savez où est votre sœur ? »

Un reste d'instinct protecteur le saisit. « Qu'est-ce qui vous fait penser que c'est elle ? » Il sentit, à voir la tête qu'ils faisaient, que son expression devait être étrange. « Aucune idée », ajouta-t-il. Il alla retrouver la lumière du jour, le tandem s'empressant de le suivre. Il retourna vers les voitures, mais s'arrêta au milieu de la chaussée. « Au fait, où emmenez-vous les poules ? »

Mais ce n'est que quelques heures plus tard, alors qu'il beuglait au téléphone, avec toute la maturité et la rage revenues de ses vingt-huit ans, qu'il comprit : il savait où elle était. Et il reposa l'appareil.

R : Bien sûr que je suis allée inspecter le Bâtiment 8. Qui a des vigiles, de nos jours ? Les systèmes d'alarme sont plus efficaces, et moins onéreux. Mais le nôtre était désactivé. La faute à mon père. Il avait gardé Ricardo. Si Ricardo avait été là, il ne m'aurait pas vue. Il reste assis sur son cul pendant des heures, à jouer au solitaire avec un vieux jeu de cartes. S'il m'avait vue, il aurait donné l'alerte. Il aurait compris. Mais il n'aurait pas pu me voir, parce qu'il ne se baladait jamais dehors comme un zombie. D'ailleurs, il était en congé. Je le savais. Mon père se serait contenté de s'en passer pendant trois semaines. Nous avions une alarme, je vous l'ai dit. Mais mon frère, Robbie, c'est lui qui dirigeait, il avait recruté un intérimaire.

Je sortais à peine du Bâtiment 7 – vide – quand j'ai été aveuglée par le faisceau de sa torche. J'ai couru, mais il était déterminé. Il est resté dehors pendant une bonne heure, à gesticuler avec ça. Je craignais que les autres employés ne commencent à arriver. Ils viennent de bonne heure, le jeudi. Jamais je n'aurais pensé qu'on puisse vider le 7 et pas le 8, puisque c'était programmé pour le même jour. J'avais vu l'équipe de dépeuplement le mardi. On compte au moins trois semaines entre le dépeuplement et le repeuplement. C'était une formalité de ma part. Foutu intérimaire. Quel gâchis.

Dites, c'est pas bientôt fini ? Je ne sais plus trop l'heure qu'il est. Je peux partir ?

Q : Nous avons encore quelques questions.

Vingt ans auparavant, Robert Green Senior roulait sur une petite route, Robbie et Annabelle sur la banquette arrière. Il passa devant les barbelés et des pancartes de fin du monde, le chemin familier se déroulant comme une bande molletière. La vieille bagnole trapue se traîna en haut de la colline et s'arrêta devant un gros hangar. Sa fille courut dans l'herbe, suivie par son petit frère. M. Green sortit du véhicule et resta là, voûté. Il soupirait.

M. Green était sujet aux accès de mélancolie. Tout pouvait déclencher une crise – des vacances, un matin pluvieux, l'aube tardive de l'automne. Il se mettait à songer à son père, le premier éleveur de poules de la famille. Alors, il faisait monter les gosses dans l'automobile, disait à sa femme qu'il les emmenait « jouer » et se rendait là, à la ferme de son enfance, ce qui l'aurait mise en colère, si elle avait su.

Il marcha jusqu'au hangar, se pencha pour arracher ces mauvaises herbes qui colonisaient le sentier.

L'endroit le plus pollué, c'était plus près du village, à quelques kilomètres de là, mais ici la terre et l'air en contenaient, disait-on, toujours des traces : trichloroéthylène, tétrachloroéthylène, chloroforme et autres substances chimiques. Sa femme n'aurait jamais voulu qu'il y emmène les enfants. Et encore moins qu'ils grimpent sur le toit du hangar, qui, à l'entendre, était sûrement pourri après toutes ces années et pouvait s'effondrer sous leur poids à tout instant.

Eh bien, jusqu'à présent, ça tenait.

Mais Robbie Junior savait que leur père ne les surveillait pas. Annabelle et lui coururent dans les graminées et les mauvaises herbes jusqu'au bâtiment, grimpèrent à l'échelle vissée au mur. Ils se juchèrent sur le toit, balançant leurs jambes dans le vide. Ils s'allongèrent sur le dos pour admirer les nuages. Ils se redressèrent pour embrasser du regard les arbres de la forêt, un peu plus loin. Robbie aimait bien ces moments-là.

Il n'aimait pas la suite, quand Annabelle tenait absolument à « faire la course » – le premier à atteindre l'extrémité du toit, sans tomber, a gagné. La nécessité de ralentir à l'approche du bord contrastait avec celle d'accélérer pour gagner. C'était une version du « jeu de la poule » (celui qui cède le premier est « une poule mouillée », expression qui implique que les poules s'effraient plus facilement que toute autre bête, alors que c'est faux

– elles se battront avec acharnement pour défendre leurs petits, et ne parlons pas du courage du coq, renommé pour son adresse au combat). C'était le genre de jeu qu'Annabelle appréciait, et Rob, qui adorait sa sœur, s'exécutait.

Zee se trouvait dans le dernier camion, à côté de Dill. Annabelle conduisait.

Les textos arrivaient par rafales, les enquêteurs ayant violé leur promesse de silence radio dès que la situation avait dégénéré – putains d'amateurs. Ils n'avaient que ce qu'ils méritaient, se disait Zee. Leur récompense pour avoir suivi Annabelle dans ses délires. Voilà où ça les avait menés. Et comme ni elle ni Dill ne voulait regarder, il prit sur lui de tout leur rapporter.

Il lisait ces textos à voix haute, décrivait les photos – les camions de pompiers, les enquêteurs menottés. Il les montrait à Dill, qui ne cessait de le repousser de l'épaule et marmonnait que c'était leur faute, à eux, comme si *elle* n'avait pas tout orchestré, depuis le début presque anodin jusqu'à cette fin houleuse.

Quittant la voie principale, Annabelle continua à rouler. La zone n'était plus desservie par le réseau et le portable se tut. Ils passèrent devant les panneaux DANGER CONTAMINATION. Oh, super. Juste ce qu'il avait envie de faire, ce matin. Patauger dans les déchets chimiques.

Mais, minute. Et *ça*, c'était quoi ?

Un hangar immense, deux camions bêtement visibles à l'horizon.

Donc, s'il comprenait bien, et ça ne l'étonnait pas de sa part à elle, ils s'étaient contentés de les amener *d'une ferme-usine à une autre ferme-usine.*

Annabelle se rangea à leur côté et coupa le contact. On entendait les poules gazouiller comme des petits oiseaux. Un bourdonnement d'insectes. Et en dehors de ça, cette vaste nappe de silence, le non-bruit des machines. Quatre enquêteurs sortirent du bâtiment, l'air sur le point de s'écrouler. Annabelle sauta à terre. « Qu'est-ce que vous attendez ? Il faut les décharger… »

L'un d'eux alluma une cigarette, la main en coupe. « Et qu'est-ce qu'on faisait, à ton avis ? »

Zee en profita pour étirer ses longues jambes, descendre de la cabine et demander (il connaissait déjà la réponse) : « Prêts à aller en taule ? » Les enquêteurs parurent déçus. Ils n'avaient pas reçu les textos, ignoraient tout ce qui se passait, mais devinaient à la mine du trio que le plan n'était plus aussi génial. Ils pigèrent vite : c'était foutu, et ça irait en empirant. Donc, le cœur lourd, ils finirent le boulot avec eux. Cela prit encore quelques heures. Les caisses furent déchargées et les poules relâchées dans le hangar – qui en contenait désormais plus de quarante mille entre les trois camions.

« Vous vous lancez dans l'œuf ? » persifla Zee.

Lorsque ce fut fini et qu'ils se retrouvèrent du côté des camions à discuter de la suite, des moyens d'évasion, Annabelle sortit et leur jeta : « Vous, vous filez ! »

Zee ne demandait pas mieux. « Tu viens ? » dit-il. Il s'adressait à Dill, parce que ce n'était pas la peine de compter sur Annabelle – elle s'était déjà éloignée. Les enquêteurs remontèrent dans l'un des véhicules. Dill et Annabelle restèrent. Dans le rétroviseur, Zee la vit retourner dans le hangar. Quelle givrée.

« On peut faire venir des gens ici, pour les emmener demain », disait Dill en s'essuyant les mains sur son pantalon.

Il suivit Annabelle jusqu'au fond du hangar. « Il faudrait leur donner à boire. On a de l'eau ? » Il la vit débloquer le portail du hangar, deux vieux vantaux qu'il fallait traîner dans la poussière, tout le bâtiment étant en bois, un bois qui avait eu des décennies pour s'émousser. Que fabriquait-elle ? « Elles vont se sauver », dit-il, tandis qu'elle tirait le battant. La lumière du jour pénétra à l'intérieur, effleurant les yeux des milliers de poules. Surprises, elles reculèrent. « C'est poussiéreux ici, mais… » Elle se dirigea vers le fond du hangar à travers la marée de gallinacés.

« Oh non ! » Il voyait clair dans son jeu, maintenant. « C'était ton intention depuis le début ? »

Arrivée tout au fond du bâtiment, encore dans l'obscurité, elle leva les bras et cria : « Allez, tout le monde se bouge ! » par-dessus les têtes de quarante mille poules.

Ce champ-là. Jadis en jachère, aujourd'hui en fleurs. Graminées, trèfle. De l'autre côté, la forêt.

Elles n'avaient jamais été invitées sur ce territoire auparavant. Personne ne leur avait jamais proposé de venir admirer le ciel, et elles ne pouvaient pas le voir depuis leurs cages. Elles n'avaient jamais eu la sensation d'espace, jamais senti la terre ou l'herbe sous leurs pattes. Au seuil du hangar bondé, les premières hésitèrent à sortir, penchant et tournant la tête. Le ciel scintillait – sûrement plein de rapaces. Mais il y avait peut-être des choses comestibles par terre. De l'œil gauche – celui qui leur sert à voir à distance – elles apercevaient la ligne des arbres au bout du pré verdoyant. Le fond de l'air était frais et humide – expérience inédite. Le pollen y flottait. Voilà ce qu'elles désiraient : de l'air – un air frais, plein de bestioles – et elles en viendraient à aimer le reste, avec le temps. Il suffisait d'un moment d'adaptation.

Au contact de la pénombre, les rayons dorés du soleil révélaient un tourbillon d'atomes en suspension.

Ces exploratrices, descendantes des anciennes habitantes des forêts, hésitèrent. Les Leghorn blanches sont une race de froussardes. Certes, Bwwaauk était nonchalamment sortie de la caverne de Platon, mais celles-ci n'étaient pas dotées du même esprit aventureux, de son insouciance. Elles, elles avaient peur.

Non, merci. On va rester ici. C'est bien, ici.

Soudain, comme tout le reste dans leur vie, quelqu'un choisit à leur place. Il y eut un horrible vacarme et celles qui se trouvaient sur le seuil furent éjectées par leurs congénères.

Au commissariat, Janey fut menottée au sol. Elle allait bientôt tomber amoureuse de Zee, qui sept ans plus tard irait la retrouver dans sa chambre d'adolescente, resterait enfermé là-bas pendant trois mois, puis sortirait avec elle, comme on sort d'un hangar obscur, en clignant des yeux. Zee, avec qui elle ferait une nouvelle tentative. Exigerait davantage.

Mais avant tout cela, tandis qu'elle était toujours menottée au sol, elle éprouva une étrange sensation – laquelle ? À cent cinquante kilomètres de là, Annabelle levait les bras et Janey ressentit le poids du portail ouvert et de l'air qui s'engouffrait à l'intérieur, la blessure de la lumière du jour, l'écroulement du monde fait de grillage et d'acier, d'ampoules, de tapis roulants et de nourriture en flocons. L'illusion du hangar s'éparpillait en parcelles de lumière.

Janey. Elle avait eu la vision initiale des poules s'évadant du hangar, mais c'était Annabelle qui avait imaginé la suite, qui l'avait rêvée lors de ses longues soirées dans sa maison flottante, qui avait concocté son scénario, sans savoir comment tout cela finirait.

Assise par terre dans le commissariat, Janey sentit la caresse de la brise dans le pré, le soleil sur ses joues, mais elle ne saurait jamais ce que cela signifiait. Seuls trois êtres humains sauraient où étaient allées ces quarante mille poules et ils n'en parlèrent à personne.

Dill avait souvent vu des séquences vidéo montrant des ouvriers avicoles chassant des poules d'un bout à l'autre d'une volière en vue d'un dépeuplement. Cela lui rappelait ces scènes de panique dans les films d'horreur – des milliers d'individus qui s'enfuient en criant, trébuchent, se bousculent – et ce n'était pas si différent, mais se trouver au cœur de la mêlée, c'était un choc. Certaines étaient piétinées, blessées, certaines étaient tuées. Mais il n'y avait pas d'autre moyen de les faire sortir, aussi leva-t-il les bras en criant, en même temps qu'Annabelle, et cette marée de plumes s'écoula autour de ses pieds. Ils les suivirent tandis qu'elles quittaient le bâtiment et partaient en s'égosillant dans le pré.

Elles se faufilèrent dans les herbes afin d'atteindre le couvert des arbres – la réserve naturelle qui commençait juste au-delà du pré. Il fit le tour du hangar, à la recherche d'Annabelle qui avait disparu, mais s'arrêta à la vue des voitures de police qui remontaient la colline à la queue leu leu, en serpentant. Elles étaient encore loin, des petits points, gyrophares allumés. Il rentra dans le hangar pour en chasser les retardataires.

« On a accéléré dans la côte. Là-haut, il y avait deux de ces ridicules camions. Jusque-là, je n'aurais jamais cru qu'on allait dans la bonne direction. Une heure qu'on tournicotait. Brad, qui ouvrait la voie, était censé avoir les coordonnées dans sa caboche, mais j'avais eu de gros doutes avant de les apercevoir, deux camions exactement comme les autres, ternes sous le soleil – et Dieu sait combien il y en avait en tout. Beaucoup.

Je me suis dit : Hé, t'as assuré des missions plus difficiles, peut-être pas plus farfelues, mais il y a pire. Comme maîtriser un junkie ou mettre fin à un crêpage de chignons.

Je sais ce que vous pensez, ben non, j'ai jamais eu à faire usage de mon arme. Vous verrez pas ma tête dans les journaux.

Donc, on est allés là-bas. Nous n'étions pas pressés. Ils n'allaient pas se sauver. À la frontière de la zone contaminée, la forêt se déroulait le long de l'horizon.

On s'est arrêtés – trois voitures pleines de flics. On n'avait pas mis les sirènes, mais nos gyrophares tournaient lugubrement. J'ai ouvert ma portière. Les cabines des camions étaient vides. J'entendais des gloussements à distance, mais sans voir de poules. Je ne savais plus très bien ce que j'entendais après la matinée qu'on avait eue.

J'ai donné des coups de clés contre les flancs des camions, en passant. *Clac, clac, clac.*

"On sait combien il y en a, là-dedans ?" j'ai dit.

Brad a haussé les épaules. "Des milliers, peut-être.

— C'est pas rien. Putain."

On s'est rassemblés devant ces poids lourds. Fred a sorti un mégaphone et on s'est plantés là, les deux pieds dans la terre. "Bon ! Qui a commandé une omelette ?" Il était mort de rire. On entendait toujours des gloussements, et tout à coup deux poules sont apparues, dodelinant de la tête. J'ai eu encore cette pensée qui m'avait accompagné toute la matinée : quel bordel.

Moi, je n'étais encore jamais venu. Et vous ? Un jour, j'étais en primaire, la classe de science un niveau audessus de moi a traversé le site à bord d'un bus scolaire sans s'arrêter, mais certains parents d'élèves ont protesté et cela ne s'est plus reproduit. Si l'endroit avait été plus facile d'accès, on aurait peut-être été plus nombreux à aller voir si ça nous transformerait en loups-garous, mais arrivés à l'âge de conduire une voiture, nous avions des filles en tête, et moi un beau-père à contrecarrer. Même en bagnole, c'était à une heure et demie de route.

Je ne sais pas à quoi je m'attendais – un paysage brûlé au napalm comme dans les films sur le Vietnam ? Mon père a fait le Vietnam. Mais ça, ça n'avait l'air de rien. La végétation semblait tout aussi chiante de part et d'autre de la clôture. On dit que c'est dans le sol et l'air, invisible. Une ou deux bolées d'air ne vous fera pas pousser un troisième bras, mais ne touchez à rien. Je n'avais aucune envie de m'incruster. J'ai dit : "Quel endroit flippant. Allez viens, Fred."

Là, Brad a dit : "Oh, y en a une sur le toit !" et j'ai cru qu'il voulait dire une poule, mais en clignant des yeux j'ai aperçu cette femme, les mains sur les hanches, sa robe ondulant comme une putain de superhéroïne. Comme si son intention, c'était de m'empêcher de prendre ses poules. Moi, je lui aurais bien dit : "Ma petite dame, vous croyez qu'on va s'affronter en combat singulier pour savoir qui a la garde ? J'ai des gosses, moi. Elles, je vous les laisse."

Hé, j'en veux bien une autre. Merci bien.

Ces extrémistes, je vous jure, ce sont des cas. Vous avez vu les vidéos qu'ils postent sur YouTube ? C'est vraiment effrayant de les voir cavaler dans l'obscurité avec ces pieds-de-biche, ces scies et ces machettes. Et ces cagoules. Ça escalade les clôtures, ça enfonce les portes, ça démolit le matériel. Tout ça pour, à la fin, mettre la main à l'intérieur d'une cage dont ils viennent de péter le verrou et s'emparer d'un petit lapin ou d'un chiot. Et de le prendre au creux du bras, et de le papouiller entre les oreilles de leur gros gant noir, et de lui faire des bisous à travers leur cagoule. Sûrement des fous dangereux. Je vois pas d'autre explication.

Vous savez, j'avais connu pire comme mission – des décès par overdose, des gosses à la clavicule cassée par leur père. Ça fait partie du métier. De là où j'étais, j'avais le soleil dans les yeux et j'étais gêné pour bien voir, mais je l'ai quand même vue tomber. »

Cette nuit-là, un seul être humain fut blessé et d'ailleurs ce ne fut pas cette nuit-là mais le lendemain, alors que tous les camions avaient été retrouvés, que des enquêteurs avaient été menottés à travers tout l'État, ou au-delà, que la plupart des poules étaient mortes asphyxiées conformément à la volonté de Dieu et que Rob Junior, la tête dans une main, le téléphone dans l'autre, beuglait en faisant les cent pas devant le modeste commissariat d'Al, dans l'Iowa, pour ne s'arrêter que lorsqu'on lui taperait sur l'épaule avec cette expression sinistre qui lui avait commandé tout au long de sa vie d'adulte d'arrêter ce qu'il était en train de faire.

Pendant ce temps, Jonathan Jarman Junior roulait sur l'autoroute juste sous la vitesse limite autorisée (tous des pros), pour retourner auprès de Joy et ses deux fillettes.

Et Dill chassait les dernières poules du hangar. Il les repoussait des mains et des pieds, ramassait celles qui étaient dans les coins et les laissait s'échapper de ses bras, voletant vers l'extérieur, puis traverser le pré en direction de la forêt comme les bébés tortues se dirigent vers la mer après l'éclosion des œufs dans le sable. Il ne s'inquiétait pas de savoir où était passée Annabelle, parce qu'il connaissait son job et le faisait bien.

Zee avait été arrêté avec les autres à bord de son camion. Il avait été poussé sans ménagement à l'intérieur du poste de police, aligné contre le mur avec une centaine d'autres (les quatre cellules étaient pleines) et se retrouvait assis à côté de cette fille, la plus jolie qu'il eût jamais vue. Mon Dieu, se disait-il, mon coude touche cette fille avec qui je vais passer ma vie, même s'il me faudra attendre d'être sorti de prison pour lui faire ma demande.

Il poussa un gros soupir – Oh, faites que je ne me plante pas, pour une fois – et lui adressa ce qui se voulait un sourire engageant. « Ah, cette Annabelle, dit-il. C'était vraiment son idée la plus pourrie. »

La jolie fille grimaça.

Curieusement, aucun des enquêteurs n'alla en prison, seulement les auditrices. Cela, en partie grâce à une équipe d'avocats mise à leur disposition par l'Humane Society of the United States, chargée de défendre les animaux du monde entier, mais aussi parce que les Green n'avaient pas l'intention d'envoyer la seule fille de la famille en prison – les Green, rien que des hommes d'aussi loin que le regard pouvait porter entre les divers oncles et cousins, à l'exception d'Annabelle (et, bien sûr, de la petite dernière, le poussin chéri de Robbie) – d'autant plus que celle-ci était dans le coma et risquait de ne jamais en sortir. Mais il fallait bien poursuivre *quelqu'un*. Ils avaient besoin d'être indemnisés par l'assureur. Ils avaient des emprunts à rembourser, des contrats, des salaires à verser.

Le cousin de Robbie, ce propre à rien de Jack, prit la situation en main. Il réunit la famille abasourdie dans la cafétéria de l'hôpital, tard, le jour où Annabelle était tombée du toit vermoulu, et conçut un plan qui étrangement fonctionna. La famille refusa de poursuivre les enquêteurs en justice, prétendant a posteriori que cette évacuation était une « fourniture de prestation » et que l'idée émanait justement de l'entreprise. Ils avaient en effet choisi de mettre la clé sous la porte, puisque M. Green Senior ne pouvait plus diriger l'exploitation, que ce secteur s'était fondamentalement transformé, qu'il ne présentait plus la même attractivité et ne pouvait être rentable qu'à condition d'avoir cinq fois plus de poules. Une misérable fermette comme la leur n'était pas concurrentielle. Ils avaient donc demandé aux enquêteurs de vider les hangars et d'amener les poules dans ces refuges. Seul celui qui avait mis le feu au plus vieux des bâtiments avait agi contre leur volonté, et en violation du Code de prévention des incendies et de la législation de l'Iowa, d'ailleurs. Dill, qu'ils avaient toujours détesté et tenaient pour responsable de la radicalisation d'Annabelle, c'était lui l'incendiaire, affirmaient-ils, et ils portèrent plainte contre lui. En outre, la Ferme Heureuse intenta un procès contre la police locale appelée à répondre d'une dizaine d'accusations, de préjudice injustifié à destruction de biens dans le cadre de la saisie, confiscation et destruction de neuf cent mille unités appartenant à l'entreprise. En fait, ils touchèrent un dédommagement considérable pour les poules asphyxiées, grâce en partie à un montage vidéo de Jack qui montrait les centaines de milliers de volatiles, morts et entassés sur le parking de l'église. Le procureur en fut réduit à se creuser la cervelle pour trouver des chefs d'inculpation à l'encontre des enquêteurs et n'en trouva que de faiblards, comme leur rébellion lors de l'arrestation, la conduite de véhicules de catégorie D sans permis poids lourd, ou l'abandon de détritus. La plupart s'en tirèrent avec du sursis, des peines de travail d'intérêt général, des amendes. Pendant des mois on put voir le long des routes des équipes d'enquêteurs, anciens ou actuels, ainsi que des bénévoles travaillant dans les refuges, ramasser des ordures pour les fourrer dans des sacs en plastique gris ou désherber à quatre pattes les bandes médianes, quand ils ne repeignaient pas le marquage au sol des places de stationnement devant le tribunal. Seul Dill fut accusé d'incendie volontaire, ce qui lui valut de passer vingt-neuf jours en prison en attendant l'audience, après quoi les charges furent abandonnées : les empreintes digitales sur le jerrican d'essence et dans la remise ne correspondaient pas, sa réputation d'homme non-violent et d'ami des bêtes, les nombreux témoignages en sa faveur, et son excellent avocat – tout cela aida. Heureusement pour les Green, la compagnie d'assurance n'exigea pas une condamnation pour les dédommager, juste une inculpation.

Cleveland et Janey n'eurent pas autant de chance. Leur employeur confisqua le BlackBerry de Cleveland, propriété de l'entreprise, découvrit les photos et les vidéos des derniers mois, porta plainte contre elles de toutes les façons possibles – violation de la loi-bâillon, introduction par effraction, cambriolage, représentation mensongère. Janey fut condamnée à cinq ans de prison, et libérée au bout de deux ; Cleveland à dix, et libérée au bout de quatre ans et demi.

Qu'attendait-on encore de lui ? Il aurait bien aimé le savoir.

Il s'était pointé au tribunal en costume-cravate. Tous les dimanches, il s'était rendu en costard à la prison, laissant les samedis au petit con. Et il le portait encore à chaque visite à son contrôleur judiciaire – il avait tenu à l'accompagner. Il n'en sortait pas, de ces costumes-cravates. Il avait endossé un costume pour rencontrer la famille du petit con ; un autre, tout neuf, à leur mariage, et encore un autre à la banque, pour cosigner la demande de prêt. Il en avait porté un à l'hôpital quand elle avait accouché, et aussi aux obsèques. Il avait fait tout ça, agi en père – et il attendait encore les remerciements.

Et maintenant, après toutes ces épreuves, c'était retour à la case départ : elle s'était enfermée dans sa chambre comme une gamine de quinze ans. Et elle ne touchait pas à la bouffe qu'il avait déposée à sa porte. Même pas à ses trucs favoris.

OK, il n'aurait pas dû mettre du poulet. C'était sa faute. Il avait placé la petite barquette par terre, avec un soda light – c'était vraiment son truc, autrefois – frappant à sa porte avant de retraverser le petit couloir pour s'installer sur le divan. En se penchant en arrière, on pouvait voir la bouffe et la boisson. La porte s'était entrouverte, tout avait disparu. Sauf qu'une minute plus tard, elle se rouvrait à la volée, la barquette volait dans les airs et s'écrasait contre le mur.

Merde, alors ! Qu'est-ce qu'il en savait, lui ? Et à quoi bon *saloper le couloir* ?

Allait-il devoir réparer les dégâts causés par sa mère jusqu'à la fin des temps ? Il n'avait jamais demandé à être père. Elle était venue le chercher, et depuis il n'avait pas eu *une seule seconde de paix*. « Faut manger ! » cria-t-il. Pas de réponse. Il appela Cleveland et lui laissa un message. « Elle meurt de faim, si jamais ça t'intéresse ! » Puis, il retraversa le couloir comme un ouragan et se planta devant sa porte. « Ça suffit comme ça, tu vas sortir me nettoyer ce merdier !

— VA-T'EN ! »

Il était si en colère qu'il écrabouilla le poulet.

Pestant tout au long du trajet jusqu'au supermarché, il choisit des chips, des bretzels et des carottes miniatures en sachet. Et il pesta tout au long du trajet retour. Une fois dans l'appartement, il contourna prudemment le poulet écrabouillé, déposa le sac en papier à sa porte. Avec un bidon d'eau, pour qu'elle ne meure pas de soif.

Il frappa. Rien. « Tu ne veux pas voir ce que je t'ai rapporté ?

— Casse-toi !

— Des carottes ! » Repartant d'un pas d'éléphant dans le couloir, il se laissa choir sur le divan. Lorsqu'il se pencha en arrière, sac et bidon avaient disparu. Peu après, il revint avec un sac-poubelle et une éponge pour tout nettoyer.

Quelques jours plus tard, le mari se pointait et il se crut sauvé, mais ce voyou hirsute, ce bon à rien, la rejoignit dans sa chambre, n'en sortant que pour pisser et stationner une minute, avec ses longs bras ballants, dans le couloir.

Et maintenant, il les avait tous les deux en pension. Cleveland lui avait recommandé le Taco Bell, qui était à vingt-deux kilomètres de là, mais tant pis. Il se débrouillerait.

« Je te l'affirme, Janey ! »

Janey avait la figure dans les mains.

« Ça fait trois mois.

— Arrête… »

Ce ne fut ni Zee ni son père qui réussirent à l'arracher à sa chambre. Zee avait beau soupirer, son père brailler, ce fut Cleveland qui prononça, non sans impatience, des paroles sensées. « Je te l'affirme, Janey. Tu en auras un autre. » Elle lui prit délicatement les mains. « Le cœur est fait pour aimer, qu'on le veuille ou non. »

Janey ne se souvenait pas que sa mère eût dit cela, mais elle savait d'expérience que c'était vrai. Aussi, elle en pleura de rage et de chagrin, mais elle quitta enfin la chambre. Et Cleveland avait raison. On la prénomma Olive.

Olive fut élevée par toute une tribu – un curieux regroupement d'anciens enquêteurs, ses *tías*, les six sœurs de Zee et leurs familles, sans oublier son grincheux grand-père.

Mais Cleveland s'occupa d'Olive tous les mercredis après-midi, jouant d'abord avec elle par terre, puis allant la chercher à l'école. Elle l'emmenait vaillamment faire ce que la gamine avait envie de faire, y compris ce qui ne lui plaisait pas. Elles identifiaient des insectes sur les cultures, jouaient aux échecs dans le refuge pour SDF, jouaient du violon dans les rues (les recettes allaient aux associations de défense des droits des animaux). Elle réussit à lui faire réaliser une réplique en papier mâché du système solaire et elles transformèrent le garage en un univers de systèmes stellaires et de comètes.

« Tu savais que, ta grand-mère et moi, on avait formé un groupe de rock ? Moi, j'étais au triangle… » De son bureau, Janey tendait l'oreille. « Redresse-toi, Olive ! On ne fomente pas une révolution en se tenant avachie ! »

Janey n'avait pas vécu la vie de cette jeune New-Yorkaise. Elle avait choisi d'aller dans l'Iowa, choisi d'y rester, choisi de suivre Cleveland dans les hangars, de rejoindre Zee après la prison, de sortir de la pénombre de sa chambre pour affronter la lumière, d'essayer, essayer encore. Elle avait recréé sa vie. Il y avait bien une existence meilleure que celle qu'elle avait perdue et c'était celle où elle choisissait.

Mais la vie lui réservait d'autres chagrins, car c'est toujours ainsi. Un jour, quand son père serait vieux, Zee et elle l'emmèneraient en Floride. Olive serait loin, à la fac. L'Alzheimer de son père serait assez avancé, plus avancé qu'au moment où elle avait pris les billets, deux mois plus tôt. Elle l'avait imaginé assis sur la plage, au soleil, tout près des vagues. Elle le voyait esquiver les gouttelettes en râlant quand elle le rejoindrait après avoir nagé. Elle le voyait rire. Mais, en réalité, il était gêné et effrayé par tout ce qui sortait de l'ordinaire. Il ne se souvenait plus de ce qu'on lui disait, même au bout d'une seconde. Il ne sortait pas de sa chambre, sauf pour les repas.

Le dernier jour, ils attendaient à l'aéroport. Son père, ce colosse, était crispé par la panique, ne sachant ni où il était ni avec qui, ni comment il allait pouvoir rentrer chez lui, et la souffrance de Janey était telle qu'elle n'arrivait pas à le regarder. C'était Zee qui, comme d'habitude, savait s'y prendre. Assis à son côté, il lui répétait indéfiniment, à voix basse, à l'oreille : « Nous sommes en vacances en Floride. Votre fille est là. Nous attendons l'avion qui nous ramène à la maison. Le vol est affiché là, sur cet écran. Vol 632, vous voyez ? Départ à onze heures quinze. On embarque dans quarante minutes. » Le vieillard fixait l'écran de ses yeux vitreux et à chaque fois que ses lèvres commençaient à remuer, chaque fois qu'il en sortait des sons, Zee le tranquillisait avec ce même mantra : « Nous sommes en vacances. C'était très bien. Votre fille est là. Vous voyez, le vol est affiché là, vol 632… » Janey se mordait les lèvres, parce qu'en dépit de ce qu'elle avait cru, lors de sa première nuit chez lui, elle avait appris à l'aimer.

Journal de Bonnie K – Garde-monitrice des parcs nationaux de l'État de l'Iowa.

Certaines sont mortes. Quand on marchait dans la forêt, on voyait des petites plumes blanches par terre, comme des oreillers retournés. Un tas sous un arbre. Une grappe dans les broussailles. Elles s'étaient monté les unes sur les autres et avaient suffoqué. Mais j'ai vu toute une bande farfouiller sur un sentier, donner des coups de bec aux racines et une autre dizaine rassemblée sous un arbre, à projeter de la terre autour d'elles. À vrai dire, j'étais étonnée d'en voir autant en vie.

Mais à bien y réfléchir, on sous-estime ces petites dames. La sélection qu'elles ont subie au cours de nombreuses générations – sorte d'évolution en accéléré – en a fait une race génétiquement étrange et vigoureuse, conçue pour résister aux épreuves plutôt bizarres. Je me suis renseignée sur Internet. Elles doivent être capables de se tenir dans ces cages pendant des mois et des mois, les poumons pleins de squames. Elles doivent être capables de résister à des doses massives d'antibiotiques, supporter à la fois des surcharges ou carences sensorielles, l'entassement, les coups de bec cruels de leurs compagnes de cellule. Elles doivent pouvoir résister aux maladies. Elles doivent tolérer la violence, le bruit, la panique et ne pas mourir de crise cardiaque (comme beaucoup le font, apparemment). Ces volatiles sont quasiment radioactifs, si vous voyez ce que je veux dire. Des phœnix.

Donc, oui, je savais qu'elles étaient là. Je les voyais vivre et mourir de ma fenêtre. Mais je n'ai rien fait. Je n'ai dit à personne qu'elles étaient là. Je les ai ignorées. J'ai menti.

Il est vrai que, d'un côté, elles n'étaient pas habituées à se nourrir par elles-mêmes. Mauvais point pour elles. Mais, d'un autre côté, leur race a été programmée pour jeûner pendant ces périodes de mue forcée. Si elles avaient de l'odorat, elles trouveraient bien la rivière qui serpente par ici, des nuées d'insectes, de l'eau fraîche.

Mais, là encore, elles n'étaient pas habituées à fuir des prédateurs. Ces poules sont des boules de chair et de plumes, pas très élancées comparées à la plupart des oiseaux. Elles ont bien du mal à grimper ou voler, sont meilleures pour marcher ou battre vainement des ailes, mouliner au ras du sol. Mais, en leur faveur, il y avait le fait que cette forêt avait été victime d'une chasse abusive pendant si longtemps – parcourue par une armée de fines gâchettes qui descendait tout animal à sang chaud ou froid qui se trouvait sur son chemin – qu'à l'exception de quelques écureuils et hirondelles, ces arbres n'abritaient plus de vie animale depuis des lustres. D'ailleurs, c'est étonnant de voir la vitesse à laquelle l'instinct reprend le dessus. Au bout de quelques jours, elles voletaient d'arbre en arbre. Et elles dormaient sur les branches.

Alors oui, je dirais que le match n'était pas gagné d'avance. J'étais curieuse de voir comment ça se passerait.

Contre elles, les humains. Aucun animal n'a sa chance contre nous. Nous sommes prêts à tuer tout ce qui vit, sur-le-champ, pour n'importe quel motif qu'on saura inventer.

Contre elles, le fait que n'importe quel garde-moniteur passant par là, sans compter l'honnête citoyen en balade, ne manquerait pas de noter la présence de ces milliers de poules. Les êtres humains sont peu observateurs, et même aveugles parfois à ce qui crève les yeux, mais autant de poules ne risquait pas de passer inaperçu.

Mais, en leur faveur, il y avait le fait que, par un heureux hasard, cet espace naturel bordait une zone d'une superficie de cent trois kilomètres carrés qui, en raison d'un certain déversement accidentel de produits chimiques, avait été déclarée inhabitable trente ans plus tôt et interdite d'accès pour un millier d'années. Et même si ce coin de forêt était prétendument hors de la zone contaminée (l'était-il ou pas, c'est matière à débat) personne ne voulait y investir, ni même s'en approcher, et c'est ainsi que c'était devenu un parc naturel, et que je me suis moi-même retrouvée ici, comprenant par la même occasion avec amertume à quel point j'étais méprisée par mes supérieurs. Avoir de la visite ici, c'est rare.

La prétendue non-contamination est peut-être la cause de ma léthargie, de mes migraines et de ma désorientation. En fait, dans un premier temps, quand je les ai vues, j'ai cru halluciner.

Ce sont d'excellentes grimpeuses, soit dit en passant, une fois qu'elles ont pris l'habitude. J'en ai vu tituber sur les branches les plus basses, se ramasser par terre en faisant une cabriole, se suivre à la queue leu leu dans les feuillages. Bravo !

Contre elles, l'hiver.

Avec elles, c'était encore le printemps.

Contre elles, le fait que c'était le printemps et que, s'il y a une saison où l'être humain brave la contamination chimique, avec ses risques de cancers potentiels et de troubles néonatals, c'est à cette époque-là, quand il met le nez dehors.

En faveur des poules, l'économie locale – et les répercussions de sa destruction. C'était l'année où l'État fit faillite. Le Sénat élu pour réduire les prestations, les pensions, les heures d'ouverture des bibliothèques et – point un peu plus pertinent pour les poules – les fonds alloués aux parcs naturels. Tous furent désormais fermés pour une durée indéterminée. Les humains à la recherche d'une distraction pour le week-end ne viendraient pas cette année-là. Pas de guide pour emmener les randonneurs en balade, pas de gaufrettes aux noisettes à l'espace accueil, pas de diaporamas exposant des roches. De toute façon, on n'en avait jamais eu beaucoup, avec cette contamination.

Contre elles, il y avait le fait que, malgré cette fermeture, l'État employait tout de même des gardes pour surveiller les parcs et effectuer un entretien minimal – non pas débroussailler régulièrement les sentiers et empêcher la nature de reprendre possession de ce qui lui appartient, car il aurait fallu toute une équipe, mais passer de temps en temps en 4 × 4 pour s'assurer qu'aucun vandale – ou aucune poule – ne prendrait le relais. On pourrait croire que le garde de cette forêt-ci aurait repéré des dizaines de milliers de poules, mais, un point en leur faveur, la garde chargée de ce coin-là, c'était *moi*, et j'étais devenu défaillante au plus haut point. J'en avais marre d'être la codépendante médiatrice entre l'humain et la nature. Plus rien à cirer. J'avais passé mon adolescence ainsi que ma vie de jeune adulte à tenter d'obtenir le poste de chef de secteur et, par une cruelle ironie, primo, on m'avait confié la préservation d'une forêt contaminée, désertée par la faune et, secundo, au bout d'une année, les crédits avaient été coupés.

Donc, en faveur des poules, il y avait le fait que je ne roulais pas tous les après-midi comme j'étais censée le faire, à travers mon bout de forêt en forme d'amibe, le morceau découpé pour jouxter la zone contaminée et servir de tampon. À la place, je restais dans mon mobile-home, à me gaver de télé. Je regardais toutes les saisons de toutes les émissions dont j'avais entendu parler.

Je n'avais jamais pu le faire, jusque-là. Mes parents étant, l'un bibliothécaire, l'autre professeur d'histoire dans le secondaire, métiers aussi attendrissants et menacés d'extinction que le mien, j'avais été sérieusement rationnée d'un point de vue télévisuel. J'avais raté tous les événements médiatiques nécessaires à une saine vie sociale enfantine et, une fois parvenue à l'âge adulte, j'avais continué à me priver par loyauté filiale. Mais dans les semaines précédant l'apparition des poules, j'avais décidé que ces enfoirés des espaces verts pouvaient aller se faire voir. J'allais me rattraper.

Au début, je regardais pour tromper ma solitude et mon ennui. Mais peu à peu, j'ai commencé à apprécier ma petite lucarne lumineuse. Je n'avais pas de véritable poste, bien entendu. L'État n'en équipe pas nos mobile-homes, mais j'avais Internet, qu'on avait bien été forcé de me donner puisque le réseau était lacunaire et que je devais remplir mes rapports en ligne. J'avais accès à des centaines, des milliers d'émissions. Des émissions sur des guerres entre planètes, sur des gens qui souhaitaient se marier, sur la condition des chauffeurs noirs, sur les personnes qui sautent de falaises et dans des voitures, sur des chiens, des zombies, la France. Puis, il y avait le porno, qui m'avait distraite pendant une semaine avant que je ne me laisse embarquer dans ce genre de séries où des humoristes jouent leur propre rôle, se montrant dans des scènes de sexe ridicules, en parents indignes, des êtres drôles et subtils dans un monde qui ne les comprend pas. Je commençais à saisir pourquoi certains s'empressent de rentrer chez eux après le travail pour se planter devant le petit écran et se réchauffer à ses rayons. Je pouvais coincer mon ordinateur portable entre mes genoux et avoir le nez sur l'écran, ce qui était mieux que de l'avoir au fond de la pièce avec toute cette terne et désespérante « vraie vie » entre nous. La pièce s'effaçait et c'était presque comme si j'étais avec eux, dans l'émission.

Il fallait envoyer des rapports quotidiens, oui, sur l'état révolu de ce parc naturel. Je remplissais les rapports en ligne tout en regardant les émissions sur la deuxième moitié de l'écran. La configuration idéale, car aucune émission – si bonne soit-elle, et si grande soit mon envie, ou ma crainte, de retrouver ses personnages – n'occupait plus de 70 % de mon cerveau – et généralement beaucoup moins (et honnêtement ne peut-on en dire autant même des histoires d'amour les plus torrides dans la « vraie vie » ?). Entre le rapport et l'émission, mon cerveau était occupé à 90 %, et il ne me restait plus que 10 % pour rêvasser, réfléchir ou me dépatouiller avec des peurs ou des colères irrationnelles.

Qui a dit que ce que nous vivons, quand on regarde la télévision, n'est pas aussi réel que ce que nous vivons quand on regarde ce qui « ne passe pas à la télé » ? Si la télé suscite les mêmes émotions – tristesse, désir, colère – et si ces émotions sont sincères, et franchement beaucoup de choses réelles en inspirent moins, pourquoi ça ne devrait pas compter ? N'est-il pas vrai que dans la « vraie vie », les gens et les promesses disparaissent avec moins de cérémonie que sur un écran ?

J'étais dans cet état d'esprit quand les super-poules sont apparues.

De temps en temps, je détachais les yeux de l'écran et la pièce autour était toujours là. À travers la fenêtre malpropre, le long du divan où je m'étais allongée, je pouvais voir le vert verdir, le jour baisser, la nuit tomber, le jour revenir. Et je me concentrais de nouveau sur l'écran.

Puis, un jour, j'ai aperçu à la faveur d'un coup d'œil une bande de poules, à la queue leu leu, tout ébouriffées et qui picoraient.

J'ai pensé : Qu'est-ce que c'est que ça ?

J'ai reporté mon attention sur l'écran. Je ne pensais plus à rien.

Quelques heures plus tard, j'ai de nouveau regardé par la fenêtre et j'en ai vu encore plus, des *centaines*.

J'ai cherché des renseignements sur le Net tout en suivant une série sur des femmes vampires – un nombre incalculable d'épisodes avait précédé celui-ci, j'en avais pour des mois – et voilà : un article sur toute une ferme razziée par des extrémistes. N'y avait-il eu personne pour se douter qu'ils en lâcheraient certaines par ici ?

Et pourquoi personne n'était venu ?

Eh bien, je vais vous dire pourquoi : parce que j'ai dit qu'elles étaient mortes ! Personne n'avait envie de mettre les pieds ici, à moins d'y être obligé. L'association des gardes-moniteurs m'a écrit pour me demander si je n'aurais pas *repéré des poules blanches de race Leghorn.*

J'ai regardé par la fenêtre le groupe rassemblé autour du riz brun que j'avais répandu. *Oui, oui, quelques-unes*, ai-je répondu. *Elles ont toutes crevé dans la journée. Sûrement la contamination. Je les ai ramassées et enterrées.* Pour les empêcher de venir, j'ai ajouté : *Au fait, j'ai toujours ces migraines.* Et : *Vous ne voulez pas m'accorder une rallonge ? Mes provisions sont presque épuisées.*

Pendant ce temps, à l'extérieur de mon mobile-home, ça grouillait de super-poules. Mêmes les gamins du coin, qui auraient pu se pointer en voiture à la recherche d'un truc sympa à torturer, restaient à distance.

Les poules nichèrent, pondirent, encore un point en leur faveur. Au bout de quelques jours, en me baladant dans la forêt, je me suis aperçue de la quantité énorme d'œufs. Il y en avait partout ! Je me suis dit : chouette, j'aurai peut-être des poussins. C'est peut-être le début d'une nouvelle génération, ici, dans ma forêt radioactive. Et puis, j'ai réalisé : minute, y a pas de coqs ! Ces œufs n'ont-ils pas besoin d'être fécondés ?

Je me suis renseignée. Hé oui, les poules ont besoin de passer à la casserole pour que ça marche. Je menais mon enquête tout en rédigeant mes rapports et en regardant la saison 3 de la série sur les vampires qui ne retenait alors que 30 % de mon cerveau. Ensuite, j'ai regardé la saison 8 d'une série sur un hôpital (20 %). Puis, un épisode sur un pompier surnaturel (40 %). Et j'ai commencé à penser : c'est un obstacle considérable, cette absence de coq. Que dis-je ? C'est carrément l'impasse. Ces œufs ne donneraient pas de poussins. Des dizaines de milliers de poules, pondant chacune toutes les trente-deux heures (selon le site web de la Fédération des producteurs d'œufs). Et c'était le printemps, le moment idéal. Ben non, impossible. Scientifiquement impossible, à moins de croire à l'Immaculée Conception, un phénomène qui ne s'est pas produit depuis très longtemps. J'ai néanmoins découvert en surfant, et tout en regardant une émission sur une famille qui passe toute sa journée le cul sur un divan (10 %), que, parfois, une poule change de sexe, devient un mâle. Une poule devenue coq ! Cette transformation n'a lieu que dans un cas sur dix mille. Pourquoi font-elles ça ? Je n'en sais rien. Ça les regarde. Mais ces transsexuels ne produisent pas de spermatozoïdes et restent stériles.

Non, elles allaient perdre la partie à cause de ce manque de spermatozoïdes.

Ça me chagrinait. Un handicap injuste.

De plus, ces super-poules n'étaient pas censées avoir envie de couver ! C'est le genre de sélection qu'on pratique : une race sélectionnée pour sa capacité à ne pas se reproduire. Les humains les avaient bien niquées.

Je les voyais de ma fenêtre. Je les observais à la jumelle, tout en regardant la saison 2 d'une émission sur des enfants malades qui vont de mieux en mieux (8 %).

Donc, c'est la seule chose que j'ai faite. Le cerveau humain a un penchant pour l'action, même si nous aimons faire croire qu'il est enclin à la léthargie. Si vous saviez comme c'est facile d'acheter des coqs. On presse une touche durant le générique de fin d'une émission sur des bombes qui explosent dans le désert ou sous l'eau (25 %). Disponible sur place le prochain jour ouvrable. J'en ai commandé deux douzaines. Je devais être d'accord avec les termes et conditions, entre autres m'engager à ne pas en faire des coqs de combat. La ferme a appelé dans la matinée pour dire que je pouvais venir les chercher.

J'ai pris ma voiture de fonction et je suis allée en ville pour la première fois depuis un mois. J'ai fait le plein de provisions, puis je me suis rendue à cette ferme située à une heure de route. Un vieux paysan m'a aidée à charger les caisses à l'arrière. Chaque coq avait son propre compartiment, deux par caisse avec une cloison entre eux. Une fois de retour, j'ai déposé les caisses par terre, mais sans les ouvrir. Je réfléchissais.

Même nantie de ces coqs, j'allais devoir compter sur une erreur humaine. L'espèce humaine s'est trompée si souvent au cours de son histoire qu'il semblait déraisonnable d'espérer qu'il y ait plein d'autres erreurs, mais il était tout aussi inconcevable qu'il n'y en ait quand même pas beaucoup d'autres à venir.

Il fallait espérer que l'espèce humaine n'était pas parvenue à éradiquer tout instinct maternel chez elles, qu'un gène réprimé allait faire un bond en avant, s'affirmer dans une poule bien vivante qui rencontrerait un coq, et que tous deux se découvriraient assez de points communs pour désirer davantage qu'une amitié, chercher autre chose, l'amour peut-être, ou à défaut une satisfaction sexuelle ou biologique.

Nous allions devoir espérer que ce gène primitif fût robuste, plus robuste que les humains, et que la poule allait couver, pas un jour ou deux, mais qu'elle désirerait le grand jeu : engendrer, nourrir, soigner, protéger (*tenir bon en toutes circonstances*), surmonter tout ce que l'espèce humaine lui avait infligé, qu'elle couverait et s'emploierait à aménager son nid, réunissant des brindilles et du feuillage autour d'elle, déterrant des asticots, retournant délicatement ses œufs, et que les autres l'observeraient avec attention et envie, qu'elles ressentiraient les mêmes tressaillements dans leurs entrailles et l'imiteraient, si bien qu'au bout de quelques jours ces poules commenceraient à sentir leurs petits remuer sous elles et qu'elles seraient assez émues pour lancer l'ancestral pépiement qu'une mère adresse à ses embryons, qui lui répondent de même, bien que le contenu de cet échange nous reste à jamais caché, car nous avons beau nous croire très intelligents, les choses les plus simples nous échappent.

Les probabilités étaient peut-être faibles, oui. Mais sûrement pas aussi faibles que celles à l'origine de la vie, apparue sur Terre il y a des millions d'années. Pas aussi faibles que les phénomènes quotidiens, routiniers, qui se déroulent autour de nous, les spermatozoïdes nageant dans des canaux, les gènes mutant, et cetera, l'évolution des animaux, humains ou pas. Pour ne pas avoir le temps de changer d'avis, de m'interdire de fausser les probabilités en éliminant un handicap, confiant alors leur sort – avènement ou chute – aux vicissitudes du destin plutôt qu'aux décisions humaines, j'ai ouvert ces caisses et relâché ces coqs un par un. Ils ont sorti la tête, gloussé. Se sont enfoncés d'un pas hésitant sous les arbres.

« Annabelle, tu m'entends ? » disait Jonathan.

Joy et ses filles étaient allées à une fête d'anniversaire à Holy Moly Cheese, où elles joueraient à Cyber Robot et Cracker Cracker. Joy avait été si patiente avec lui, à propos de tout ça. C'était pour la famille d'Annabelle qu'il s'inquiétait, avait-il prétendu.

« Annabelle, je sais que tu m'entends. »

Elle avait promis de se ranger pour de bon, après tout ça. Ils n'avaient pas discuté du sens de cette déclaration. Plus d'un mois qu'elle était plongée dans un coma médicalement assisté. Les médecins la disaient prête à en sortir.

« Annabelle, dit-il. Fais un effort. »

Si seulement elle avait ouvert les yeux.

Q : Nom ?

R : Je n'ai pas déjà répondu ?

Q : C'est pour le formulaire.

R : Je ne sens même plus mes pieds. Je ne sens plus mes tibias.

Q : Cette dernière formalité ne prendra guère que quelques minutes. Ensuite, vous n'aurez plus qu'à signer et ce sera tout.

R : D'accord. Mais faites vite.

Q : Nom ?

R : Quoi, encore ?

Q : C'est pour le formulaire.

R : Annabelle Green Jarman.

Q : Depuis combien de temps étiez-vous associée à cette entreprise ?

R : À quel titre ? Voyons, dix-huit ans comme fille, trois comme épouse, huit comme enquêtrice, deux comme hors-la-loi, tout dépend de comment… Hé, qu'est-ce que c'est ?

Q : Quoi donc ?

R : J'ai entendu quelque chose.

Q : Pas nous.

R : D'accord.

Q : Donc, admettriez-vous que durant votre participation…

R : Là, encore ! Vous avez entendu ?

Q : Non.

R : C'est passé, maintenant.

Q : Nous pouvons sauter certains points. Question finale. Pourriez-vous nous dire…

R : Minute ! Là. Vous avez entendu ? On m'appelle par mon prénom.

Q : Désolé, non.

R : Je vais aller voir. J'en ai pour un instant.

Q : Vous ne pouvez plus vous défiler. Vous avez déjà signé.

R : Je n'ai rien signé du tout.

Q : C'est tout comme. Ici. Vos initiales suffisent.

R : Je dois dégager mes jambes de ce truc-là. Je ne sais pas si je peux…

Q : Attendez.

R : Quoi ?

Q : Nous ne pouvons pas vous prédire l'avenir, si vous vous en allez.

R : Personne ne m'a jamais prédit l'avenir, et cela ne m'a jamais fait peur.

Q : Il ne restera pas auprès de vous.

R : Je croyais que vous ne pouviez rien me dire ?

Q : Il rejoindra l'autre femme. Dill ne restera pas non plus.

R : Ah bon. Et si je reste ici, moi ? Alors, quoi ?

Q : Nous ne pouvons pas vous le dire. Il faut signer d'abord. Ici.

R : Je vais passer devant un juge ?

Q : Oh, non. Rien d'aussi barbare.

R : Revenir sous une autre forme ? Une vache, un insecte, un arbre, un garçon ?

Q : (en aparté) C'est plus fort qu'eux. Ils ne peuvent pas imaginer autre chose que la Terre.

R : Quoi d'autre, sinon ?

Q : Signez là.

R : Hum. C'est tentant.

Q : Tenez. Utilisez ceci.

R : Attendez. J'entends encore sa voix.

Q : Non, ce n'est pas lui.

R : Je la reconnais.

Q : Il ne restera pas. En fait, tout ce que vous aimez aura bientôt disparu. Poissons, éléphants, oiseaux – surtout les oiseaux. À partir de maintenant, la situation va empirer. La pollution gagnera toute la planète.

R : Ah… Et qu'est-ce qu'il me restera, si je retourne là-bas ? Rien du tout ?

Q : Rien.

Q : Allons, allons, dis-lui.

Q : Ce n'est pas notre rôle.

R : Me dire quoi ?

Q : Il y aura un moment.
R : Un moment ?
Q : Une réunion d'humains.
Q : Principalement d'humains.
R : Où ?
Q : Dans une pièce.
Q : Une habitation.
R : Et j'y serai ?
Q : Oui, vous serez parmi eux.
R : Parmi quoi ?
Q : De la musique, des conversations, de la lumière.
Q : Vous serez plus vieille.
Q : Plus vieille, oui, toujours mince. Vos cheveux seront relevés.
R : Je me coiffe comme ça, parfois.
Q : Il ne sera pas là.
R : Et qu'est-ce que je ferai, moi ?
Q : Vous passerez un plateau.
Q : Un plateau de légumes grillés. Vous serez un peu pompette après un verre de vin.
Q : En fait, si vous vous concentrez, vous pouvez presque vous voir, sur ce fond humain un peu flou.
R : Oui, il me semble.
Q : Voilà.
R : Cela suffira-t-il ?
Q : Presque.
R : J'entends encore sa voix.
Q : Il retournera auprès d'elle.

R : J'y vais. Excusez-moi.

Q : Je croyais que vos jambes étaient paralysées.

R : Elles semblent fonctionner, maintenant. Oh, oups ! Pas tout à fait. Non, c'est bon. J'arrive, Jonathan. Attends !

Je crois à l'utilité des contrôles, même maintenant que je sais que c'est impossible. On ne peut pas pénétrer dans un hangar et examiner le moindre objet, le moindre animal, inspecter de fond en comble chaque recoin. C'est impossible.

Par conséquent, j'ai le regret d'informer mes supérieurs que je soussignée, Cleveland Smith, saine de corps et d'esprit, démissionne de mes fonctions de contrôleuse. J'ai été congédiée, traduite en justice, emprisonnée, mais il est certaines responsabilités auxquelles on doit choisir par soi-même de renoncer. Toutefois, dans la mesure où une auditrice est celle qui regarde et signale, je ne renonce pas à mon droit de regarder, seulement à l'obligation de signaler, car je crois en la beauté tragique des coins perdus, des visages oubliés, des grands espaces.

Je soussignée, Janey Flores, démissionne au nom de l'ancienne Janey Flores, celle qui était restée à New

York. Elle ne se présentera plus au garde-à-vous dans mon esprit. Dorénavant, il n'y aura qu'une seule Janey Flores (en plus des 1 883 autres qui vivent à l'heure actuelle de par le monde, sans oublier les Jane Flores (12 921) et J. Flores (1 164 046)). Avec l'ancienne Janey Flores tout le reste disparaît : les amis qu'elle se serait faits, les mots qu'elle aurait prononcés, les moments où nous nous serions rencontrées. À partir de maintenant, plus d'écho, plus de stéréo. Je suis la seule à m'exprimer.

Messieurs les responsables,

Je représente les 295 millions de poules pondeuses vivant actuellement sur le sol américain. Cette mise en demeure a pour objet de vous signaler que vos pratiques – notamment, mais non limitativement, enfermer mes clientes dans des cages, les nourrir avec des aliments inappropriés, leur sectionner le bec, détruire leurs systèmes sociaux et les soumettre à une mort précoce par asphyxie au gaz – sont devenues intolérables. Elles vous ont présenté une moyenne de sept lettres de démission chacune, et se trouvent néanmoins toujours à votre service. Vous êtes, par la présente, sommés de les libérer.

Carter Dillard, avocat

Je soussigné, Dill, démissionne. C'est une démission forcée, mais je renonce – pas à me battre pour les animaux, bien sûr, on ne renonce pas à cela, on change juste de poste. Je démissionne de mon ancien poste de directeur des enquêtes. Je lâche enfin la barre pour aller voir ailleurs. J'aimerais vous remercier pour les nombreuses années de bons et loyaux services que j'ai fournis.

Je soussigné, Robert Green, démissionne. De toute façon, j'ai toujours détesté ce boulot. Ma femme bosse à la YMCA, où il y a des perspectives. On m'a offert aussi un job de conseiller d'orientation à la fac locale. Mais vous savez quoi ? J'ai bien envie d'ouvrir un magasin de vélos.

Je soussigné, Enquêteur Q, démissionne. Je fais cela depuis trop longtemps à présent, je ne me vois plus que comme un simple fermier. Je ne sais même plus s'il y a quelqu'un pour lire mes rapports. Je vais seulement de ferme en ferme, d'un point à l'autre, vers la ligne d'horizon. Un fermier, une silhouette familière, et nous sommes de moins en moins nombreux chaque année. Cela fera un de moins. J'arrête.

ÉPILOGUE

Les pondeuses de l'Iowa survécurent aux êtres humains. Elles survécurent à tous les autres oiseaux qui avaient été éliminés de la surface de la Terre par les humains au bout de quelques centaines d'années. Ces poules – dont les ancêtres avaient traversé un terrain contaminé pour rejoindre une forêt moins contaminée et tomber amoureuses des coqs qu'elles y rencontrèrent – survécurent à tout. Cinquante mille ans plus tard, elles accomplissaient toujours leur pèlerinage annuel à travers ce qui avait été un parc naturel jusqu'à ce qui avait été le premier hangar du Grand-Père Green, le lieu des origines. De même que les tortues reviennent ramper sur le sable, que les enfants reviennent à la maison après être allés chercher vainement fortune (divorce, chômage, maladie), que les créatures rentrent avant de repartir à l'assaut de la vie, ainsi font les poules, pour marquer le territoire avec leurs yeux. C'est instinctif, biologique, psychologique, spirituel – mais surtout pas intellectuel –, c'est ce que nous, les vivants, faisons : regarder en arrière.

Chaque année, les super-poules traversaient l'ancien parc naturel plus ou moins contaminé. Pendant les premiers milliers d'années, elles s'étaient arrêtées pour se pencher, intriguées, sur les runes datant d'une autre époque. Elles ne les chamboulaient pas avec des bains de poussière ou en nichant, mais les laissaient là, génération après génération, sentant sans doute que ces pierres, disposées avec soin, appartenaient à leur créateur qui reviendrait peut-être – ce membre fantôme, cet *om* manquant. Et elles espéraient qu'un jour elles seraient capables de comprendre le message inscrit pour elles sur ces pierres blanches :

MarshMmaLLows YAY !!!

Et lorsque les pierres eurent disparu, elles conservèrent la tradition de faire halte en ce lieu, pour chercher à comprendre une énigme dont l'objet était nébuleux et les indices perdus. À cet égard elles avaient plus de points communs avec les êtres humains qu'elles n'en avaient eu à l'époque où il en existait.

Les poules ne savaient rien des cages où elles avaient jadis vécu. Leurs ancêtres n'avaient pas encore développé l'art de transmettre leur expérience grâce à des récits. Elles n'avaient transmis que des images et des sensations de claustrophobie, air vicié, désespoir écrasant et souffrance, de sorte qu'une tristesse habitait leur tribu et leur donnait une personnalité plus complexe que celle des autres poules sauvages – qui s'étaient éteintes avec les humains depuis longtemps.

En elles vivait aussi le souvenir du temps où elles avaient été célébrées par leurs maîtres d'alors. Tous ces siècles où elles avaient été admirées pour leur plumage éblouissant, tenues pour des mères exemplaires, les coqs pour de puissants guerriers, des familles débrouillardes, des compagnons spirituels dignes d'accompagner le mort dans l'au-delà, des symboles de printemps, de renaissance, de force, de renouveau. Leur histoire génétique était si intimement liée à celle des hommes qu'elles sentaient qu'il leur manquait quelque chose, sans savoir quoi. Un peu comme la solitude du chien, que les humains, bien avant, n'avaient jamais compris, ni essayé de comprendre, quand celui-ci disait : « Maître, ce n'est pas parce que tu vas au cinéma que je suis triste, mais parce que d'une façon trop profonde pour que tu le comprennes, mon clan a disparu et je suis seul. »

Mais les futures poules ne seront pas seules. Les méchants humains auront disparu pour toujours. Jamais il ne leur poussera de mains, jamais elles ne s'élèveront jusqu'à ces hauteurs où la destruction de masse est possible. Elles ne prendront que le nécessaire, arpentant le territoire, se régalant d'herbes et de ce qu'il restera d'insectes – et elles prospéreront, s'épanouiront. Vivantes.

REMERCIEMENTS

De nombreuses personnes ont accepté de répondre à mes questions. Je remercie les éleveurs et les scientifiques qui ont passé énormément de temps à me parler des pratiques modernes. Et tout spécialement Robert Knecht pour avoir pris le risque de me faire visiter l'exploitation Vande Bunte. Merci aussi au Dr Darrin Karcher, à Mark Oldenkamp, Mitch Head, David Inall, et à l'UEP.

Je dois aussi beaucoup à Matt Prescott, Gary Francione, Daniel Hauff, Marla Rose, John Beske, Vandhana Bala, Mary Beth Sweetland, Ingrid Newkirk, Matt Rice, Twyla François, Paul Shapiro, Kim Sturla et Joel Bartlett. Merci à Carter Dillard et Harry Moren pour le conseil et l'aide juridiques. Merci à Christine Wagner et aux poules du SASHA Farm Animal Sanctuary.

Mention spéciale à TJ, Chris, Liz, Cody et Juan, les enquêteurs qui m'ont consacré tant de temps et qui m'ont permis de consulter des centaines d'heures de séquences filmées dans les élevages.

Certaines des recherches que j'ai effectuées pour ce livre ont été publiées dans *Harper's Magazine* sous le titre « Cage Wars ». Merci à Ellen Rosenbush et au journaliste Jesse Barron.

J'ai lu beaucoup d'articles et de livres mais ce n'est qu'à la lecture de *Chicken* d'Annie Potts que j'ai compris toute la richesse de l'intelligence de la poule. D'une grande utilité me furent aussi *Chickens' Lib*, de Clare Druce et *The White Leghorn Chickens* de H.H. Stoddard.

Merci à la John Simon Guggenheim Foundation et à l'Université du Texas, à Austin, pour leur soutien crucial, ainsi qu'à Liz Cullingford.

Merci à Carlos, Terrance, Calvin, Kevin, Patrick, Joel, James, AJ, Jason, Jose, Steven, Shawn, Chris et Alfredo pour m'avoir rejointe au-delà de la cage. Et à Mme Heather Crabtree. Et à Dylan et Arnoldo.

Merci à Clancy Martin et Terri Kapsalis pour leurs relectures essentielles, à Lucy Corin pour ses conseils judicieux et à Lydia Davis pour ses encouragements. Merci à Diane Williams, encore une fois.

Merci à Ethan Nosowsky pour son brio et sa confiance.

Merci – Yana Makuwa, Katie Dublinski, Marisa Atkinson, Ill Nippashi-Hoereth, Caroline Nitz et toute l'équipe de Graywolf Press.

Et à mon agent, le chaleureux David McCormick.

Merci à Olive Nosowsky.

Merci à Paulo Zerbato, qui a créé le tatouage de poule que j'ai dans le dos, et à Yvette Watt, qui a peint avec son sang le portrait de Took-Took, que j'ai sous les yeux.

Merci à Bob et Nancy Unferth, à Katiebird et Cean Colcord.

Et, Matt, il n'y a pas de Bâtiment 8, quand il s'agit de toi.

Cet ouvrage a été achevé d'imprimer sur Roto-Page
par l'Imprimerie Floch à Mayenne
pour le compte des éditions Grasset
en février 2021.

Mise en pages
PCA 44400 Rezé

PAPIER À BASE DE
FIBRES CERTIFIÉES

Grasset s'engage pour
l'environnement en réduisant
l'empreinte carbone de ses livres.
Celle de cet exemplaire est de :
800 g éq. CO_2
Rendez-vous sur
www.grasset-durable.fr

N° d'édition : 21913 – N° d'impression : 97694
Dépôt légal : mars 2021
Imprimé en France